COLLECTION FOLIO

Marc-Édouard Nabe

Lucette

Gallimard

Collection Blanche, Éditions Gallimard, 1995.

Moi, je n'existe pas, et je n'aime pas qu'on me demande de parler de Céline. Je ne comprends toujours pas comment Marc-Édouard a réussi à écrire ce livre. Tout est vrai comme dans un roman. C'est entre la vie et le rêve. Ça me rappelle son portrait de Billie Holiday où on ne voyait pas la femme, on voyait l'âme.

Si tous les écrivains sont dangereux, Nabe ne l'est pas plus qu'un autre. Il danse sur les sentiments. C'est ça, son style.

Tout a été dit. Maintenant, la parole est à l'écriture.

LUCETTE DESTOUCHES

CORIOLAN, *apercevant sa femme :*
Bonjour, mon gracieux silence !

WILLIAM SHAKESPEARE

Pénétrer le saint des saints. C'était son rêve depuis si longtemps, et maintenant c'était y être qui était comme un rêve.

Au milieu d'une grande pièce parfumée, une dame était allongée sur un divan. Il se présenta.

— Jean-François Stévenin…

— Vous aimez le poulet ?

Elle lui lança ça d'une voix de petite fille qui grimpe aux arbres. Stévenin comprit aussitôt qu'elle n'était pas la Madame Céline qu'il craignait de rencontrer, mais une femme qui s'appelait Lucette, reine d'un drôle d'Orient.

— Il préfère peut-être du tarama…, dit François.

François était l'avocat de Lucette. S'il y avait un gardien du temple, c'était lui : depuis trente ans, il chassait les importuns et ouvrait la porte aux autres avec une figure fermée.

On avait beau lui dire de ne pas rester debout, Stévenin refusait de s'asseoir. Sa tête de chauve avait l'air posée comme un vase dans ce « salon » mi-cubain, mi-hindou. C'était surchargé. Des peluches et des coussins partout. Un vrai bazar bariolé. Avec des volutes d'encens et des effluves de lavande qui s'arabesquaient dans l'atmosphère. Deux gros bancs de bois brun formaient une immense table basse : dessus, des paniers de couverts, des plantes qui cachaient des bouts de visages et des saladiers pleins de victuailles s'affrontaient amoureusement comme sur un champ de bataille gai. Une lampe suspendue balançait sa lumière douce au-dessus de ce désordre.

Stévenin fut entraîné presque de force sur un des canapés par Serge, le danseur de confiance de Lucette. C'est à cet instant que la reine bondit.

— Le feuilleté !

Ouf, se dit secrètement Stévenin : elle bouge ! Tourneboulé par la rencontre, il avait cru que Lucette était devenue une vieille danseuse handicapée, clouée sur une chaise longue.

Lucette revint de la cuisine, le feuilleté — une de ses nombreuses inventions — à bout de bras, comme un enfant fumant. Stévenin n'osait pas la regarder en face. C'était comme un soleil. Il avait déjà remarqué plein de trucs qui lui plaisaient déjà, des sourires d'yeux, des penchements de front, des gestes de doigts, des profils troublants, mais il ne voulait pas avoir l'air d'observer la danseuse. Serge lui sourit.

— Ça va ?

— Impeccable.

Il émanait de cet ex-danseur un charme argenté. Stévenin sympathisa physiquement avec lui. Ils commencèrent à se donner quelques petites bourrades, tout en connivence de sportifs.

Il avait quand même fallu que son fils Robinson le foute dans l'avion. À neuf ans, le gosse avait eu la force de le pousser à quitter le Portugal où il tournait : « Papa, la femme de Céline, depuis le temps que tu nous en parles ! À Maman, à Sagamore, à Salomé ! Ne me fais pas le coup du père qui veut rester avec son fils ou de l'avion qui part trop tôt !... »

Il y a des lapins qui ne se posent pas.

Au matin, le zinc transperça le ciel de Lisbonne, lâchant la même traînée de fumée que celle de la moto de « Stèv » montant le soir même la côte de Meudon.

Il était là, devant le pot de rillettes, dans ce brouhaha inouï. Combien ils étaient là-dedans ? Dix, trente, cent ? Ça jacassait sec. De sa cage — touit ! —, le perroquet Toto interrompait — touit ! — de temps en — touit ! — temps tous les humains, et même les chiens.

— Ouah ! Ouah !

— Roxane, silence !

— C'est quelque chose cette bête...

— Ouah !

— Viens ici !

— Ah, voilà Fun.

— Fais entrer Bonhomme, Serge mon tout petit…

— Grrr ?…

Stévenin aussi avait une chienne, Caramel, un labrador qui vivait avec lui sur sa péniche. Il en parla un peu : c'est ça qui mit la petite lumière dans l'œil de Lucette. Elle s'en foutait pas mal que l'acteur-cinéaste lui parle de son grand mari. Caramel importait plus, pour la première raison qu'elle était *vivante*.

Chaque fois que Serge se levait, c'était pour danser. Danser pour aller chercher du pain, danser pour aller donner une noix à Toto. Danser pour entraîner Stévenin dans la cuisine.

— Tu vois cette cuisine, ce n'était pas la cuisine. C'était la chambre de Louis. Il est mort là. Y avait son lit ici. Je l'ai vu le 1er juillet 61, sa tête était à l'emplacement du Moulinex, je la lui ai redressée un peu…

— Qui veut de la glace ?

François tendait ses sorbets colorés. On aurait dit un peintre manipulant ses pots de rose framboise, vert pistache, violet myrtille.

Stévenin n'aimait pas les desserts. Il n'aimait pas les choses qui terminent les choses.

— Et pourquoi *Nord* ? demanda Lucette.

Stévenin rougit un bon coup et bafouilla des machins. Il dit que pour lui *Nord* c'était, sinon déjà un film, un scénario où tout ce qui pourrait se filmer était déjà écrit par Céline lui-même. Il suffisait de le suivre. Il avait écrit le script d'un grand film à faire ! C'était le seul. Ni *Voyage*, ni *Mort à crédit* n'étaient aussi stylisés pour le cinéma.

— C'est vrai, dit Serge. Y a pas un type qui aime Céline et qui cite *Nord. Nord* d'abord.

— *Nord* n'a pas été lu, rajouta Lucette en se remettant du rouge à lèvres. On le comprend pas bien. Il est par petits à-coups… Vous êtes sûr que vous ne voulez plus de rillettes ?

Roxane aboya.

Stévenin s'en fut fumer une cigarette dans le jardin. La nuit s'était parfumée à l'été indien. L'acteur fit le tour du château bleu. Il réalisait là un tout petit peu mieux. Les étoiles le pinçaient : c'était vrai : il venait de rencontrer Lucette Destouches née Almansor, la femme de Louis-Ferdinand Céline !

La fumée de sa cigarette en tremblait encore un peu. Stévenin admira Paris au loin qui ressemblait à une autre ville vue d'une autre planète.

« Qu'est-ce que tu fais là ? »

« Stèv » sursauta. Comme si le Fantôme même de Céline venait de lui parler. C'était Serge qui le cherchait. Il avait eu peur que le comédien ne se cassât sans rien dire. C'est vrai qu'il avait de la fuite dans les idées. Serge le prit par l'épaule.

— T'es prêt pour *Nord.* Si tu le fais pas maintenant, ça va tomber comme un fruit qu'on a laissé trop mûrir. T'as juste l'âge et l'énergie. T'es dedans.

Dedans ! Tellement dedans qu'il n'attendait qu'une chose : en sortir ! Mais maintenant tout allait changer. Maintenant, Lucette existait : son fantasme avait donné naissance à une réalité. Oui, il savait bien que ce soir, c'était bien autre chose que la courtoise visite d'un cinéaste venu demander à la veuve d'un écrivain l'autorisation de « porter à l'écran » une œuvre de son mari.

Ils rentrèrent en s'entreboxant doucement. Stévenin caressa Roxane et Fun s'étala sur Lucette. Toto siffla une dernière fois, François rangeait les assiettes, l'acteur vit une carcasse de poulet disloqué lui passer sous le nez.

En ce temps-là, ça existait encore les coups de foudre…

Bien entendu, il avait toujours su qu'il ne risquait pas d'être déçu par sa première visite à Meudon, mais comment aurait-il pu imaginer qu'il sortirait, ce mercredi-là, de la maison de Céline… amoureux ?

Lucette, peut-être, qui, en penchant sa grande tête pleine de lumières, lui dit : « Qu'est-ce que vous faites dimanche ? »

Jean-François emmena sa petite Salomé dans un grand parc.

— Si tu la voyais ! Elle te ressemble ! Plus tard tu seras comme elle parce qu'à ton âge elle était comme toi.

— Comment le sais-tu, Papa ?

— Je le sais.

— Elle aussi, tu l'épouseras quand elle aura dix-huit ans ?

— Mais non, Salomé !

— Pourquoi ?

— Parce qu'elle a déjà eu dix-huit ans.

— Alors quelqu'un l'a déjà épousée ?

— Oui.

— Qui ça ?

— Céline.

— Céline, ma maîtresse d'école ?

— Non, une autre. Un autre.

Les grands arbres frissonnèrent. Salomé soupira. Un pigeon s'envola, plus gris que les autres.

Stévenin pensait à son rêve de film : *Nord.* Son fameux troisième dont tout le monde lui parlait depuis dix ans : « Et *Nord* ? » « Et *Nord* ? » C'était malin de s'être foutu ce projet sur le dos ! Après *Passe-Montagne* et *Double-Messieurs*, qui n'avaient déjà pas trop coulé de source… Dès la fin de sa jeunesse, il avait eu cette insensée idée en tête : faire *Nord*, son livre de chevet, son livre d'oreiller ! Ça le poursuivait comme une hantise, il avançait dans la vie avec, pointé sur lui, le doigt menaçant de Céline là-haut dans les nuages… Et maintenant qu'il connaissait Lucette, il savait que sa lecture si nourrie de fantasmagorie avait été la bonne : la figure centrale du livre, c'était elle, la danseuse Lili qui ne dit rien, dont Céline ne dit rien, la légère Lili si fine, vaporisée de silence…

Stévenin s'assit sur un banc avec Salomé. Sur le toboggan rouge qui leur faisait face, des gosses glissaient les uns après les autres sur la grande langue en plastique.

— Tu voudrais pas me raconter l'histoire de ton *Nord*, papa ?

— Oh, oui. C'est l'histoire d'un médecin qui écrit et de sa femme qui danse. Ils partent tous les deux de Paris avec leur chat. En Allemagne.

— En vacances ?

— En sorte de vacances… Ils arrivent à Baden-Baden, le 20 juillet 1944, juste le jour de l'attentat contre Hitler… Les trois héros arrivent dans cette ville allemande. Le docteur discute avec une vieille comtesse extrêmement prussienne. Elle lui dit que les Allemands ont perdu la guerre. Autour de la piscine du casino, il y a un début d'émeute provoqué par une super gonzesse en train de nager à moitié nue. On l'insulte : « Salope, plonge ! Morue ! » « Ils sont fous, ils veulent me tuer ! » C'est Mademoiselle de Chamarande, trois nichons qui débordent de partout. Dans le livre, c'est écrit : elle avait une façon de crawler qui lui faisait dix culs à la fois…

Salomé éclata de rire.

— On la couvre d'une serviette. Les larbins regardent leurs pieds. La Comtesse fait visiter l'hôtel aux Français. Suites, étages, gros nazis qui bâfrent. Champagne, bas de soie, machins. Ils sont tous en train de fêter la mort de Hitler et tout à coup on apprend que Hitler n'est pas mort !

— Il a ressuscité ?

— Non, il n'était pas mort du tout.

— Il a fait croire qu'il était mort ?

— Non, il a juste été blessé. La valoche qu'on avait mise sous la table a explosé, et lui il a été seulement soufflé, tout noir fumant, futal en loques…

— Comme dans un dessin animé ?

— Exactement. Et alors, il est vivant ! Ça va chier pour tous ceux qui ont trempé dans l'attentat, ou même qui se réjouissaient de sa mort, tu comprends ? Il va accuser la terre entière pour ce truc-là. Y a intérêt à se planquer. Madame von

Seckt dit au revoir au docteur et offre un éventail à la danseuse, elle leur conseille de se casser. « Vous êtes témoins, partez d'ici, allez à Berlin, c'est mieux. » Elle leur montre un grand portrait du Führer retourné avec un crêpe de deuil…

— Papa, il pleut ! Viens, on rentre, on va continuer ton *Nord* sur la péniche.

Courant sous la pluie, Jean-François et Salomé Stévenin sortirent du grand parc.

— Les voilà à Berlin, à la gare... Céline est fatigué, maux de tête incessants, bras invalide, il a besoin de cannes pour s'aider à marcher. On leur dit : machin, à droite, là. Pas de traînaillerie, ils y vont. Magasin. Huit étages en trous de bombes. Plus d'escalier, il faut grimper sur des escabeaux, s'accrocher comme à des passerelles de bambou et des lianes dans la jungle ! Les cannes sont au quatrième. Pas de problème : 8 000 cannes impeccables, rangées. C'est Céline qui écrit ça comme ça, c'est pas un truc de metteur en scène. Tout est par ellipse, tu passes d'une bribe de dialogue à un plan, tu me suis ?

— Très bien.

— Donc « cannes », c'est marqué. L'autre en choisit deux. Ça va. Ils sortent de là et vont se faire foutre des coups de tampons sur leurs visas dans un bureau. C'est ici qu'apparaît Le Vigan. Le Vigan n'était pas présent au début du film — pardon, du livre ! — et le voilà, il débarque d'on ne sait où sur la page, comme projeté… Est-ce qu'il était là avant sans que Céline le signale, ou bien est-ce qu'il est arrivé entre-temps ? Mystère, c'est pour ça que je dis que c'est du cinéma, ce livre…

« Drrrring !… »

— Tu m'excuses, Jean-François, une minute…

— Je t'en prie, Yves-Yvon…

Le producteur décrocha un de ses téléphones. Il semblait qu'il n'avait été mis sur terre que pour ça « Stèv » : raconter *Nord*, raconter *Nord* à tout le monde. Le producteur raccrocha, l'acteur poursuivit.

— Alors donc, Le Vigan apparaît au moment où les gratte-papier regardent sa photo…

— Ça c'est du cinéma !

— T'as raison. Les bureaucrates le comparent à sa photo et ne le trouvent pas ressemblant, ni Céline ni Lili non plus. Ils ont tous morflé depuis leur départ. Il faut de nouvelles photos. Avant d'aller se faire retirer le portrait dans le photomaton du coin, Le Vigan prend à témoin un couple de Carcassonne venu voir leur fils blessé sur le front de l'Est, mais ils ne le reconnaissent pas, lui si connu dans toute l'Europe, star partout !… Vexé, La Vigue sort sa valise et l'ouvre pour les Carcassonnais, il leur montre les dégâts de son voyage, ses chemises trouées, ses slips en lambeaux, toute sa liquette en ricanant. La Marne, les Ardennes, la Belgique, il arrive de loin. Enfin, des badauds le reconnaissent, il est content, il referme sa valise et suit Céline à l'hôtel. Ils demandent des chambres, mais le portier, en voyant Bébert le chat sortir sa tête de sa gibecière, les refuse, il referme son registre. Clac ! *Nein* ! Il leur indique un autre hôtel qui accepte les animaux, le « Zenith Hotel ».

— « Zenith », très bon comme nom, très bon.

— Mais j'invente rien ! C'est écrit comme ça ! Le Zenith Hotel. Schinkelstrasse. Ils arrivent, c'est en ruine. Y a plus qu'un bout de la plaque qui pend, le *nith* de *Zenith Hotel.*

— Le *nith de Zenith*, très bon Jean-François, très bon. Je le vois déjà. C'est très cinématographique. Très Godard.

— Mais c'est pas de moi, Yves-Yvon. C'est Céline, je te jure ! J'en rajoute pas. Il l'a écrit… *nith* !

— Bon, continue.

— Ils visitent leurs chambres du second étage. C'est plus facile de passer par les murs que par les portes. C'est que des cratères suspendus. Le Vigan, plus Christ que jamais.

— Pourquoi Christ ?

— Parce qu'il avait joué le Christ dans un film avant guerre. Tu ne le savais pas ?

— Non, tu sais moi le Christ…

— Bon alors bref, Céline a peur que Le Vigan se reprenne pour le Christ, qu'il se mette en croix sur le lit-cage. Il va chercher la bouffe. Y a un gérant moujik, un géant sympa qui leur accroche aux fenêtres des tapis en guise de rideaux.

— Comment il s'appelle ?

— Ivan.

— Qui tu verrais dans le rôle ?

— Heu… j'ai pas trop réfléchi encore. Je sais même pas qui pourrait faire Céline…

— Mais Ivan ? Dis !

— Je sais pas. Jean Réno peut-être, un comme ça.

— Très bon, Réno. Du *Grand Bleu* à *Nord.* Je note.

— Note rien, écoute.

« Drrring !… »

— Merde, le téléphone. Excuse-moi encore, J.-F…

— Vas-y, Yves-Yvon.

Le producteur s'énervait, il parlait en anglais, il tonitruait dans tout un tas de contrariétés. Il parlait d'argent bien sûr parce que dans le cinéma, parler d'argent c'était parler de cinéma. « I don't care ! Give me back my money ! » Il oubliait complètement Stévenin. Est-il utile de préciser qu'Yves-Yvon n'avait jamais rien lu de L.-F. Céline ?

— Non, ce n'est pas utile ! dit le producteur en raccrochant ! Excuse-moi, « Stèv », je suis sur un film énorme… Des Japonais m'emmerdent…

— C'est pas grave. Je continue ou pas ? Tu dois être pressé…

— Oui, je suis super débordé, mais continue

encore un tout petit peu. Ça m'intéresse. Où t'en étais ?

— À Ivan qui leur arrange leurs chambres.

— Ah oui ! Jean Réno !

— Il file un bout de viande à Bébert…

— Qui tu verrais dans le rôle de Bébert ?

— Bébert, c'est le chat !

— Mais oui, je suis con ! Excuse-moi, je confondais avec Le Vigue…

— *La* Vigue !

— La Vigue ? C'est sa femme ? Je croyais que c'était Lulu…

— Non, c'est Lili, sa femme. La Vigue, c'est le surnom de Le Vigan, son ami-acteur.

— Qui tu verrais dans le rôle ?

« Drrring ! »

— Encore ?

Quand le producteur raccrocha, Stévenin, debout, s'apprêtait à partir. Yves-Yvon esquissa unc grimace.

— Assieds-toi, « Stèv » ! Finis ton histoire.

— Holà ! Y en aurait pour des heures… Juste un petit bout encore ?…

— Bien sûr. Pour toi, j'aurais toujours un peu de temps.

— Où j'en étais ? Ah, oui, Ivan le serviable. Céline lui fout des billets de cent marks dans la paume : l'autre sort du sucre. Ils rigolent. Là, y a un contrechamp fantastique page 75. C'est Céline qui va voir le Zenith Hotel de chez Ivan en face. Il regarde les ruines ramassées par les vieillards, les briques qu'ils numérotent au milieu des décombres. « Y aura plus qu'à les remettre en place dans l'ordre, à la fin de la guerre ! » Y a une phrase comme ça d'une ligne et demie dans le livre, j'invente rien. Ils vont se faire tirer le portrait au photomaton. Une petite baraque. Clic ! Clic ! Ça flashe. Je les vois bien face à la caméra qui les éblouirait. Ça se développe. Ils regardent et ils ne se reconnaissent plus eux-mêmes cette fois-ci. « On est "anti-nous". » Des monstres, des « Picasso » il dit Céline. Là, il faudrait le prendre au mot et avec une palette graphique transformer les visages de Céline, de Lili et de La Vigue en têtes peintes par Picasso !…

— T'es fou, toi.

— Pourquoi pas ? Céline dit que finalement il s'y est fait de traîner un double monstrueux de lui-même, un fantôme dans son ombre. Tous les trois méconnaissables. À partir de ce moment-là, à la limite, il faudrait prendre d'autres acteurs, ou les mêmes très grimés.

— Tu te rends compte le pognon ?

— Même Lili, sa femme, est transformée. Il remarque qu'elle, si jeune et si jolie, s'est métamorphosée en vieille sorcière…

— Au fait pour les droits, tu t'es renseigné auprès de la vioque ?

— Quelle vioque ?

— Sa veuve, enfin !… C'est le plus important ça, les droits du bouquin ! Est-ce qu'elle est seulement vivante encore ?…

— Oui, elle est vivante.

— T'as l'air soucieux.

— Non, non..., dit Stévenin en souriant à Serge qui lui cita Chamfort.

— *Le bonheur est rarement en nous, mais il n'est jamais ailleurs.*

Lucette rayonnait. Elle n'avait pas trop envie de se lever. Elle restait enrobée de couvertures en mohair, dans son divan danois en cuir noir beau comme un sous-marin. Sergine faisait tout le boulot. Sergine était une enfant quand Lucette et Céline l'avait connue à Rennes et à Saint-Malo à la fin des années 30 : elle était la fille de la maîtresse du beau-père de Céline. Céline aimait beaucoup la petite Bretonne : ils se crachaient dessus toute la journée dans des concours de glaviots doux. Depuis, Sergine s'était essuyé le visage : elle était devenue une solide parfumeuse de Vaucresson, à la voix forte, qui chouchoutait Lucette comme sa propre mère. Sergine était d'autant plus attachée à Lucette que leurs retrouvailles étaient récentes et dues à François : aucune filature ne rebutait l'excellent biographe de l'auteur de *Guignol's band.* L'avocat avait tenu énormément à ramener à Meudon la seule personne au monde qui avait réellement craché à la gueule de Louis-Ferdinand Céline !

Dingo était là aussi. Sergine laissait souvent son chien en pension à Meudon, quand elle s'en allait sur les routes de France à la recherche d'une auberge gastronomique inconnue. Une bonne grosse bête douce. Ce berger allemand n'avait rien d'allemand et, comme berger, il tirait plutôt sur le mouton. Et fragile avec ça. Il n'avait pas le droit de manger grand-chose. Le moindre os, d'après Sergine, lui eût été fatal… Lucette le protégeait surtout de Roxane, cette…

— Gueuse ! Tu n'es qu'une gueuse ! dit Lucette. Laisse-le tranquille.

— Défends-toi, Dingo ! dit Serge.

— N'insiste pas, Serge, dit Sergine. Le dresseur m'a dit « Je renonce, il n'attaquera jamais personne ! ».

Stévenin l'aimait bien, il trouvait qu'il ressemblait à Winston Churchill à Yalta avec son cigare, acceptant le partage !

Dans son coin, François était tout à sa gym. Il faisait toujours ça quand il n'avait pas eu le temps de passer une heure à l'Aquaboulevard en sortant du Palais. Il se prenait une jambe et la lançait en l'air, comme s'il pensait parvenir à se la décrocher de lui-même et à la planter au plafond. Quelle souplesse ! C'était seulement la troisième ou la quatrième fois que Stévenin venait à Meudon et déjà les rituels étirements de l'avocat sévère faisaient partie de son univers.

Serge, cette fois, avait amené sa femme Michèle, une radiologue massive qui ne parlait pratiquement jamais, surtout quand elle traversait une de ses phases dépressives. C'était seulement quand elle ne restait pas prostrée, les yeux humides, toute la soirée, qu'elle riait comme une gamine sans s'arrêter aux bonnes histoires de Stévenin.

Il commençait à les faire drôlement rire là-haut, l'acteur ! Il racontait toutes sortes de choses avec une verve qui réjouissait Lucette. Il remettait en scène des scènes auxquelles il avait assisté en tant qu'assistant metteur en scène. Truffaut, Godard, Pialat, Depardieu, Delon, et ses amis, Villeret « le panda », Afonso « le Bébel bis », Zouc « la grande prêtresse du Sombre », formaient une sarabande étonnamment pittoresque.

C'était un excellent imitateur : il « n'imitait » pas quelqu'un, il était en résonance avec lui. Il devenait l'autre. Rien à voir avec les imitations des chansonniers. Quand il « refaisait » Fernand Raynaud ou Robert de Niro, ce n'était pas leurs tics « bien vus » qui étaient drôles, mais ce qu'ils avaient de spécifique qui était soudain « stévenisé » par Jean-François. Ce n'était jamais pour se foutre de leur gueule, mais pour se foutre *dans* leur gueule. Il était plus Johnny Hallyday que Johnny Hallyday (et plus que tous ses imitateurs) parce qu'il était avant tout Stévenin dans la peau de Hallyday, illustrant sa personnalité exactement comme Dubout qui, lorsqu'il illustre Don *Quichotte*, ne caricature pas Don Quichotte, mais se met à la place de Cervantès et refait Don Quichotte comme Cervantès l'aurait fait s'il avait été Dubout !

Stévenin avait trois idoles : Johnny Hallyday, Jimi Hendrix et Louis-Ferdinand Céline. S'il brodait volontiers sur les deux premiers, il n'osait pas encore attaquer le troisième. Lucette s'en chargeait à sa place d'ailleurs, en en parlant tout simplement entre deux remarques sur le rôti ou deux rappels à l'ordre d'un ou deux chiens…

On parlait de Céline comme s'il allait revenir dans dix minutes. Aucune pleurnicherie, aucune vénération. Lucette slalomait sans nostalgie entre les différentes époques et dans les divers mouvements de la saga. Jamais de larmes aux yeux, jamais de cette insupportable demi-légèreté nimbant le cœur des petits survivants évoquant les grands disparus. Stévenin lui aussi aurait pu remplir un bistrot complet de ses fantômes et leur servir à boire toute sa vie : Dominique Laffin, Patrick Dewaere, Jean-Pierre Rassam…

Jean-Pierre Rassam, justement, Lucette l'avait connu aussi. Comme l'outre-monde est petit ! Il était venu tout jeune après la mort de L.-F. Céline avec Claude Berri pour un autre « projet » encore, une « adaptation » du *Voyage.* Le futur producteur excentrique des années 70 n'était encore qu'un petit Moyen-Oriental ambitieux qui avait promis à Madame Destouches d'aller faire fortune en Amérique et de revenir lui faire le *Voyage au bout de la nuit.* Ce voyage au bout d'un film, ils s'y sont tous risqués sans succès… Fellini aurait sûrement réussi, il a même dit qu'il aurait volontiers affronté Céline s'il n'avait pas eu à s'affronter lui-même. Autant-Lara, Clément, Audiard, Berri, Téchiné, Corneau, Vadim, Malle, Godard… Les uns après les autres. Chacun le nez cassé est reparti se jeter contre un mur moins costaud. Quel joli dessin animé eût fait l'impossible tournage du *Voyage* ! Avec comme personnages de cartoon tous ces réalisateurs agités et grotesques qui ont mis plus ou moins de temps à réaliser que c'était irréalisable !

Même par Abel Gance, le seul cinéaste que Céline estimait. Pour lui le cinéma, c'était les cinq premières minutes. Lucette n'a jamais pu voir un film en entier de son vivant, il a fallu qu'il meure pour qu'elle s'aperçoive qu'un long métrage, ça faisait plus de cinq minutes ! À peine commencé, le film lui tombait des yeux, Céline entraînait Lucette dehors : « J'ai compris. »

— Je deviens fou ou bien j'entends des lions rugir ? dit soudain Stévenin.

— Vous avez raison ! lui répondit Lucette en riant. Ce sont mes disques de sons de la Nature… J'aime bien les entendre du studio. J'en ai toute une série. Y a la mer, le vent, les singes et puis les tigres. Ça détend, non ?

— Pas vraiment… dit Stévenin. On a l'impression qu'on va se faire bouffer à chaque instant.

— Allez-y ! dit Lucette. Allez voir les lions !

Stévenin entra dans le studio de danse. Drôle de cage aux fauves ! Nid d'oiselles plutôt. Les élèves de Lucette venaient prendre une leçon deux fois par semaine, le lundi et le vendredi, à 18 heures. Y en avait eu des fillettes ici, qui s'étaient trémoussées élégamment sous les directives efficaces de l'Almanzor ! Toutes se souvenaient encore du cours de Lucette. Ça les avait marquées à jamais. La maison de Céline, ça avait été d'abord le « petit coin de terre enchantée » où ces dames avaient appris à transformer leur ventre en moteur à muscles. Aujourd'hui, c'était surtout des mémères qui tenaient à huiler régulièrement leurs charnières couinantes. Elles arrivaient à douze et s'étalaient sur les matelas caoutchoutés. Leur « professeur » (à bientôt quatre-vingts ans), droite et souple comme elles ne le seraient jamais, continuait à faire les mouvements sans se contenter de les enseigner.

Depuis trente ans, il n'y avait pas eu que des danseuses, mais aussi des comédiennes, et parmi les plus jolies des années 60 : Françoise Fabian,

Françoise Christophe, Judith Magre que lui avait envoyée Marcel Aymé et bien d'autres étaient venues s'assouplir au château bleu.

Quel défilé depuis 1961 ! Il y avait ceux qui venaient certains jours et ceux qui pouvaient venir n'importe quel jour.

Ça marchait par cercles, comme chez Dante.

D'abord, le premier cercle serré des vrais intimes, en plein dans le mille de la rose céleste, au cœur du cœur de la Reine du Paradis. Très peu d'élus.

Puis un deuxième cercle, plus large, d'amis à demi élus qu'on voyait moins souvent ou pas ensemble.

Et encore un autre cercle, de charmantes connaissances, des presque amis qui s'étaient éloignés.

Et puis le cercle des faux amis, ces « céliniens » qui téléphonaient mais ne venaient pas. Ceux-là voulaient rendre justice à la pensée politique de Céline qu'ils estimaient censurée alors qu'elle n'était que mal comprise, et par des abrutis de leurs espèces d'abord. On attaquait ensuite les différents cercles — encore plus larges — de ceux que Madame Tolstoï appelait les « sombres », et dont toute femme d'artiste qui se respecte, elle et son mari, doit se garder : les fans, directement suivis par les détracteurs — leurs frères ! — formaient de cercle en cercle une grande couronne épineuse qui, d'une certaine façon, protégeait la Reine et son miel des derniers cercles encore plus loin du centre, ceux des simples lecteurs anonymes ou pas assez, fléau parasitaire indispensable à toute littérature ! Qui est plus éloigné de l'écrivain que son lecteur ? Baudelaire, pourtant expert en la matière, n'a jamais été plus hypocrite qu'en traitant son lecteur de « semblable ». On écrit pour personne, et ce personne peut parfois porter la Majuscule.

Les céliniens, Lucette les avait en horreur. Elle refusait de se joindre au culte que ces crétins malodorants portaient à Céline. Ils avaient beau l'assaillir de lettres, ou de coups de téléphone, leur fameuse « adoration » toujours à contresens, pour le grand écrivain « maudit » dont elle était la femme si « effacée », était ce qu'elle trouvait de pire sur cette terre.

À tout prendre c'était moins pénible de recevoir les lettres de menaces, anonymes ou pas, qui, soixante ans après *Bagatelles pour un massacre*, continuaient d'exprimer la rancune tenace de ceux qui ne « pardonnaient » pas. Entre ceux-là et les autres, soit-disant bienveillants, qui, au fond, en voulaient à mort à Lucette de ne pas permettre la réédition des pamphlets, elle se constituait, devant l'histoire littéraire, comme la prisonnière des vaines haines.

Pour d'autres raisons (pas sûr), Lucette était autant détestée que Céline. Dans leur « antilucettisme », les petits profs étriqués trifouilleurs ressemblaient comme des frères aux femmes hystériques et possessives. En fait, tous en chœur exécraient simplement celle que Céline aimait… Femelles et femmelettes grouillaient dans un énorme giron merdeux où ils se persuadaient les uns les autres que Lucette Almansor n'était qu'une écervelée qui s'était accrochée au Maître. C'était d'ailleurs un signe qui ne trompait jamais : ceux qui n'aimaient pas Lucette ne pouvaient pas comprendre Céline.

Pour être vraiment célinien, il fallait être lucettien parce que c'était Lucette la seule célinienne vivante depuis la mort de Céline lui-même, qui était le seul célinien du monde et par la même occasion le seul lucettien également.

Lucette aimait toujours Céline. Elle lui survivait. Rendre sa vie agréable. Voilà à quoi s'employaient tous ses amis. Des moments vivants, Lucette n'en demandait pas plus. Vivre des moments vivants avec des gens vivants qui avaient ou n'avaient pas lu le mort immortel. Elle ne voulait rien vivre avec des morts vivants qui vivotent à travers les livres vivants d'un éternel !

— Allô ?

— Lucette… C'est Stévenin.

— Bonjour mon ami…

« Flouch, flouch… »

— J'entends de l'eau !

— Je suis dans mon bain, c'est tous les jours pareil.

— Vous téléphonez dans votre bain ? Attention…

— Ça ne risque rien. J'y reste des heures vous savez ? Je lis le journal. Avec la vapeur, ça devient une boule, une grosse boule grise. Comment ça va ?

— Ça va ça va… Je pense à tout ça… Ça vous dirait de faire un tour sur la péniche ?

— Oh, oui ! J'adore les bateaux.

« Flouch… »

— On pourrait aller en repérage. On remonterait les canaux jusqu'à Aix-la-Chapelle…

— Ce serait drôle.

— Une balade, Lucie, pour l'été. J'ai des trucs avant. Il faut qu'on parte ensemble.

— Je suis d'accord. Si c'était pas à cause des chiens, je sortirais de Meudon tout le temps.

— Ils vont bien les grosses bêtes poilues ? Roxane ?

— C'est toujours une putain. Fun, un ange.

— Et Bonhomme ?

— Tout noir, tout triste. Vous savez à qui il me fait penser de plus en plus ? À Mouloudji ! Vous l'avez déjà vu ici, Mouloudji ?

— Non.

— Il vient souvent. Je l'aime beaucoup. Vous l'aimerez beaucoup. Vous le verrez mardi à *L'Église.*

— Mardi à l'église ?

— Mais oui ! Serge ne vous a pas prévenu ? C'est mardi la première de *L'Église* au théâtre des Amandiers. On y va tous. On compte sur vous !

— Ah, mais oui, bien sûr. *L'Église*... Ça n'a pas été monté depuis très longtemps ce machin-là ?

— Vingt ans je crois. Il paraît que Martinelli a fait du bon travail.

— Y a mon pote Sentier qui joue là-dedans !

— Oui ?

— Jean-Pierre Sentier ! Un fou de Céline, lui aussi.

— Bon alors on dit à mardi ?

— C'est tout bon, Lucie. À mardi. Je vous embrasse.

— Je vous embrasse.

« Flouch, bloup… bloub… »

Une bande de pirates à l'abordage. Descendus de Meudon, en grande pompe baroque, les « almansoriens » firent se retourner tout le hall du théâtre des Amandiers. Il y avait d'abord Lucette, la plus flibustière de toutes, coiffée d'une gigantesque casquette rouge, encapée de blanc, avançant comme un immense papillon shakespearien aux ailes frissonnantes, et François à son bras, grand chambellan, sec et chic. Et puis Serge derrière, d'une autre élégance, toute dans la manière de nouer son écharpe par-dessus son imper, Antoine Gallimard plus planeur que jamais, et Mouloudji, vieux gavroche chevelu et sourieur…

Enfin Stévenin, habillé tout en cuir, motard songeur, ruminait à dix mètres de sa smala sacrée. Toute l'équipe fut très bien accueillie par le metteur en scène lui-même, Jean-Louis Martinelli, un immense myope dégingandé qui vint saluer Lucette sans en remettre. Pas mal de têtes connues, ou qui voulaient l'être, cherchaient à deviner qui étaient ces personnages sortis d'un conte de fée fantastique. Certains critiques ne se gênèrent pas pour ricaner — c'est leur métier — mais une jeune fille répondit sans rire au sourire de Serge. Un qui les avait bien repérés, c'était Bernard-Henri Lévy, plus sombre que d'habitude, plus électrique. Arielle Dombasle le suivait comme son ombre blonde.

François fit remarquer à Stévenin que « BHL » était président de la Commission d'avances sur recettes… « Pour ton *Nord*, tintin ! » Pourquoi tintin ? Stévenin se demandait justement si Lévy, pour bien montrer qu'il était fair play, n'aurait pas volontiers favorisé son projet célinien… Mais Bernard-Henri Lévy était-il fair play ?

Dans la salle, l'atmosphère se fit fiévreuse à l'imminence des trois coups. La foule murmurante se tut. Quelques toux écorchèrent un dernier silence. Dans un souffle, *L'Église* décolla.

Dès le premier instant, dans cette Afrique stylisée et si justement fausse, Lucette et ses amis surent que Martinelli avait réussi son coup. C'était parti pour trois quatre heures d'épopée épurée, de saga minimaliste ! Biscornue, la comédie tragico-glauque, que Céline avait écrite à l'hôtel de la Paix (boulevard Raspail) en 1926 en pensant aux cuisses d'Elizabeth Craig, prenait là des allures de grand oiseau déchiré. Toutes les scènes s'envolaient par morceaux saignants dans l'espace et le temps, comme des drapeaux rouges en lambeaux emportés par le vent.

Martinelli renforçait les béances du texte, détendait encore l'élasticité des mouvements de la symphonie grise et relâchait exprès les tensions empâtant « l'action ». Ça lui venait de son eustacherie manifeste. Les années 90 avaient oublié cyniquement le seul vrai grand cinéaste épique de la douleur humaine : Jean Eustache, célinien bien entendu, et pas à la Godard qui s'est seulement contenté de faire lire un bout du *Pont de Londres* à J.-P. Belmondo dans *Pierrot le fou.* Eustache avait le désespoir célinien : l'étendue de sa noirceur avait pris toute sa mesure dans *La Maman et la Putain* que Martinelli, justement, avait transposé au théâtre avant de rendre plus cinématographique le théâtralisme de *L'Église.* Eustache lui-même était un personnage du Céline égliséen. Son suicide planait sur tout l'acte V tel que Martinelli l'avait monté, dans ce bistrot-clinique de Blabigny-sur-Seine soudain lentement bondé de fantômes… Croque-mort et danseuses, malades et boiteuse… Revolver et saxophone… *No more worries…* On pensait au personnage d'Alexandre dans *La Maman et la Putain* écoutant en pleurant Fréhel comme elle-même s'écoutait dans *Pépé le Moko.* On pensait en finir un jour. On pensait tenir Jean Eustache au bout du fil à l'instant même où ce dernier se tira une balle dans la bouche. *Passe-Montagne* et *Double-Messieurs*, ses propres films — que Lucette ignorait encore —, n'étaient remplis que de ça : d'absence d'actes. Comme dans *L'Église* ou dans La Maman et la *Putain*, il ne se passait rien. Le vrai cinéma est fait de ces attentes de messie. Quand il ne se passe pas grand-chose, c'est là qu'il se passe des choses. L'action, c'est de l'anecdote, ça pue déjà le scénario, la fameuse histoire que tant d'idiots se targuent de savoir « raconter ». Il n'y a rien à raconter en art.

Trois heures et demie, c'était trop peu : en principe, *L'Église* durait cinq heures. Martinelli avait enlevé des bouts, surtout dans l'acte III jugé « antisémite ». Personne n'était content. Les antisémites parce qu'on rendait Céline « digeste », les anti-antisémites pour exactement la même raison… Comme ils se retrouvent ! Encore une fois ! Aucun, dans les deux camps, ne pouvait supporter que Martinelli gommât la « monstruosité » de l'auteur quasi maudit. Ou ça l'affadissait ou ça l'absolvait : dans les deux cas, il manquait quelque chose à Céline pour qu'on puisse totalement l'aimer ou totalement le détester. La louve bien-pensante Laure Adler et son petit mari tout gris quittèrent alors la salle. En revanche, Bernard-Henri Lévy, qui connaissait le prix du mal et la profondeur de sa mission, devait rester, lui et sa future femme, jusqu'au bout, et personne n'aurait pu croire que c'était juste par politesse vis-à-vis de Martinelli qui allait devenir bientôt le metteur en scène de sa propre première pièce. « BHL » reçut même, en plein dans son cœur d'anti-artiste martyr, la splendide violence de l'amour de Céline pour tous les hommes indignes de ce nom…

Le désabusement prit vers la fin une dimension terrible. On était bien devant cette délivrance que toute bonne pièce devait représenter selon Céline lui-même. Charles Berling qui parlait à la Léaud — le Léaud d'Eustache justement, pas celui de Truffaut — se trouva des accents personnels pour le final. Pendant toute la pièce, il avait réussi à insuffler à Bardamu un tout autre ton que celui du *Voyage*, quelque chose de plus proche de Destouches que de Céline. À la fin, en toubib de bistrot rébarbatif et halluciné, père adoptif d'un petit Noir et dragué par une infirme, il parvint tout à fait à destouchiser Bardamu. Les héros ressemblaient au décor, vraisemblables et irréels… Ils se transformaient en anges : l'ange des danseuses, l'ange des Juifs, l'ange de la mort surtout si bien « incarné » par Pistil ! Pistil et sa cirrhose de l'âme traînant sa sale histoire ! Pistil était aussi peu Robinson que le Bardamu de *L'Église* était celui du *Voyage* ! Pistil brassant sa poisse, il n'y avait que Jean-Pierre Sentier pour le rendre aussi fort. Pistil, c'était Sentier, pour toujours. Si seul Pistil ! Las pochard flou ! Stévenin était fier de son ami. À la sortie de *L'Église*, il lui dit qu'il le voulait dans son *Nord.* Sentier avait compris trop de choses, absorbé trop d'ondes. Sa chair avait tout soufflé. C'était cette délicatesse du mal trouée de silences qui n'en disent pas forcément long qu'il faudrait foutre dans un film ! « Stèv » le sentait bien : il lui fallait des acteurs qui dérivent ainsi, comme Céline lui-même, cassant les choses d'abord et les laissant flotter ensuite. La ressemblance physique entre Sentier et Céline n'avait jamais frappé autant Stévenin qu'à la fin du spectacle, lorsque Pistil redevint Sentier. Il avait sensiblement le même âge que Céline en 44, et la même taille. Ne pas toucher au profil, ni aux yeux clairs qui exprimaient si bien la fameuse tristesse lyrique du proscrit parti chercher son or au Nord. Seule la bouche devait se faire plus amère, la moue était à revoir… Qu'en disait Lucette ?

— Mais oui, pourquoi pas ? Louis était tout à fait comme ça, en plus tourmenté.

Stévenin regardait Sentier. Sentier regardait Martinelli. Martinelli regardait Lucette. Rougir, ça renforçait son accent de Rodez. Il avait eu raison de taper un bon coup sur cette pièce, non pas pour la dépoussiérer mais pour la faire voler en éclats. Cette revue aristophanesque chargée de révéler l'infini de la danse, Martinelli en avait fait un autre *Soulier de satin*. Du coup, il y avait désormais la paire sur la scène du théâtre français du XXe siècle ! Même si l'un de ces souliers tirait plutôt sur la pantoufle, et quelle pantoufle ! Charentaise ailée !

Serge était aux anges. Il entreprit de « raconter Céline » à un petit moustachu. Sa femme, Michèle, avait toujours peur que son cœur s'usât à prosélyter ainsi, mais c'était son vice au beau danseur d'édifier les âmes en mal de vérité.

On avait rarement vu un cocktail si sympathique. C'était sûrement la présence de Lucette (la femme de l'auteur quand on y songe) qui annihilait toute mondanité. Elle replaça ses mèches blondes sous sa casquette puis se rerougit les lèvres dérougies après tant de sourires. Sergine l'avait assise près d'un énorme panier de fruits. Elle finissait une assiette de salade que lui avait apportée Stévenin. Lui, avait déjà pas mal vidé de verres de vin, lorsque Gallimard lui posa quelques questions sur son « projet ». Comme à son habitude, quand on l'interrogeait sur son film, Stévenin répondait en racontant le livre, mais là, il se souvint à temps que Gallimard en était l'éditeur ! Aussi timide l'un que l'autre, Antoine et Jean-François en restèrent là.

Mouloudji croquait dans une carotte. Sergine riait, et François discutait avec un admirateur des *Beaux Draps* lorsqu'il vit Bernard-Henri Lévy fendre lentement la petite foule, comme un fauve hagard traverse dans la brousse un rideau de lianes. Sans trop hésiter, il se dirigea vers Lucette et lui tendit la main. Lucette Destouches n'était pas le genre à refuser de serrer la main à qui que ce soit ! Pourtant, elle aurait pu lui en vouloir un peu à Lévy, surtout depuis qu'il avait diffusé, dans une de ses émissions télévisées historico-philosophiques, des images des camps de la mort avec, comme illustration sonore, la voix de Céline chantant sa chanson *Règlement. « Je te trouverai charogne, un vilain soir »* sur fond de fours crématoires remplis de crânes et d'os, ça faisait un effet bœuf devant lequel Lévy ne recula pas, bien qu'il sût parfaitement que la chanson de Céline datait de 1936 et qu'elle racontait une rixe de voyous qui n'avait rien à voir avec les Juifs et l'Holocauste. Cette falsification n'était à l'avantage ni de l'intégrité du philosophe ni même de sa fameuse répulsion admirative pour l'auteur de *Bagatelles pour un massacre.* Lucette regarda Lévy dans les yeux en souriant poliment et lui serra franchement la main, une main froide et jaune qui lui rappela tout à fait celle de Drieu la Rochelle.

L'intellectuel s'éloigna les sourcils froncés. Arielle Dombasle lui prit le bras comme si c'était l'anse d'une grande tasse de café noir.

Stévenin s'envola pour Miami. Trois semaines de tournage avec Alexandre Arcady. *Le Grand Pardon II*. Jouer dans les films des autres pour pouvoir tourner les siens, ce fut le lot de bien des cinéastes… Mettre *Nord* entre parenthèses ! Au moment où il commençait à y croire, au moment où Lucette entrait dans sa vie !…

Pour mieux les faire s'engueuler, Arcady avait transporté tout son gang de paons sous les lunes de Floride. C'était à celui qui faisait le mieux le Parrain. Et allez les rodomontades ! Les roues ratées… Richard Berry, Gérard Darmon, Jean Benguigui, et surtout le patriarche Roger Hanin…

— Je suis Raymond Bettoun ! Et chez les Bettoun…

C'était beaucoup plus sympathique que Stévenin ne l'aurait cru. Arcady avait fait teindre Jean-François en blondinet, et lui avait foutu des lunettes fumées. Il avait deux-trois scènes où il jouait un maffieu d'eau douce. Avec Benguigui, « Stèv » allait se balader souvent après les prises.

— Je vais te présenter un « Thune » ! lui dit Benguigui. Tu vas voir, ce gars-là, il va me vendre ma montre ! Et je suis pas sûr de savoir résister…

Et puis ils rentraient en rigolant à la villa d'Al Capone. Celle qui avait dix-huit sorties possibles, au cas où, et qu'Al avait fait peindre en rose tyrien. Là, la grande tablée les attendait. Roger Hanin trônait et tonitruait.

— Stévenin, venez dîner avec nous ! Vous permettez, vous autres, que le seul Français du film s'assoie à notre table ?

Un matin, Romuald, un des scénaristes, prit « Stèv » à part.

— Alors, Jean-François, pas trop dépaysé au milieu de toute cette bande ? Avec tes lectures…

— Ah, t'es au courant du machin ?…

— Tout le monde sait que tu aimes Céline, mais toi tu sais pas qui l'aime aussi…

Ils s'installèrent au bord de la piscine pour mieux discuter. Romuald adorait Céline. Surtout les pamphlets. Ça le faisait marrer aux larmes, il s'en fêlait les côtes flottantes des chorus de Ferdinand en furie. Il connaissait tout *Bagatelles*, *Bagatelles* par son prénom. Pas trop *Nord*, mais comme le scénariste l'y encouragea, Jean-François lui rafraîchit la mémoire.

— Doktor Pretorius, ça te dit rien ? C'est lui qui habite en face du Zenith Hotel, tu te souviens du Zenith ?... C'est une bâtisse effondrée, aux étages en « hamacs », et en même temps il y a une bizarre boutique de fleuriste. Ils traversent : Céline, Lili, Le Vigan et Bébert. Mais Pretorius n'est pas un fleuriste comme l'avait dit Ivan, c'est simplement un avocat qui est fou de fleurs, il en inonde son appartement crevé. Ils passent un vague moment. « Docteur Destouches, je voudrais vous emmener à la Chancellerie. » Ellipse. On se retrouve devant la Chancellerie. Déserte. Pretorius entend une fanfare, pousse des « heil » comme s'il voyait l'Adolf en personne. Hallucination ? Fantôme ? On sait pas. Cette mort ou pas de Hitler, ça tracassait déjà tout le monde. Re-ellipse. Ils se retrouvent dans leur chambre au Zenith. Vue par la fenêtre sur l'appart fleuri de Pretorius. Y a plein de bibelots, de machins et tout à coup, qu'est-ce qu'ils voient ? Accroché là ? L'éventail ! L'éventail de Lili offert par la vieille comtesse von Seckt ! Qu'est-ce qu'il fout là ? « Il est pas dans ta valise ? — Non. » Quelqu'un l'a apporté chez Pretorius pendant qu'ils étaient à la Chancellerie ? Ivan ? C'est pas possible ! Il s'est déplacé tout seul, ou alors par magie... Ça c'est un truc de scénariste absolu à la Spielberg ! L'éventail de la von Seckt n'est plus dans les affaires de Lili, il est là, chez le fleuriste ! C'est raconté comme ça. J'invente rien. Faut lire le bouquin. Tu vois comment on peut filmer ça ? Zoom sur l'éventail de la vieille déployé au milieu des bouquets de clématites et des piafs empaillés. Contrechamp : la valise de Lili, vide en face avec la gueule de la Comtesse en rappel, en surimpression, qui offre l'éventail en souriant trois séquences avant. C'est tout scénarisé. C'est tout faux, ils ont jamais vu ça. C'est tout stylisé. J'ai jamais compris. D'ailleurs Céline non plus. Ils ont la trouille. « On arrête les conneries, on se casse. » Il a l'adresse cousue dans sa braguette, Harras machin qu'il avait connu à Paris en 36 et qui est devenu entre-temps médecin des S.S. à Grünwald…

« Plouf ! »

Une figurante splendide sur « l'Arcady » plongea dans la piscine. Elle éclaboussa jusqu'au crâne de Stévenin. Il entraîna Romuald attentif un peu plus loin…

— Et alors ils se perdent un peu dans le métro, des hitlerjugend les bousculent. Ils les prennent pour des parachutistes canadiens en canadiennes. Y a un François Picpus du S.T.O. qui reconnaît Le Vigan et qui dompte les gosses d'Adolf. Il glisse même une grenade dans la poche de Céline qui la balance dans une piscine de Finlandais. Enfin, ils sortent de l'*Untergrundbahn*…

Bokassa risquait sa tête. François s'était proposé de le sauver du sort crocodilesque que lui réservaient ses compatriotes rancuniers. L'ex-Empereur appelait sans arrêt au secours le biographe de L.-F. Céline. Stévenin à Miami, François à Bangui. Voilà pourquoi Lucette se retrouva seule avec ses bêtes sauvages à elle : la Vilmorin et la Puck, deux magnifiques crocodilesses céliniennes ! C'était à celle qui montrerait le plus les dents ou qui verserait le plus de larmes. L'une avait connu Céline, l'autre pas, mais elles pouvaient en parler autant chacune. Puck, par exemple, c'était une architecte roumaine lettrée. Un jour, une amie l'emmène à Meudon chez une danseuse pour apprendre des mouvements. Elles attendent dans le bureau… Puck voit des feuilles suspendues à une ficelle par des pinces à linge, elle dit à son amie : « C'est comme chez Céline, ici ! — Mais *c'est* chez Céline, ma chérie ! » Elle a manqué s'évanouir ! De ce jour, elle n'a plus quitté Lucette, elle lui a même construit son studio-pagode tibétain au fond du jardin, toute une histoire…

Lucette leur proposa de la brousse de Corse. Un gros pot de blanche écume…

— C'est très difficile à trouver ici.

« Excellent ! » dit Vilmorin en versant sur son assiette un filet d'huile d'olive. Ça humectait bien sa brousse, ça faisait bien ressortir son goût de brebis. Elles touillèrent toutes les trois leur morceau de fromage jaunissant sous l'huile imbibante. Il la fallait très floconneuse et luisante, la brousse, pour qu'elle fût chouette.

— Ça peut se manger en hors-d'œuvre, dit Lucette, en dessert, au milieu, où vous voulez !

« Cuiîct ! Cuiîct ! »

Toto sur son perchoir approuvait. La maison était entièrement baignée de musique hindoustanie.

Les deux vieilles dames se régalaient. Elles se servaient aussi de bonnes petites rasades de bordeaux. La Vilmorin faisait bien attention de ne pas se tacher son jabot rose. Elle se rappelait comment Céline se moquait d'elle, de ses manières d'aristo chic. Il l'aimait beaucoup et lui en remontrait sur sa propre caste : « Vous, une d'Artagnan, une Montesquiou, vous ne savez rien ! » C'était tout à fait exact : elle descendait du quatrième mousquetaire, et puis de Montesquiou. Oui, Montesquiou, le poète à des milliards d'années-lumière de Céline, dans une autre galaxie à jamais occupé à bleuir ses hortensias et à effacer ses pas…

Que vous êtes donc follettes !
Que vous êtes donc follets !
Bibelots, babiolettes,
Verts, bleus, roses, violets

C'était tout de même un bout de Charlus ! Par la Vilmorin, Céline avait donc trois fois par semaine un peu de Proust à Meudon ! Jamais hélas le sujet ne vint sur le paillasson. Dommage. Il suffisait pourtant de lui poser des questions, Céline connaissait tout. Même Lucette ne savait pas comment il faisait pour tout savoir de la vie et des livres, lui qui ne sortait jamais et qui n'avait l'air de lire que ce qu'il écrivait. Il pouvait parler de la construction des autoroutes françaises et de l'arbre généalogique des Montesquiou-Ferenzac avec la même aisance.

— Il me charriait, vous vous souvenez Lucette ? lança la Vilmorin.

— Non. Sur votre croyance ?

— Oui, oui, il m'imitait en train de dire mon chapelet, c'était drôle. C'était moqueur, mais pas méchant.

— Il n'a jamais été méchant avec les choses de la religion. Il pensait que pour le peuple, c'était parfait de croire.

— Vous êtes trop aimable !

Lucette tourna la tête.

— Puck, vous ne reprenez plus de brousse ?

— Non, je vais surrveiller les os à moelle !

Les os à moelle, c'était carrément d'immenses fémurs de bœuf d'un mètre cinquante que le boucher de Lucette lui coupait à la scie électrique dans le sens de la longueur. La Roumaine se précipita dans la cuisine... Lucette plongea sa main dans un panier de pain et en sortit une petite tranche aux raisins. Elle se grisait des subtils bariolages sonores d'une Vichitra vîna. Bonhomme pleurnichait derrière la porte western. On voyait sa bonne gueule à travers les lattes en bois. La Vilmorin se leva et le fit entrer au moment où la Puck sortait de la cuisine avec un gigantesque plat d'os fumant.

— Je vous serrs ! dit-elle avec autorité en en déposant un dans l'assiette de l'Almanzor.

— Non, non..., protesta Lucette. Servez-vous d'abord. Je tremperai juste une mouillette dans votre moelle.

— À votre guise ! répondit Puck.

— Et votre nouvel ami, demanda la Vilmorin, comment s'appelle-t-il déjà ? Le fameux acteur...

— Stévenin ? dit Lucette avec cette façon si personnelle de faire claquer les deux syllabes l'une contre l'autre comme des cymbales, « Stévnin », et pour avaler ce mot si désagréable qu'il y avait dans son nom : « venin ».

— Oui, Stévenin ! insista Puck en raclant voluptueusement son fémur. Nous ne le connaissons pas, comment est-il ?

— Merveilleux ! Il m'amuse beaucoup, il raconte plein d'histoires, il vient depuis peu de temps mais tout le monde l'a adopté. Même François…

— Il veut fairre un film, c'est ça ?

— *Nord*, c'est *Nord* son rêve, mais je n'y crois pas. Y en a eu tellement qui ont voulu faire quelque chose et qui n'ont rien fait du tout. Stévenin part tout fou, plein d'espoirs… Il ne se rend pas compte. Le cinéma a peur de Céline.

— Il a bien rraison de trembler devant un bonhomme parreil ! Il était impressionnant…

— Tu ne l'as jamais rencontré ! dit Vilmorin.

— Mais moi, ma chèrre, dit Puck, je n'ai pas attendu de rrencontrrer Céline pourr le lirre ! À Bucarrest, c'était un dieu. Nous lisions tous Céline, je collectionnais tous les arrticles le concerrnant. Je vous ai déjà rraconté comment j'ai apprris sa morrt ? J'étais sur un chantier avec un client. Au milieu des fondations, il y avait un ouvrrier torrse nu et casqué qui lisait le jourrnal. Surr la prremière page grrande ouverrte, *Le Figarro* annonçait que Hemingway venait de mourrir, c'était écrrit en trrès grros, avec sa photo… Et puis en bas, tout en bas à drroite dans un petit carrrré noirr, j'ai lu : *Céline est morrt…* Je me suis mise à pleurrer… Mon client m'a dit : « Vous pleurrez ce saloparrd ? » Il parrlait de Hemingway !... Quand il a comprris que c'était la morrt de Céline qui me bouleverrsait, il m'a dit : « Je vous comprrends. »

— J'apporte la tarte ratée ? demanda Lucette en se levant.

— Vous dites toujours ça, Lucette, et vos tartes sont succulentes... dit Vilmorin.

— Non, non, elle est ratée, celle-là est ratée. Vous allez voir.

Puck et Vilmorin se regardèrent en souriant. Par la fenêtre, la nuit laissait surprendre sa descente. Roxane enfermée à la cave aboya. Le sitar sinuait dans le studio. Une petite souris traversa la pièce.

— N'en mangez pas, dit Lucette en posant sa tarte aux pommes sur la table.

La Vilmorin découpa la « ratée » en parts égales en disant : « Malraux adorait la tarte aux pommes »... Puck se resservit du vin.

— Au fait, Lucette, poursuivit Vilmorin, il y a une chose que je ne vous ai jamais dite, c'est que Malraux admirait beaucoup Céline...

— Il l'a écrit où ?

— Nulle part. Il le disait en privé. Devant Louise et moi, Malraux disait : « Céline est le plus grand écrivain du siècle. » Plusieurs fois, il l'a répété.

— Louis le savait ?

— Je crois que je le lui avais dit un jour, mais il s'en fichait.

— À Bucarrest aussi, on s'en foutait de Malraux ! dit Puck en mangeant sa part de tarte injustement dénigrée.

C'était tout Lucette ça : faire courber l'échine au meilleur d'elle-même, et rabattre le caquet à toutes ses qualités.

En matière de nourriture, c'était simple : elle ne mangeait presque rien. Des miettes pour oiseau. En revanche, elle nourrissait les autres, elle les surgavait de merveilles, elle se mettait toujours en huit, en seize, en trente-deux pour ses invités. Elle avait toujours été ainsi. Quand il voyait qu'elle était sur le point de retenir un invité, Céline le chassait brutalement. Depuis sa mort, c'était le contraire : l'hôte était une sorte d'otage. L'hospitalité légendaire de Lucette était presque devenue douloureuse : on savait qu'on aurait du mal à sortir de ce saloon cocoonant ! On était trop bien chez Lucette Destouches. Heureusement, Toto, ce grand célinien, mordait quelques doigts de temps en temps pour aérer le château.

Il était minuit. Profitant qu'elle allait dans le studio changer de disque, Puck et Vilmorin débarrassèrent la table malgré l'interdiction de la maîtresse de maison. Bonhomme soupira au pied de la télé, qui diffusait un documentaire sur les ours polaires, et, repues, les deux dames pomponnées annoncèrent leur départ. Quelques bises claquèrent. La voiture s'éloigna lentement…

Roxane n'avait pas fini son dernier aboiement que le téléphone sonna.

— Elle n'est donc pas couchée, la Reine de Meudon ?

— Stévenin !

— Mais oui ! Et de Miami !

— Vous revenez quand, mon ami ?

— Mercredi.

— Ce mercredi-là ? C'est bien. Ça se passe comment ?

— Pas trop mal. Ils m'ont fait en blond, un peu pédé…

— Vous devez être parfait. Vous savez que Roxane vous réclame. Elle vous veut, c'est terrible. Elle aboie tout le temps, je suis obligée de lui vaporiser la gueule de parfum pour la calmer ! Il faudrait lui faire prendre l'air.

— Quand vous voulez Lucie, je vais avoir un peu de temps là.

— Vous connaissez Dieppe ?

— Non.

— J'ai mon appartement là-bas. J'aime beaucoup. Louis, enfant, accompagnait sa mère sur le marché de Dieppe pour vendre des dentelles anciennes… C'est là aussi que je vais ramasser ses galets…

— Les galets de Louis ?

— Vous n'êtes jamais allé sur sa tombe ?

— J'ose pas.

— Il faut. Ils sont jolis les galets que je rapporte. Y a des veuves qui préfèrent mettre des fleurs coupées sur la tombe de leur mari. Comme si un mort, ça suffisait pas. Depuis trente ans, moi je dépose des galets de Dieppe sur Louis. À côté du grand voilier. C'est lui qui nous emmènera au large tous les deux. Parce que j'y suis déjà moi ! J'ai ma place, c'est gravé « Lucie Destouches née Almansor 1912-19… ».

— Pourquoi pas « 1912-20… » ?

— « 1912-30… » tant que vous y êtes !

— Y a une croix sur la tombe de Céline ?

— Bien sûr. Il était catholique.

— Je croyais qu'il ne croyait pas en Dieu.

— Quel rapport ? Vous savez que c'est à Dieppe que ma mère est morte ? Je l'avais casée là-bas depuis plusieurs années. Elle était tellement folle qu'elle trouvait qu'elle avait trop de dents de sagesse. Un jour, elle est allée se les faire arracher. Les quatre d'un coup ! Elle a emporté une bouteille de champagne sur la falaise. Naturellement, elle a eu une hémorragie et on l'a retrouvée vidée de son sang, édentée, sa robe rouge dans le vent et la nuit.

— Une sorte de suicide…

— Un suicide aux dents.

— Lucie, allons chercher des galets à Dieppe !

— Dieppe c'est bien, y a de l'air, et puis y a la Mémère.

— La Mémère ?

— La Manche ! Toute vieille, toute verte, elle est superbe…

— Moi aussi je suis devant la mer, mais c'en est une autre : elle fait jeune à côté de la vôtre. Elle est bleue.

— Quelle horreur !

— J'ai quand même trouvé ici un pote qui aime Céline. On a parlé pas mal de *Nord*. Pour une fois c'en est un qui me dit pas : « Quand est-ce que t'écris ? » Je lui raconte le livre comme un film, c'est peut-être comme ça que j'y verrai plus clair…

— C'est pas bête comme méthode.

— Ce que j'aimerai un jour c'est que vous me donniez votre version à vous, Lucie… C'est tellement stylisé ce qu'a fait Céline ! Ce serait bien de pouvoir comparer une scène racontée par vous et ce qu'il en a fait dans le bouquin…

— Je me souviens de rien du tout, du tout, mon ami…

— À d'autres !

— Vous allez vous ruiner en téléphone.

— Y a eu du monde ce soir ?

— Non, juste deux vieilles amies. La Vilmorin et la Puck.

— La Puck ?

— Oui, mon architecte roumaine, je ne vous en ai jamais parlé ? C'est elle qui m'a construit mon pavillon au fond du jardin, vous savez le très beau, tout en chêne et en verre, un vrai temple japonais...

— Celui qui a brûlé ?

— Exactement. Court-circuit. Le matin, je me lève : un feu superbe ! Il n'en est rien resté. C'était un bijou, avec des glaces, des baies vitrées, un podium et une verrière. Le plafond donnait sur les feuillages des cèdres. Le soir, avec la lumière, c'était splendide, les élèves avaient l'impression de danser dans la forêt, comme dans une pièce de Shakespeare. D'ailleurs, ma Roumaine, elle a joué dans *Le Songe d'une nuit d'été.* C'est pour ça qu'on l'appelle Puck...

— Vous avez vu Serge ?

— Il est parti ce matin, mais on s'est vus hier, on a pris un thé, il a cassé deux tasses et puis il a cité La Rochefoucauld. C'était à Passy, vous connaissez Frank et fils ? C'est un magasin comme le Printemps, et maintenant au deuxième étage, ils ont fait un petit salon de thé Le Nôtre.

— Très chic, « je bois mon thé à Passy » !

— D'abord, y a l'enfer : il faut descendre au parking sous terre, avant de remonter au ciel, là on prend un petit thé qui est quelconque, et puis on retourne vite à la maison au milieu de toutes les autos qui veulent vous monter dessus. Et voilà, on croit qu'on a fait quelque chose, on n'a rien foutu du tout. Vraiment Paris est moche, si j'étais au bord de la mer, je verrais les bateaux rentrer et sortir, là qu'est-ce que j'ai vu entrer et sortir ?

Des mémés du XVIe avec leurs petites toques, leurs visons, elles sont dégoûtantes.

— C'est bien une demi-heure.

— Un tout petit quart d'heure aurait suffi, mais vraiment ça n'apporte rien du tout, je ne suis pas très contente de moi. Il ne faut plus sortir, ou alors aller ailleurs, un peu plus loin, si j'avais la force. À Menton, vous savez que j'ai deux chambres de bonnes ? Je cherche à les vendre.

— On peut y aller aussi.

— Je suis grand-mère quand même. Vous oubliez des fois.

— Grand-mère volante !

— Il faut que j'y aille, de toute façon, il faut que j'y aille…

— Moi je suis partant pour tous les petits voyages.

— Je le sens bien, mais vous, vous êtes dans la vie, voilà la différence. Moi je suis sur le bord de la route. Je suis assise, j'avance plus. Faut me porter.

— C'est vous qui allez me porter !

— Allez, raccrochez ! Vous êtes fou ! Il est minuit et demie. Quelle heure ça fait à Miami ?

— Trois heures de l'après-midi. Je vais faire une petite sieste.

— Allez-y.

— D'accord. On se dit à tout bientôt ?

— À très bientôt.

Stévenin raccrocha. Il s'étendit sur le lit de sa chambre d'hôtel et réfléchit. *Nord* lui reprenait comme une crise. *Nord*, c'était son palu. Il transpirait d'exaltation : il imaginait Lucette, sa Lucette là-haut toute seule. Plus il pensait à elle, plus son film avançait. C'était devenu son moteur. Il avait désormais une mission Stévenin : offrir à Lucette le premier film tiré d'un livre de son mari pour son centenaire. Cet après-midi-là, à Miami, teint en blond pour les besoins de son rôle, Jean-François Stévenin se voyait à l'ouverture de Cannes 94, montant l'escalier rouge, en smoking, Lucette Destouches au bras.

Comment pouvait-on commémorer mieux la naissance de Céline ? En écrivant un énième livre sur lui, sur ses livres, sur sa vie ? Encore un livre pour mieux empêcher qu'on le lise ? Qu'on le vive ? Chaque « essai » qui paraissait n'était qu'un champignon. Tout était dit, rien n'était ressenti. C'était sur Lucette qu'il fallait désormais se pencher. L'idée, l'envie, le besoin de passer par la femme, par sa femme (il n'y en avait qu'une) s'imposait. C'était le tour de la reine. Seule la jalousie des hommes et des femmes, depuis le début avait remis son « couronnement ». On avait eu beau la comparer à Ophélie, à Jeanne d'Arc, à Peter Pan, il était temps de reconnaître que Céline était plus fort que Dante, car, lui, sa Béatrice, il l'a mise en enfer ! C'est au prix de cette évidence qu'on saura toute la vérité sur cette écriture phénoménale qui passa mi-cyclone mi-typhon sur le siècle.

Céline sans Lucette semblait à Jean-François bien amputé maintenant qu'il l'avait approchée. C'était une histoire à deux. Louis Destouches avait eu besoin de Lucie Almansor pour, sinon construire, maintenir à bout de bras ce monstrueux martien frankensteinique dont ils se sentaient responsables : Louis-Ferdinand Céline.

C'était la seule photo de lui épinglée au mur de liège. À Meudon en 1959. Sortant d'une ruée vers l'or ratée, avec son gilet crade, ses pulls troués, ses foulards flous, le pantalon flottant… Ou d'un duel peut-être ?

— Il fait très cow-boy chez Sergio Leone là ! s'exalta Stévenin pendant que Lucette, dans la cuisine, finissait de monter une mayonnaise. Regardez-le avec son œil scrutant, sa moue amère, ses joues mal rasées, une main qui pendouille comme s'il débouchait d'un saloon, prêt à dégainer son colt de mots !…

« Vrrrrrr… »

— Vous saviez, dit-elle par-dessus le bruit du batteur, que ce Leone voulait lui aussi adapter le *Voyage* ?

— Ça m'étonne qu'à moitié.

En effet, il s'en était fallu de peu. Pour quelques dollars de plus, Bardamu se retrouvait en cinémascope avec sa dégaine de miteux grandiose, échangeant des regards abscons avec Robinson entre deux bruits angoissants. Céline lui-même n'était-il pas un héros de western-spaghetti, de western-nouilles ?…

Le cinéma de Sergio Leone avait quelque chose en commun avec l'idée que Céline pouvait se faire d'une éventuelle mise en film de son livre : l'économie du verbe. Presque pas de mots et beaucoup de sons. Dans Le Bon, *la Brute et le Truand*, des cow-boys lymphatiquement sadiques ne se parlent pas, trop occupés à s'épier ou à faire de la poussière avec leurs bottes. Les canons des revolvers sont pointés sur l'objectif de la caméra, les trognes sont voilées par leurs gros plans, on entend des tambours tapotés nerveusement ou bien de lancinants harmonicas interrompus par des canardages si fréquents qu'ils ne veulent plus rien dire. Sergio Leone est un cinéaste épique du cauchemar stylisé, abstrait, presque japonais, No même, où l'inaction est reine et par là même la morbidité impératrice. Lucette le comprenait, elle qui n'aimait que Kurosawa que Leone vénérait. Il fallait pour « Louis » quelque chose de grand, de toujours plus grand !

D'ailleurs, lorsque l'idée d'un acteur pouvant « incarner » Céline tournoyait dans le salon de Meudon, Lucette poussait spontanément un nom en forme de cri : « Clint ! » Oui, elle voyait très bien son mari en Clint Eastwood, ou l'inverse… Ça donna à Stévenin une précieuse indication sur l'admiration physique que Lucette portait à Céline. C'est vrai que dans le genre beau Gémeaux destroy magnétique, Eastwood eût fait parfaitement l'affaire. Il avait l'âge en plus. Il aurait fallu qu'il troquât son poncho pour la houppelande. Mais comment convaincre Clint Eastwood de jouer le rôle d'un grand écrivain français dans un film de Jean-François Stévenin ?

Bien des photos, depuis Klarskovgaard, montraient Céline cassé et invincible : il traînait dans la sierra torride de son destin sa dégaine de maudit soupirant et sa tête « mise à prix »... C'est comme ça qu'on aurait dû le filmer ! Hélas, pas plus que le peintre Giorgio Morandi qui, trouvant plus vivante la nature morte, ne peignait jamais de visage, Céline n'a accepté de se laisser filmer. Seuls Dumayet et Pauwels avaient réussi à le convaincre exceptionnellement.

Les derniers temps, Jacques d'Arribehaude sentait qu'il fléchissait. Pour l'amadouer, il apporta une petite Paillard 16 mm *sans pellicule* avec laquelle il filma à blanc Céline dans son bureau. D'Arribehaude aurait très bien pu charger l'appareil, Céline n'y aurait vu que du feu... Trente ans après, il se souvenait encore du bruit du moteur ronronnant autour d'un Céline rassuré : *Vrrrrrr...*

« Vrrrrr... »

— Voilà ! La mayonnaise est faite... Stévenin, vous sortez les rillettes ?

Depuis son retour de Miami, ils ne s'étaient

guère quittés tous les deux. Jean-François se sentait de plus en plus gêné de velleiter ainsi autour du « Projet ». Bien sûr Lucette espérait qu'un jour quelque chose se ferait, mais pour elle l'avenir n'avait pas plus d'existence que le passé : l'un ne sera et l'autre n'avait été que pour alimenter ce présent, cet énorme chaudron du présent dans lequel, en sorcière espiègle, elle engloutissait tout : pensées, sentiments, souvenirs, espoirs… À son âge, personne d'autre n'était apparu sur la route de Stévenin, pourtant bien encombrée, dans une lumière si puissante. Lucette, c'était son astre. C'était tout sauf la femme dans l'ombre d'un homme-soleil. Elle avait sa propre intensité, au point que tout vrai fanatique de Céline arrivait, après l'avoir observée en train de dénouer de ses mains noueuses quelques phrases poétiques, à ne plus penser qu'elle était la femme de Céline, mais que Céline était son homme, et qui sait sa femme aussi ?

Tout ce qu'elle lui racontait le bouleversait. Pas seulement les anecdotes sur Céline qu'il avait fini par appeler « Louis » parce qu'il lui semblait désormais l'avoir connu personnellement, mais sa vision à elle des choses qu'elle remontait par doux flashbacks, à contre-courant de toutes ses folies. Stévenin savait que ce voyage à rebours le mènerait à sa propre liberté.

Il souhaitait désormais que tout le monde parte. C'est là qu'il était heureux, dans ces fins de soirée qui n'en finissent pas, ces longues langueurs de nuit à deux. Qu'est-ce qu'ils étaient bien à papoter comme des chefs sioux près du feu ! S'échanger trois vagues bouts de mots, se passer des gestes, se mijoter des regards... Dans cette pièce, comme dans toute la maison, respirait un grand mépris pour tout ce qui n'était pas de l'ordre du désordre.

C'était pas pour faire « artiste ». Lucette n'avait jamais fait exprès d'égarer les choses ni de les déranger avec soin. C'est ce que les rangeuses appellent : le bordel, alors que c'est une église où chaque objet devient liturgique par la place inattendue qu'il occupe : la religiosité vient souvent de certains décalages... Lucette, c'était une femme à objets. Elle adorait acheter des trucs qui ne servaient à rien, ou plutôt dont elle ne savait pas, ou ne voulait pas se servir. L'objet inutile prenait chez elle valeur de totem para-duchampien. Un batteur électrique, un tire-bouchon, un four à micro-ondes devenaient aussitôt dans ses mains qui ne les touchaient pas des sortes de super-ready-made, mais sans l'artistique ironie anti-artistique dont Marcel Duchamp s'ingéniait à recouvrir les siens. Des ready-made premier degré si l'on peut dire, des ready-made sans art, bref beaucoup plus beaux. Beau comme le porte-bouteilles abandonné qui, au BHV, était juste à côté de celui que Duchamp avait choisi pour en faire son porte-bouteilles. L'objet à l'abandon ! C'était toute sa philosophie à Lucette. Inutiliser les choses et accueillir l'inutilité des êtres, humains ou animaux.

Stévenin se disait que cette femme était une allégorie de l'excès : voilà ce qui avait dû lui plaire, à « l'Autre ». Il avait besoin d'avoir à ses côtés « Miss Excès », en personne. Son trop-plein lui donnait de l'extase. Dépasser les bornes, c'était pour Lucette faire les choses à moitié. Elle était allée si loin en tout (la danse, l'amour, le courage, la gaieté, le célinisme) qu'elle ne se rappelait même plus d'où elle était partie. Elle était sans frein. Elle aurait pris de la drogue, joué aux cartes, bu de l'alcool, c'était pareil… Après la mort de Céline, elle avait goûté au porto. Du porto toute la journée. Finalement, c'est le porto qui a arrêté de se laisser boire. Il était écœuré par Lucette. À un moment donné, toujours après la mort de Céline, elle s'est mise à fumer. Tout Meudon était dans le brouillard. Elle fumait deux cigarettes à la fois, et entre trois et quatre paquets par jour. Pour s'arrêter (s'arrêter avec excès), elle se contenta de jeter ses mégots dans un seau depuis le matin jusqu'au soir. Avant de se coucher, elle regarda le seau gris rempli, elle fit une petite moue spéciale et le jeta aux ordures. Le lendemain, en se réveillant, elle ne pensa même pas à rallumer une cigarette. C'était comme si elle n'avait jamais fumé.

Depuis la mort de Céline, une autre vie circulait dans ce château mystique. D'autres sortilèges avaient pris place. Un désordre chassait l'autre, et avec une grande grâce, Lucette évoluait dans sa mémoire comme dans un vieux théâtre bondé de spectres bien vivants. Ils étaient tous là, les morts et les autres, dans la salle à l'applaudir, la belle Lucette intacte dansant sur scène, rose et or sur une musique de Couperin ! Meudon, c'était ça : un drôle de théâtre où il était entré et sorti du drôle de monde. Choses, hommes, animaux…

L'Almanzor bondit de son divan…

— Je vais vous mettre un petit barrissement d'éléphanteau, vous allez m'en dire des nouvelles…

— Ce serait pas mieux d'arrêter cette guitare avant ? proposa « Stèv ».

— Arrêter Segovia ? dit-elle en se retournant. Vous êtes fou, mon ami. Ça se mélange trop bien aux éléphants.

À Meudon, il y avait en permanence au moins trois magnétophones qui diffusaient ensemble des musiques dans chaque pièce. Rameau venait flirter avec le Golden Gate Quartet. De la salle de bains, une symphonie de Mahler allait à tombeau ouvert se précipiter contre deux pauvres violes de gambe « esgales » qui donnaient un concert deux étages et deux siècles plus bas. Les adorables plaintes des pachydermes accompagnaient déjà la guitare du virtuose espagnol lorsque Lucette réapparut dans le salon…

— Tout à l'heure, on mettra un orchestre de ouistitis qu'une élève mariée à un Kenyan m'a enregistré…

— Et tous vos chiens et chats, vous n'en avez pas gardé la trace ?

— Je n'ai fait que ça ! J'avais des milliers de bandes magnétiques. Pour moi, les années 90, 80, 70, 60, ne furent qu'une longue série d'aboiements, de miaulements, de pépiements. Depuis la mort de Louis, mes seuls repères sont mes animaux. Je compte par bête, pas par année. C'est une bonne femme qui nous trouvait des chiens perdus. Elle avait un refuge à Viroflay, j'y allais avec Louis, ou bien seule, par le pavé des Gardes, tout en haut. Quelquefois, on prenait un éclopé en fin de course qui nous claquait dans les doigts au bout d'une semaine, d'autres duraient plus longtemps. C'était toujours les pires qu'on adoptait. Ce que Louis a pu pleurer ! Je l'ai vu veiller une chienne à l'agonie, il lui tenait la patte toute la nuit dans sa main gauche, et de l'autre il continuait à écrire. François en a compté cinquante-deux depuis Bébert 1er, de Korsør à Meudon : des chats comme Tête de Choux, Sarah, Mouche, Tomine, Flûte, Neutron Proton, Billy, des chiens comme Bessie, Bonzo, Agar, Madame Dubois, Frieda, Ingeborg, Polka, Jasmin, Delphine, Le Vieux Tom, Tom, Trao, Wolf, Flora, Balou, Cri-cri, Gigi, Moune… Tous enterrés dans le jardin.

J'en oublie certainement, jusqu'à ces trois voyous-là…

— Sans compter les perruches, Lucie…

— C'était pas des perruches, c'était des personnatas et des agapornis, je les foutais tous dans la même cage. Y en avait qu'un qui avait sa cage à lui, c'était Toto, les autres étaient soixante à hurler. J'avais des tisserins qui volaient où ils voulaient dans toute la maison. Ça foutait des plumes partout. Quand je ne m'occupais pas assez d'eux, ils rouspétaient. Un jour, un tout petit est venu me voir dans la salle de bains. Je lisais le journal dans ma baignoire, il a transpercé *Le Figaro* avec son bec !

— Je n'ai jamais rencontré une femme qui aime autant les oiseaux.

— Mon préféré, c'était Oswald, mon harz…

— Oswald ? Harz ?

— Vous ne connaissez pas les « harz » ? Ce sont des petits serins spéciaux qu'on ne trouve qu'en Forêt-Noire. Ils ne mangent que de la pomme de terre. Chaque savetier, là-bas, en a un, il le met dans une cage au-dessus de lui pendant qu'il fabrique ses sabots : le harz chante les airs du coin. Le mien improvisait des mélodies à lui : Oswald était un artiste. Je l'écoutais pendant des heures. Il était rouge sang. Un matin, un plombier me l'a volé.

— Un singe, vous n'en avez jamais eu envie d'un ici ?

— Oh, si ! Michel Simon me parlait toujours de sa gueunon. Vous savez, celle qui ressemblait à Arletty… Qu'est-ce qu'ils s'entendaient bien tous les deux ! Quelle intelligence ! Il est venu souvent ici après la mort de Louis. Il parlait très bien de Céline et moi il me comprenait, il lançait toujours des réflexions sensibles sur ma danse : il s'y connaissait, il avait été acrobate ! Il jouait avec les chiens, la tortue « Petite Maman », les petits lapins de Mireille…

— Mireille ?

— Leur mère ! Une lapine toute noire. Elle m'a fait cinq petits : Peter, Flopsy, Mupsy, Cotton Tail et Mister Mac Gregor… J'ai eu une poule aussi : tous les matins, elle me faisait un œuf dans le bidet de Céline !…

— Vous êtes Noée, Lucie…

— Quelquefois, j'aimerais bien un petit déluge… Qu'elle vogue un peu mon arche ! C'est pas rigolo de rester toujours là.

— Vous aimez voyager vous ?

— J'avais horreur de ça. Je me disais que je ne vivrai pas assez vieille pour me fabriquer des souvenirs, et si on ne peut pas se souvenir de ses voyages, c'est pas la peine de voyager. C'est François qui m'a forcée. J'y ai pris goût. En vingt-cinq ans, on a fait le tour du monde. Y a que deux pays où j'ai refusé d'aller : Israël et la Russie.

— Boycott ?

— Boycott. Sinon, on a tout visité. L'Égypte,

la Grèce, le Japon, le Maroc, l'Afrique, l'Inde... Vous êtes déjà allé en Inde ?

— Jamais.

— C'est fantastique, l'Inde ! C'est comme l'Afrique, en plus fin. Les couleurs, les gens, les poses des gens. Il y a des mendiants merveilleux qui ont des mouvements plus dignes que ceux des plus grands Noirs. La pauvreté a une richesse si évidente qu'on oublie qu'il s'agit de pauvreté. J'ai vu des touristes horribles l'oublier d'ailleurs.

— J'avais une tante qui me disait toujours en désignant les bourgeois : « Pauvres gens riches ! »

— En Inde, c'est plutôt : « Riches gens pauvres ! » Si vous voyiez ça, on ne sait plus où regarder, tellement ça regorge de richesses. Les mourants aussi sont très beaux. Ici, c'est les soi-disant vivants qui sont tous morts (il suffit de les voir marcher). Tandis qu'en Inde, les agonisants sont pleins de vie. On aime la mort là-bas. On apprend à l'adorer. Si vous vous sentez mourir un jour, Stévenin, allez vite en Inde, c'est de là-bas qu'il faut foutre le camp.

— Merci du tuyau, Lucie !

— J'ai vu aussi des vieillards qu'on emmenait à la crémation alors qu'ils n'étaient pas encore morts. On les mettait près du feu, en attendant qu'ils meurent. Les enfants, ils ne les brûlent pas parce qu'ils sont purs. Quand ils sont morts, on les fout à l'eau... En se baladant en barque sur le

Gange, on croise des bébés flottants. Curieux, non ?

— Et vous voyagiez seuls tous les deux seulement ?

— Non, il y avait Bob avec nous. Bob Westhoff, l'ami de François. C'avait été le premier mari de Françoise Sagan. François l'avait rencontré au moment de son divorce. Quel personnage ! Un grand Américain, angélique, alcoolique. Pour moi c'était *Théorème*, vous savez le film de l'Italien… Jeune, il était plus beau qu'Alain Delon. Quand on lui demandait ce qu'il faisait, il répondait : « Play-boy ! » Il avait du sang prussien. Très cultivé et insupportable et mélomane avec ça. Il lisait toute la journée *Une histoire de la musique* de Rebatet. Il parlait très mal le français, mais écrivait très bien. Il était passionné par la grammaire mais il s'en foutait un peu de Céline, sauf *Nord* qu'il aimait bien. Un jour Luchini a récité un morceau du *Voyage*, Bob s'est levé et a pris un taxi. Bob était comme ça, ils ont fait la bringue pendant des années avec François, il a fini par en mourir, à la fin il était monstrueux, tout rouge, détruit. On en a visité des musées tous les trois ! À toute vitesse bien sûr. François, ce qu'il voulait, c'est tout voir vite.

— Vous n'avez voyagé qu'avec eux ?

— Principalement. Avec les Dubuffet aussi, à New York. On s'entendait bien avec Dubuffet, mais il me poussait à rééditer les pamphlets lui aussi. Je lui disais : « Vous n'avez qu'à en écrire vous-même si ça vous plaît tant que ça ! Avec votre écriture "brute", ça sera moins "brutal", ça passera mieux… » Alors, il changeait de sujet. Sa femme s'appelait Lili et refusait de sortir : j'ai donc joué souvent les Madame Dubuffet. Ils n'arrêtaient pas de se disputer. Quand elle gueulait, Lili Dubuffet ressemblait aux bonshommes peints par son bonhomme, vous voyez ? Des boucles sinueuses partout sur la figure… Un jour, on mangeait dans un restaurant installé au-dessus d'un bassin. En plein dîner, les Dubuffet m'embêtaient tellement que j'ai plongé, j'ai nagé autour d'eux en attendant qu'ils se calment.

— Qu'est-ce qu'il y a eu comme agités autour de vous, Lucie !

— Oui, des fous surtout. Un jour, une jeune fille vient me voir. Toute brune toute fiévreuse. Je vois bien qu'elle allait mal. Elle tourne en rond en me racontant sa triste vie. J'essaie de la consoler. À la fin, elle sanglote. Au moment de partir, elle m'embrasse et me dit : « Je suis israélienne. J'ai un revolver dans mon sac. J'étais venue pour vous tuer. Je n'ai pas pu. Merci. »

« Je les attire, les dingues. Ils me touchent. J'aime les plaindre. J'aime les aimer. La danse, c'est pour eux. Le rythme, c'est ce qui va le mieux avec la folie. Seuls les fous savent vraiment danser. J'ai eu une amnésique dont je ne me souviens plus du nom, j'ai eu des dégénérés, des simplettes. J'ai même eu une mongolienne, Marianne. Fille d'un grand catholique, elle bavait beaucoup. Elle est restée longtemps avec moi, au milieu des autres, les enfants comme les adultes. Mon principe, c'était de la noyer dans un bain de mouvements. Elle caricaturait tout, mais ça lui faisait du bien. Tout le monde avait fini par l'accepter. Seuls les chiens aboyaient en la voyant se démantibuler en tutu…

« C'est comme Marie-Claude Delon, la demi-sœur de l'acteur. C'était une infirme à douze ans. Elle avait un pied de dix centimètres. On me l'a mise entre les mains. Au bout de quelques années de pointes nuit et jour, elle a remarché, elle est devenue une vraie bonne danseuse. "Un miracle", disaient les médecins. Bien sûr, elle n'a plus voulu me quitter. Elle dormait devant ma chambre, sur le palier, comme une chienne. Elle giflait tous ceux qui m'approchaient. Elle sortait un couteau si on me faisait la bise. C'était plus tenable. Je l'ai présentée à Héron de Villefosse, il l'a épousée. C'était le seul moyen. Elle a vécu ici très longtemps, comme le petit-fils de Céline.

« Jean-Marie Turpin vous le connaissez ? Il me rappelait Louis un peu, je pensais que ça s'était bien transmis tout ça, dans les yeux, l'attitude, et puis non : il a commencé à boire, il faisait des histoires. Je m'en suis occupée comme une mère, la sienne me haïssait. Jeune, il ressemblait à Céline, par ses défauts uniquement, pas par ses qualités. Il avait de petites mains molles et une petite bouche aussi molle, j'ai dit "ça sera jamais un Céline" ! C'est terrible comme il faut peu de chose pour que ce soit raté !... Il fera peut-être quelque chose, il a eu son agrégation de philo, c'est un garçon intelligent, il a écrit cinq ou six romans, essayez d'en lire un, vous verrez. Il écrit sur les bardes bretons, essayez... C'est pas facile de passer de la philosophie à la littérature... Quand il habitait ici, Turpin me lisait le soir ses pages, je n'y comprenais rien, du vent, du beau vent, mais du vent. Pourtant sa grand-mère disait : "C'est mieux que du Céline !" Il paraît que c'est la femme de Dominique de Roux qui s'en occupe maintenant. Le plus rigolo, c'est que Turpin a rencontré Madame de Roux ici, quand Dominique venait tout le temps pour *L'Herne*. Il a croisé un instant ce jeune homme, et elle aussi, sans se douter que Jean-Marie et sa femme seraient si amis vingt ans plus tard...

— Dominique de Roux, vous l'aimiez bien ?

— Non, c'était physique. Il faisait avorton. Brillant avorton. Visqueux à force d'être brillant. C'est comme son copain, Jean-Edern Hallier, lui je ne voulais pas le recevoir, alors il tournait dans le jardin en parlant à haute voix au fantôme de Céline. Intellectuellement, Dominique, c'était autre chose. Et quelle belle énergie littéraire ! On a récupéré ensemble le manuscrit de *Guignol's Band II* chez la Canavaggia. Il m'emmenait partout… Un jour, il a insisté pour que je l'accompagne dans une conférence à Rome, alors je l'ai suivi. En fait, la conférence, c'était une réunion de néo-mussoliniens. Ils étaient tout à fait charmants, mais tout à fait d'extrême droite. Dominique, ça le faisait rire. Moi j'ai repris l'avion sur l'heure. Et puis, de Roux a fait quelque chose qui ne m'a pas plu : il a voulu prendre des cours de danse (il était parfaitement ridicule) et il disait : « Pour avoir un manuscrit de Céline, ça vaut le coup d'enfiler un collant. » Moi, vous savez, je ne me suis jamais trompée sur les gens, j'aimerais me tromper plus souvent. Ma première impression d'une personne, je la donne ou je la donne pas et tout de suite après, je reviens dessus pour l'oublier. Malheureusement, plus tard je suis obligée de convenir que j'avais raison, c'est triste non ? Les gens, je les excuse beaucoup parce que c'est pas de leur faute s'ils sont ou idiots ou méchants…

— Quel est celui qui ne vous a jamais déçue ?

— Robert Brami. C'était un médecin que Céline aimait beaucoup. Un cardiologue cardiaque. C'a été son meilleur confident pendant toute la dernière période. Ils discutaient beaucoup tous les deux. C'est le seul qui ait compris *Bagatelles.* Louis le disait. Il n'était pas susceptible jusqu'au jour où il l'a été, mais bien plus tard, il y a quelques années à peine. C'est sa femme qui a peut-être mal supporté une réflexion de François, ou de Serge… Rien à voir avec la « question », c'est autre chose, je ne saurai jamais pourquoi il s'est fâché. Une fêlure… Il préférait sûrement Meudon du temps de Céline. Dommage, il venait tous les mercredis. C'était pas un cynique comme Willemin, notre médecin, le copain de Serge. Lui, aucun cœur. Il disséquait tout le monde. Il voyait le mal partout. Il était froid comme un poisson, il faisait souffrir les femmes, il écrasait les chiens. Un monstre, avec une gueule de bouledogue, mais très intéressant, passionnant même. Il comprenait Céline, il connaissait bien son corps, son fonctionnement… Exactement comme Pommery connaissait ceux de toutes nos bêtes…

— Pommery ?

— Pommery, le vétérinaire. Lui c'était un merveilleux garçon, d'une douceur parfaite, il a soigné tous mes animaux. Il venait le dimanche matin. Il était très fin. Il avait appelé son fils Tristan à cause de Wagner et il l'avait élevé avec un tigre à cause de Kipling. Vous voyez le genre ? Il était très littéraire. C'est lui qui a fait *L'Herne.* Dominique de Roux était trop brouillon. Pommery écrivait des pièces de théâtre très amusantes, il en avait donné à lire à Céline. Naturellement, Louis n'en a même pas lu le titre d'une seule, mais moi si : j'aimais beaucoup malgré quelques défauts de construction, j'ai eu le malheur de le dire à Louis. Quand Pommery lui a demandé s'il avait lu ses pièces, Louis lui a répété mon avis comme si c'était le sien. Découragé, Pommery a arrêté d'écrire du jour au lendemain, c'est idiot non ?

— C'est un machin d'orgueil…

— Pommery était si gentil ! Vous savez que j'étais chez lui le jour de l'incendie ? En 68, avec mon chat blessé, c'était un jeudi, juste le jour où je ne donnais pas de cours. La maison était vide. C'était criminel, j'en suis sûre… *Rigodon* allait paraître. On parlait d'un livre de Céline inédit. On croyait peut-être que c'était un nouveau pamphlet. Les voisins d'à côté avaient reçu des menaces plusieurs fois à ma place, par erreur téléphonique. Je suis revenue de chez le vétérinaire avec Billy dans les bras comme une momie dans ses bandelettes. Tout un tas de policiers en bas de la route. « On ne passe pas ! Une maison brûle. » Je dis en riant : « C'est peut-être la mienne ! » En effet ! Elle finissait de flamber. Les pompiers l'aspergeaient. Ils ont même noyé Tomy mon chien loup qui était resté dans la cave sans vouloir sortir. Les autres, Delphine et Cricri étaient dans le jardin en cendre. Ils jouaient avec des bribes de manuscrits carbonisées qui s'envolaient dans l'air… Des morceaux de phrases de Louis flottaient au-dessus de la carcasse de la maison. On aurait dit une épave de bateau. La pelouse grillée était couverte de couteaux tordus. Je n'aurais jamais cru avoir entassé autant de couteaux ! À part ça, il ne restait rien, plus rien du tout, juste les murs… Et quelques grands miroirs debout dans les ruines, n'ayant plus rien à refléter... Quand il vous arrive quelque chose de grave, vous voyez ça de très très loin, comme si ça ne vous arrivait pas à vous, ça vous rend léger et vide. Les voisins m'ont recueillie très gentiment. François m'avait appelée comme tous les jours à minuit. Une fois, deux fois, trois fois, ça ne répondait pas. Alors, inquiet, il est venu. Il a vu le spectacle. Il a vu les chiens qui erraient dans les décombres. Il s'est dit que folle de tristesse, j'étais certainement allée me noyer dans la Seine, et il a fait cette chose très gentille, c'est de ramener les chiens chez lui... Je l'ai rejoint rue Monsieur, et j'y suis restée jusqu'à ce que Puck vienne me chercher : « Vous ne pouvez pas habiter chez un homme ! », alors je suis allée chez elle à Saint-Cloud. Pendant plusieurs mois, j'ai eu une vraie vie de bohémienne ! Je me déplaçais tout le temps. En plus, j'entraînais chez les uns chez les autres toutes mes danseuses... Comme un essaim d'abeilles que je transportais d'une ruche à l'autre. Et puis j'en ai eu marre, je suis revenue à Meudon. Je me suis installée dans le garage avec le lit, seul lit rescapé (celui de Louis enfant) et mes oiseaux. Ça faisait un oiseau de plus dans la volière. C'est là que cet horrible Michel Polac est venu me poser des questions, et interpréter mes silences...

« Peu à peu, on a reconstruit la maison, mais comme il restait quand même les murs, les assurances n'ont pas voulu la considérer comme maison sinistrée : comme une idiote, j'ai dit à l'assureur : "Moi j'adore le feu !" Le lendemain, il me remboursait une misère… Il a dû se dire : "Elle est folle celle-là, elle admire son propre désastre !" J'avais l'air complice du feu ! Le feu me poursuit. Le feu m'aime. Il faut dire que tous les meubles, toutes les affaires, je m'en foutais complètement de les avoir perdus. Au contraire, ça m'a même libérée. Du moment que Louis était mort, il fallait que la maison ne soit plus la même… Le feu m'a aidée à la transformer. Elle avait besoin de renaître, et moi aussi… Quand j'avais vraiment trop le cafard, je prenais ma voiture, je foutais mes chiens dedans, un ou deux oiseaux parfois, et hop ! En pleine nuit, je roulais comme une folle, dans un tourbillon de plumes et de poils, par la rive gauche, toute la boucle jusqu'à la place Maubert. J'étais poussée à aller là la nuit. C'était mon petit cœur qu'on allait entendre battre là-bas avec mes bêtes. Et puis je revenais à l'aube…

— C'est à ce moment-là que vous avez connu François ?

— Oui, il avait eu un accident d'âne ! Comme Jésus rentrant à Jérusalem, sauf que lui il est tombé de son âne en faisant le mariole. Il s'était abîmé les apophyses transverses, alors Damien, l'actuel maire de Versailles, me l'a amené pour que je le rééduque. Je lui ai marché dessus. Ça a commencé comme ça notre amitié : tous les jours je piétinais mon avocat ! Et puis très vite, on a travaillé sur *Rigodon.* Damien voulait le publier en feuilleton dans *La Gazette versaillaise.* Quelle idiotie ! Je me suis rabibochée avec Gallimard pour qu'il l'édite et on l'a décrypté. Ça a pris des années, toutes les nuits, j'attendais François qui arrivait à trois heures du matin après ses noubas. Un vrai travail de fourmis sur papyrus. Moi je trouvais un mot illisible par-ci, par-là : *ramolo... plaquettes... Bloy... Gare...* De mot en mot, ça m'a fait sortir de mon blanc...

— Votre blanc ?

— Oui, à la mort de Louis, j'ai eu un blanc, un gros blanc épais. C'est François qui m'a sauvée.

— Quelle galerie, Lucette !

— Ah, oui, c'est spécial.

— Et moi j'arrive là comme un cheveu sur la soupe...

— Oh, il y a déjà tellement de cheveux dans ma soupe... Ça fait potage chinois !...

« Johnny à Bercy ». On ne voyait plus que cette affiche en ville. Pour Stévenin, ce n'était jamais qu'un concert de plus. Il suivait son demi-dieu partout. Il se faufilait dans le back-stage, discutait avec les musiciens, donnait même un petit coup de main aux monteurs-démonteurs, tout en se planquant. Il s'infiltrait en douce, mais faisait tout pour que Johnny ne le voie pas. Ce fan indécrottable avait vingt ans de concerts derrière lui et il évitait encore son idole !... Quoi lui dire ? « Merci, quelle belle soirée ! » ? Quelquefois quand même, Johnny tombait sur Jean-François. Au moment d'entrer sur scène ou quand il en sortait. Il finissait par croire que Stévenin travaillait dans le coin, comme par hasard...

— Tu tournes par là, mon pote ?

— Heu...

Les yeux surtout. Des yeux de chien polaire. Ces chiens de traîneau qui sentent la crevasse à vingt mètres et dont justement Céline parle. Johnny lançait des regards de husky.

L'idée lui était venue depuis que Lucette lui avait dit que ce garçon lui avait toujours paru sympathique : « Il a vécu petit dans une roulotte. Ça me plaît. Moi je suis très roulotte… » Quand « Stèv » lui proposa de l'emmener à Bercy voir la bête sur sa scène, l'Almanzor — toujours partante — dit dix fois oui.

Il pleuvaillait lorsque la grosse Mercedes grimpa la colline de Céline. Stévenin la gara devant les barreaux bleus de la cave et répondit en allemand aux aboiements de Roxane…

— Wouch !…

— Ach !…

Il entra dans la maison. Une sonate pour flûte de Händel se faufilait entre une mitraillade de tablas indiens.

— Est-ce que la princesse est prête ?

— Je descends !

Plus somptueuse que Gloria Swanson dans la coda de *Sunset Boulevard* ! Elle portait une veste de pyjama chinois rouge brodée d'or aux épaules, un pantalon large au pli chic, des souliers d'argent, des lunettes noires et la casquette bleue d'un cheminot chargé de conduire une locomotive inouïe d'un siècle à l'autre…

— Ça fait assez « rock » ?

Bercy. Ça se bousculait ! Lucette eut un mouvement de recul. Toute foule l'effrayait. Stévenin la fendit avec son gros bras. Il repéra un type qu'il connaissait mais qui était trop occupé pour s'occuper d'eux.

— C'est ma copine Lulu la danseuse ! dit Stévenin à un curieux.

— Sacré Stévenin ! T'as encore changé de gonzesse…, grommela l'homme.

Il fallait asseoir Lucette. Où ? Tout avait été pris d'assaut. Les clampins s'accrochaient à leurs chaises comme à des radeaux cruciaux. Une certaine tension montait. Stévenin se gratta le crâne. Lucette sortit son bâton de rouge à lèvres…

Nathalie Baye passait par là ! Stévenin la connaissait bien depuis Truffaut. Inespérée Nathalie ! Il bondit vers elle et désigna Lucette.

— Céline, tu connais ?…

Nathalie Baye sourit et s'en alla.

Johnny apparut. Il boitait un peu vers sa loge : vieux jean plus très bleu, tee-shirt noir, crinière inétudiée. Nathalie vint souffler un mot à son oreille dorée… Elle montra du doigt Stévenin et Lucette. Johnny s'approcha et sans saluer Stévenin, le chanteur sortit de son pantalon une place en disant : « La femme de Céline, elle va pas rester debout… »

Elle était très bien placée. Tout devant. Au centre-sono. Ça allait cracher. Il la prévint : « À un moment, il va chanter une chanson, tout le monde va se lever et courir se foutre contre le podium, je viendrai vous chercher juste avant… »

— J'espère bien ! lui dit Lucette.

Alors que les briquets commençaient à s'allumer, Stévenin sortit de son paquet de Camel deux cigarettes. Il en coupa précisément les deux filtres, et presque religieusement les enfonça dans les oreilles de Lucette Almansor.

— C'est mieux, Lucie. Sinon, avec la puissance, c'est plus un plaisir.

Même s'il avait pu, Stévenin était bien trop nerveux pour rester assis. Il s'éloigna en reculant, laissant sa déesse face à son dieu. Un silence particulier, fait de bruits multiples comme un blanc en peinture peut être rempli d'une foule de couleurs, s'installa sur cette minute qui précède le décollage.

« SCHPTOUÏNG ! TONTONG ! »

Ça y était ! Deux accords énormes de guitare venaient de déchirer Bercy. La basse tragiquement puissante attaquait sans pitié les cœurs les plus solides. La batterie explosa si fort dès son premier coup de grisou qu'il semblait qu'elle ne pourrait plus servir à rien par la suite. Lucette en avait pourtant vu d'autres des bombardements ! Après Hambourg, Berlin, Rostock, Bercy ?

Que je t'aime, que je t'aime

Imperturbable, Lucette regardait Hallyday bouger et gueuler. Tous ces bracelets de cuir, ces franges de métal, ces boutons d'armure, ça lui allait bien.

Il avait une indiscutable réalité mythologique. Quelque chose de Porphyrion ou d'Épiméthée, ces invulnérables monstres engendrés à contrecœur par des dieux incestueux et qui font déferler sur les hommes leurs pouvoirs insensés. Johnny appartenait à ces invincibles. Il était le titan du rock français. Il pouvait soulever dix bœufs avant de se coucher, bouffer deux sirènes au petit déjeuner. Soutenir la voûte du ciel d'une main et de l'autre empêcher un aigle à double tête de lui dévorer les foies. Il pouvait recevoir mille flèches dans le corps, six scorpions pouvaient lui darder les deux talons, un centaure lui envoyer méchamment des coups de sabot dans les couilles et un satyre l'enculer, il restait le grand Johnny, hurlant dans son micro toutes les foudres du Rock, ce paganisme des temps présents.

Stévenin, lui, le voyait par les coulisses. Sa sueur brillait davantage. Un projo le bazookait carrément. De gros nuages verts et roses toussaient du sol. Pas de Johnny sans fumée. Et encore, pour Bercy, il avait réduit les effets spéciaux. Au Zénith, l'année d'avant, on avait vu d'abord un gigantesque poing au bout d'un bras articulé qui avançait du fond de la scène vers le devant. Fumigènes. Éclairs. Le poing se retournait doucement et s'ouvrait doigt par doigt et dedans qui est-ce qu'on voyait debout sur la paume géante ?

Johnny en avait marre de rester quatorze minutes et demie la tête à l'envers à douze mètres du sol dans la main d'un King Kong rock ! Ici, à Bercy, il frôlait le raisonnable, il jouait au plus fin avec la simplicité. C'était tout juste si on lui apportait sa moto avant l'entracte. Le petit tour en Harley Davidson s'avérait superfétatoire. Le public le prenait nature, en extase directe, sans chichis magiques. Il avait l'allure d'un lion qui fait le beau pour un sucre que Dieu en Personne tient à lui donner.

Toute la musique que j'aime...

C'était le morceau ! Le raz de marée était imminent. « Stèv » fit le tour du rideau, et revint, dans la salle. Lucette ! Vite ! Elle allait se faire coincer ! Étouffer dans la bousculade terrible ! Tous levés, les dingos se précipitaient vers la scène, en houle d'amour. Stévenin fonça comme un buffle. À contre-courant, il remonta la foule folle et souleva énergiquement Lucette de sa chaise.

— Ne restons pas ici. On va là-bas.

Là-bas, c'était au bord des coulisses, la merveilleuse place pour « les rappels ».

Ça scandait sec. Une atmosphère à la Nuremberg emplissait la salle. On balança d'autres fumées. Des vert clair, des lilas, des amande. Les tonitruances de l'orchestre déchaîné croisaient le fer avec les lumières les plus agressives du monde.

Johnny rentra sur scène pour le premier rappel. Il repartit, puis revint encore, puis revint encore, puis redisparut pour rerevenir toujours. On aurait dit que ces rappels n'en finiraient jamais. Et pourtant si, ils finiraient, après l'Apothéose, après le « peigne ».

Le peigne, c'était le dernier truc. Tout Johnny était dans le peigne. Après toute l'énorme sophistiquerie spectaculaire, il revenait, le débardeur toujours collé à sa poitrine d'idole mouillée, et jetait un petit peigne rouge à la foule. Stévenin adorait ce moment, il laissa sa Lucie seule un instant et alla surprendre son Jojo en train de sortir de scène pour la dernière fois…

— Merde, le peigne, grogna la star ruisselante.

Il avait oublié le peigne ! Johnny rebroussa chemin, et retourna dans sa loge… Quand il en ressortit, son regard croisa celui de « Stèv » et leurs quatre yeux bleus s'allumèrent ensemble. Johnny venait d'inviter Stévenin et son amie à l'attendre. C'était des petites choses de ce genre qui rendaient la vie de Jean-François Stévenin merveilleuse.

Peu après, la star rentra dans sa loge. Il vida d'un trait une bouteille de Contrex, la tendit à Stévenin et disparut presque aussitôt derrière le paravent. En en ressortant, torse nu, il dit à Lucette :

— Madame, je suis chanteur de rock and roll, O.K., et vous savez qui est Stévenin ?

— Non, répondit-elle.

— Dans le cinéma français, continua Johnny, y a Godard, y a Stévenin et le troisième… merde, attendez, ça va me revenir… Pialat. O.K. ? Stévenin, c'est le numéro 2. Alors, moi j'ai fait trente-cinq films, c'est tout de la merde. Mais moi je suis chanteur ! La différence, c'est que finalement j'ai cinquante ans, je chante, et Stévenin, il tourne pas. Il est numéro 2, il tourne pas, c'est pas normal, et ça suffit maintenant.

— Mais tu n'as pas vu mes films ! protesta « Stèv » qui avait toujours la bouteille d'eau vide à la main.

— Dans la vie, mon pote, y a les bons et les mauvais. Pas de pot, t'es tombé chez les bons, comme moi. O.K. ?

Lucette le remarqua aussi : Johnny exprimait son affection presque agressivement. Les yeux bleus froids n'étaient plus que deux fentes. Il parlait à ses amis comme s'il allait leur casser la gueule.

Alors, Stévenin eut un flash… Ce fameux acteur qu'il cherchait pour le rôle de Céline !… S'il osait ! Pourquoi pas ? Encore mieux que Jacques Dutronc, Gérard Depardieu ! C'est Johnny !… Hallyday, voilà l'idée ! Elle lui traversa l'esprit un instant, le temps qu'un brave malabar emmène Lucette aux toilettes et que Johnny passe un peignoir.

Johnny et Céline étaient deux Gémeaux aux regards de husky, ils avaient la même carrure, le même charisme, les mêmes mouvements déhanchés lents qui tuent. C'était ses deux idoles depuis trente ans, pourquoi ne pas les mélanger ? Enfin un vrai rôle pour Jean-Philippe Smet. La plupart des réalisateurs lui avaient fait jouer le sien (Costa Gavras), ou le contre-sien (Godard). On avait trop dit qu'il ne savait pas jouer la comédie, mais qui a su filmer Johnny en voyeur en retrait, en mage de biais, dans l'ombre, comme un chat silencieux regarde tout à travers une vitre, exactement comme Céline se fait voir sans se montrer dans ses livres ? C'était le monde qu'il traversait qui devait être « célinien », pas lui.

— C'est mon peignoir rose qui te fait rire, mon pote ? lui demanda Johnny.

— Non, non, répondit Stévenin qui venait d'avoir soudain le son et l'image de Louis-Ferdinand Smet disant sur le ton de *Gabrielle* : « *Bagatelles...* » J'aime beaucoup ton peignoir, au contraire. Il me rappelle celui de Harras...

— Harras, je connais pas, O.K. ? dit Johnny.

— Le SS qu'ils vont voir à Berlin ! dit « Stèv » en déposant la bouteille sur la coiffeuse. Quand ils sortent du métro, tu vois pas ? Un gros à la Peter Fleischmann ou à la Christof Zanussi avec le gras de la nuque... « Ach ! Ach ! Ce cher Louis... Madame Destouches ! Quelles circonstances ridicules, n'est-ce pas ? » Il est habillé en peignoir spongieux, comme le tien... Jaune citron d'abord, puis bleu ciel, blanc, vert, rouge !... On ne sait pas si le Harras change de peignoir ou bien si c'est le peignoir tout seul qui change de couleur d'une page à l'autre... C'est exprès, c'est pas une erreur de script, avec la secrétaire qu'il avait, ça ne risquait pas de passer… Elle a dû le lui faire remarquer sur le manuscrit. « Dites donc Céline, vous savez qu'il change de couleur comme un caméléon votre peignoir ? — Évidemment ! Vous me prenez pour qui, Marie ? »

Johnny le huskysa méchamment…

— Tu te fous de ma gueule, Stévenin ? Je comprends rien à ce que tu me racontes… Tiens, voilà ta copine…

Lucette rentra dans la loge toute souriante. Johnny se leva et lui embrassa la main.

— Comment vous sentez-vous, Madame ?

Elle le regarda dans les yeux et enleva les filtres de cigarettes de ses oreilles.

— O.K., comment vous sentez-vous ? redemanda Johnny.

— Comme un tambour ! répondit Lucette.

Johnny Hallyday emmitouflé dans son peignoir noir rejeta sa belle tête de fauve célino-eastwoodien en arrière, et éclata de rire, tel le Harras. En raccompagnant ses hôtes à la porte de sa loge, il glissa à Stévenin : « Chez Céline, ce que je préfère, c'est sa gonzesse. »

Trois jours tous les deux à Dieppe. Ça faisait déjà pas mal escapade. Il n'en revenait pas d'avoir là, à ses côtés, la plus vivante des femmes.

Ils roulèrent jusqu'à la mer.

Il faisait nuit en arrivant au port. Enfin, presque. Le soleil finissait de plonger doucement sa grosse tête d'or lourde dans la mer verte. Il restait encore un peu de jour dans le ciel.

— Regardez ça, Stévenin ! Regardez les cieux avant qu'ils ne disparaissent.

Au-dessus de la mer calmée, une symphonie de nuages tonitruait avec des couleurs. Du rose tant qu'on en voulait, mais du rose bien déchiré, pas gnangnan du tout, qui se laisse bien disloquer par de drôles de lueurs afin que tout le bleu du monde l'écharpe en joie.

— Et toute cette mousse de nuées violettes, ça ne vous dit rien ?

Stévenin leva la tête en souriant.

Ils étaient à Dieppe, seuls face à la mer, sous le

même ciel, dans le même temps… Lui ! Lui, l'acteur de *La Nuit américaine* et elle, la danseuse de *Féerie pour une autre fois.* Comment le bon Dieu peut-il être meilleur ?

— Je suis attachée à Dieppe, dit-elle. C'est là que je suis venue, sans réfléchir, à la mort de Louis.

Lui avait-il fallu un endroit à la hauteur de sa désespérance ? Elle était restée là, tout l'été 61. Assise sur les galets à respirer le vent de l'autre vie…

Vue sur la mort ! Elle avait bien choisi son appartement, dans ce Castel Royal, un hôtel désaffecté, la plus belle bâtisse de la plage, un vrai gros gâteau avec bientôt de la chantilly puisqu'ils étaient en train d'en ravaler la façade. Les échafaudages l'habillaient d'une mignonne armure.

Le hall faisait encore très hôtel. En le bombardant un peu, le Castel dieppois eût fait un fort vraisemblable *…nith Hotel* pour son *Nord.* Il y avait des tapis rouges déroulés dans tous les couloirs jaunes, et puis un espace terrible pour tous les fantômes.

L'appartement de « Destouches », comme c'était marqué sur la boîte aux lettres en bas, était dans un état qui le faisait ressembler davantage au repaire clandestin d'un groupe de terroristes en cavale qu'au havre de paix d'une vieille dame en villégiature. La première pièce était bouffée, pour une bonne part, par un sauna. Le sauna — la sauna comme elle disait — était la grande passion de Lucette. Se foutre deux fois par jour dans cette petite cabane de bois clair, et y ruisseler d'aise en bouillotte humaine, voilà qui aurait pu réconcilier Lucette avec la vie si jamais elles avaient été fâchées un jour. Mais ce n'était pas le cas : au contraire, elles s'adoraient. Surtout la vie qui admirait Lucette car c'était la seule femme qui la comprenait *vraiment.*

Quand elle ne saunait pas, Lucette utilisait son mastodonte boisé, comme d'ailleurs celui qu'elle s'était fait installer dans la cave ex-cuisine de Céline à Meudon, pour y sécher son linge. À travers la vitre, on pouvait voir des tonnes de vêtements et de sous-vêtements humides suer le burnous. Ça faisait presque peur toutes ces affaires sans les gens qui vont avec, comme s'ils s'étaient envolés en fumée à force de rester cloîtrés en slips dans cette petite fournaise…

— Ça c'est votre lit, dit Lucette à Stévenin en lui désignant un amas de matelas.

Comme à Meudon, c'était douillet. Y avait des coussins partout, des couvertures plus que partout, et des tapis de gym au sol, et aussi des paravents en bambous cachant mal des penderies béantes. Stévenin déposa son sac au pied d'une portée d'espaliers et ouvrit la première fenêtre. Il trouva sur le balcon Jonathan. Le goéland de Lucette venait leur dire bonjour. Il était si timide qu'on aurait dit un albatros.

Lucette passa ses réveils en revue comme un général. Ses fameux réveils cassés installés guingoisement sur les hauts radiateurs. Y en avait pas un qui marquait la même heure, mais tous étaient figés sur la leur. 4 h ; 18 h 10 ; 22 h 7 ; 15 h… Les aiguilles s'étaient arrêtées en pleine course comme si le temps les avait offensées.

La légion de réveils inutiles rivalisait à Dieppe avec une autre « série » : celle des flacons de parfum vide… Lucette ne se résignait pas à jeter ce qu'elle trouvait beau, et ce qu'elle trouvait beau, c'était souvent ce qui ne servait plus à rien. Elle ne chouchoutait pas outre mesure les objets caducs, mais les laissait vivre leur « petite mort mignonnette » où ils voulaient. Elle aimait qu'un flacon d'essence de thym blanc de la compagnie d'Argenville avec son étiquette, non pas jaunie mais mauvie, fût vide : plus il était léger, plus il prenait du poids.

— Stévenin, j'y arrive pas.

Lucette s'escrimait à ouvrir les volets de la deuxième fenêtre, celle de la pièce du milieu, la plus déconcertante sans doute de cet appartement baroque puisqu'elle tenait à la fois de la chambre et de la salle de bains, sans que personne n'eût pu discerner l'une de l'autre. On avait envie de se coucher dans cette baignoire défaite. Une immense glace faisait apparaître les images inversées des objets que Lucette avait accumulés dans son champ de miroitement : quelques réveils bien sûr, des petites bouteilles d'eaux de toilette, des lampes sans ampoule, des ampoules sans lampe, et surtout d'autres glaces, de toutes tailles, sur socle ou pas, à moitié brisées, fêlées au mieux, se reflétant absurdement dans le narcissisme de leur grande sœur.

Lucette était la magicienne de son grand petit bazar. Stévenin, lui, n'avait à sa disposition sur sa péniche que des magnétophones, des appareils photographiques, téléphoniques, cinématographiques. Il n'aurait pu imaginer qu'une simple horloge foutue ou un vieil atomiseur rechargeable mais jamais rechargé de chez Guerlain pussent enregistrer et émettre plus d'émotion qu'une caméra vidéo ou qu'un walkman.

Lucette resserra son turban et dit à son ami : « Il vous plaît mon lit sur pilotis ? »

Lucette l'avait bricolé, ce lit, de telle façon qu'il était surélevé. Par des sortes de pattes de rhinocéros d'abord, par des épaisseurs savantes de matelas ensuite. Deux ou trois édredons pour finir et elle était parvenue à trouver la hauteur exacte qui lui permettait, une fois allongée, de voir par sa fenêtre la mer et rien que la mer. Ce lit haut perché, auquel un petit escabeau rose donnait accès, lui évitait de voir les vilaines voitures garées tout autour de la pelouse, et même les terrasses des cafés de la plage. La mer, la mer du lit, et c'est tout. Quand elle lisait, elle pouvait jeter un coup d'œil par sa fenêtre : c'était immanquablement l'horizon grisonnant et liquide de sa chère mémère qui, seul, intercalait sa ligne à celles de son livre.

Que lisait donc la femme de Céline ? Oh, pas grand-chose… Même pas Céline. Quand on la connaissait, on imaginait mal Lili lire *Nord*. Un temps, elle s'était mise au roman policier mais ils lui tombaient tous des mains, désormais : « c'est comme une pâte qui ne prend plus ». Au bout de trois pages, le nom de l'assassin apparaissait aussi clairement que celui de l'auteur sur la couverture : c'était d'ailleurs tout à fait normal, puisque l'auteur était l'assassin, l'assassin de son propre roman policier ! Alors, Lucette était revenue à la littérature. Sur sa table de chevet, encombrée au-delà du raisonnable par des cohortes de loupiotes déglinguées et un plateau de lunettes de soleil cassées, tout près de son impressionnant transistor qui semblait avoir fait l'Apocalypse, Stévenin remarqua un tome (le III) de la correspondance de Mallarmé — 1886-1889 —. Il découvrit à cette occasion que Mallarmé s'appelait Stéphane.

Si Lucette Destouches lisait les lettres de Mallarmé, c'est qu'elle aimait sa façon de répondre aux autres, cette élégance scrupuleusement travaillée jusqu'au naturel, tout en figures exquises sur la pointe du cœur. Et puis le style de Mallarmé la faisait rire. Quand il écrivait à Henri de Régnier pour s'étonner de l'avoir vu si triste la veille lors d'un dîner en son honneur, et que pour lui dire cela, Mallarmé mettait les simples mots suivants dans ce désordre-ci : *cher Régnier, pourquoi aviez-vous la mine d'une pensionnaire candide désolée, quand ce juste toast vous échut ?* Lucette était aux anges.

La troisième et dernière pièce de l'appartement était encore une chambre, mais une chambre-cuisine cette fois… Derrière une vitre disposée comme celle d'un studio d'enregistrement qui isole les techniciens des musiciens, il y avait un coin cuisine avec tout ce qu'il fallait pour cuisiner le moins possible. Un grand buffet en bois blanc glonflait son torse plein de tiroirs face à une petite table couverte d'un bric-à-brac assez triste de casseroles et de poêles à frire. Des bols également, et des assiettes prenaient sur eux d'être là pour la forme et un sablier sans sable — il fallait le faire ! — répondait dans la mesure des moyens de son ironie aux fameux réveils chassés eux aussi du bon vieux temps.

De l'autre côté de la vitre, un lit encore et pas du tout surélevé, plutôt un lit-« cocotte », tout à fait comique et touchant qui avait suivi Lucette depuis son enfance à l'île Saint-Louis jusqu'ici. Tout capitonné gris perle, bien pulpeux à l'image de sa mère dont la photo balançait doucement sous le mouvement du souvenir, au-dessus d'une armoire, cocotte également. Sur de petites tables roulantes (combien y avait-il ici de tables roulantes ?), quelques lampes éteintes à jamais et d'autres qui ne se rallumeraient plus ; un panier plein de casquettes ; de périlleuses tours de Pise de tasses à café et un autre transistor, plus petit, aux cornes en berne d'un escargot trop âgé pour danser sous la pluie. Tout à coup, Lucette manipula énergiquement ces antennes un peu tordues, comme si, à l'aide d'aiguilles à tricoter, elle voulait pull-ovériser les ondes… Grr… Prr… Prr… Elle cherchait la bonne station, celle qui diffusait du Mozart 24 heures sur 24… « Canal Wolfgang »… Ça permettrait de voir venir la nuit en petite musique.

On l'eût dite en cinémascope, la nuit, d'ailleurs. L'échafaudage devant la fenêtre la recadrait en plan large. Elle noircissait à vue d'œil dans le ciel fou. La mer lui piquait ses noirs les plus bleus, elle moutonnait aussi plus franchement que lorsque le jour régnait. La mousse blanche lui venait aux lèvres des vagues, avec rage.

L'acteur retourna dans la première chambre. Il ouvrit son sac et s'enfila discrètement un coup de Justerini & Brooks. Lucette arriva avec une grosse clé qu'elle tenait dans son poing comme un revolver chargé. Sans un mot, elle introduisit la clé dans la serrure de l'immense armoire marron qui surveillait le lit aux mille matelas… Elle en sortit un énorme morceau de tissu gris, elle ployait sous le poids. C'est quand Stévenin soupesa lui-même la chose qu'il comprit qu'il s'agissait d'une robe de chambre. Plus lourde qu'une armure, elle semblait avoir été conçue pour aller prendre son café au Groenland.

— C'est la robe de chambre de Louis, dit-elle en riant. C'est moi qui la lui avais fait faire. Il disait qu'il avait toujours froid, alors je suis allée voir une couturière et on a dessiné ensemble ce monument. Touchez, Stévenin, c'est de la laine des Pyrénées mélangée à du tweed et doublée de cachemire.

— En effet…

— Quand il écrivait avec ça, il ne pouvait plus bouger. Il l'a portée une fois pour me faire plaisir mais elle était trop lourde, même pour lui. Il a dû penser que j'étais folle et puis on a rangé cette monstruosité…

Stévenin aida Lucette à replacer l'étonnant vêtement dans l'armoire. Elle pendait à nouveau sur son cintre, un cintre costaud en bois massif qui lui donnait une certaine présence. Quand il se coucha, une heure après, allant assez vite au sommeil dans une sorte de rêverie éveillée, il sentit presque la robe de chambre frémir dans son armoire. Il faillit crier « Lucette ! » dans la nuit, mais le concerto pour basson en *si* bémol majeur K. 191 de Mozart envahit tout.

— Coin coin !…

— …

— Stévenin ?

— Mm…

— Stévenin, vous êtes réveillé ?

— Mmm ?… Lucie…

— Je vous envoie Roxane.

— Vingt dieux !

— Ouah ! Ouah !

— Ça réveille, hein ?

— Ouah ! Wouh !

— Couché !

— Levez-vous !

— Pitié, Rox ! Lucie ! Au secours !

— J'arrive. Pauvre petit bonhomme.

Stévenin — du basson encore plein la tête — vit apparaître dans sa chambre une Lucette telle qu'il ne l'avait jamais vue. Lucette 1re en peignoir jaune pâle très entrouvert, une épaule sur le bras, le chignon défait… La lionne à la crinière d'or s'approcha du lit de Jean-François et ramassa énergiquement la chienne qui avait déjà bien commencé à bouffer d'amour l'acteur. Il voyait la plus célèbre danseuse de la littérature française en petite tenue. Plus royale encore qu'en « grande », elle glissait en souriant dans son manteau d'éponge. Il admirait sa peau de blonde ocrement nacrée : un vrai lassi à la rose que son corps transparent semblait avoir bu.

Elle entra dans son sauna en riant. Stévenin était réveillé tout à fait. Pour ne pas se changer les idées, il alla promener Roxane sur la pelouse. Il faisait un vent à détiarer un pape. Un petit café s'imposa. Il alla le prendre dans un bistrot sur la plage en regardant la mer grise. Bientôt, Lucette arriva, pomponnée ravissante. Elle avait troqué le turban pour la casquette.

— J'ai reçu un coup de fil de ma voisine, je vous ai déjà parlé de ma voisine ?

Stévenin s'assombrit. Non, elle ne lui avait pas parlé de sa voisine, il s'en foutait de sa voisine, il ne voulait voir personne. Juste Lucie et lui, c'est tout. Et Roxane. L'air de la mer le rendait exclusif.

— Elle s'appelle Églantine, elle habite le cinquième. Elle est toute seule. C'est une vieille fille qui demanderait qu'à pas l'être. Elle veut nous inviter à dîner…

— Oh non, Lucette !

— Pauvre petite maman, elle ne sait pas quoi faire pour me faire plaisir.

— Moi je sais que ça ne vous fait pas plaisir d'aller manger un poisson chez Églantine ! Ce qui vous fait plaisir, c'est de bavasser et traînasser avec moi ici !

— C'est vrai, mon ami, mais je ne peux tout de même pas être impolie avec cette femme ! Je lui ai dit de nous rejoindre ici dans une heure. Elle boit un verre, elle repart, elle est contente et puis c'est tout, on est tranquille pour le restant du séjour… Ça ne va pas comme ça ?

— Si, si Lucie…

L'Almanzor commanda un lait chaud, « saupoudré de cannelle », précisa-t-elle.

— C'est pas triste Dieppe !

— Un peu quand même…, soupira « Stèv ».

— Cette tristesse m'a sauvé la vie. À la mort de Louis je les ai tous laissés à Meudon, dans leurs hystéries, les éditeurs, les « amis », la famille, à fouiller, à piquer, à pleurnicher, c'était horrible. Y en avait un qui ramassait des papiers, l'autre qui soulevait les lattes du plancher de la cuisine pour voir si Louis n'y avait pas caché de l'argent (il l'avait fait d'ailleurs !), encore d'autres qui emportaient des souvenirs. C'est bien simple, je pleurais du matin au soir. J'étais dans un état ! Je voulais mourir. C'est Brami qui venait tous les jours me faire une piqûre, je ne me nourrissais plus. La veuve dans les vaps. Je ne voulais entendre parler de rien, je n'existais plus.

« Même le jour de l'enterrement ! Déjà que j'aime pas les enterrements : on voit pas le mort, on voit le monde. J'étais floue. J'ai jeté un œillet rouge sur le cercueil, paraît-il… Y avait un menhir à l'entrée du cimetière. Il pleuvotait, je voyais rien. C'est là que sa fille Colette a piqué une crise. Elle a hurlé jusqu'à la maison en disant que tout lui appartenait et le plus fou, c'est qu'elle se prenait pour moi, elle parlait de ses leçons de danse, de sa "méthode", elle cherchait mes affaires comme si c'était les siennes : "Où sont mes castagnettes, mes chaussons ?" C'est drôle, non ?

— Ça arrive, c'est des machins de transfert…

— Elle voulait prendre vraiment ma place ! Il a fallu la calmer. Quelqu'un a dit en passant que le manuscrit du *Voyage* venait de se vendre cinquante millions à New York : on a entendu « boum », le gendre s'était évanoui. On l'a ranimé. La fille voulait vendre les manuscrits à la feuille tout de suite, page après page, c'était plus rentable… Elle disait « Mon père était un monstre ! » Je me demande si c'était pas elle le monstre. Elle voulait me foutre dehors. « Tout ça est à moi ! » Alors que j'avais acheté la maison de Meudon en revendant mes fermes en Normandie. C'était une idée de Louis pour que ce soit à mon nom. Il se doutait que sa fille ferait des histoires. « Tu vas te faire tondre ! » Il voulait même pas que je la prévienne, mais quand il est mort, j'ai pas pu m'empêcher d'envoyer un télégramme à Colette « père décédé... ». Gen Paul aussi est arrivé. Je lui ai dit seulement : « Trop tard », il a baissé son nez en trompette. La bonne sœur que Serge était allé chercher n'avait pas pu venir mais Gaston Gallimard a envoyé un archevêque tout en violet qui a béni le corps de Louis. Serge m'avait aidée, on avait mis le cercueil sur des cageots à légumes. Toto criait toutes les cinq minutes : « Louis ! Louis ! » Duverger et Bonvilliers ont apporté des sortes de fly-tox pour soi-disant désinfecter... Comme si Louis était mort du typhus ! Dans le brouillard qu'ils ont fait avec leurs engins, ils pouvaient tranquillement fouiller. Je suis entrée juste à temps pour sauver Toto qui suffoquait. C'était horrible...

« Le lendemain de sa mort, j'ai vu arriver, de ma fenêtre, Canavaggia et Nimier, tous les deux. J'ai reconnu leurs silhouettes dans l'ombre : ils emportaient les grandes cantines dans lesquelles les manuscrits étaient enfermés ! J'étais trop déprimée pour les en empêcher. J'ai demandé immédiatement que tout soit rapporté chez le notaire, Canavaggia a sûrement eu le temps de copier des choses, d'en cacher d'autres... Gallimard n'a pas voulu prendre la responsabilité de garder les cantines, mais c'est lui qui avait dû lui demander de récupérer le maximum de papiers. Brami voulait faire un procès terrible à Gallimard "C'est du vol !”. Il a fait venir l’huissier. Et c’est moi qui ai dit non : “Pas de procès à Gallimard.” Y avait déjà le procès des Allemands contre *Nord.* Quarante millions pour diffamation. Gallimard a payé en prenant sur les droits d’auteur…

— Mais la nuit, vous avez pu rester un peu toute seule tout de même ?

— Je suis montée m’enfermer dans ma chambre, le soir de sa mort, et vous savez ce que j’ai fait ?

— Non.

— J’ai emporté *Rigodon* et je me suis enregistrée en train de le lire ! Sur mon magnétophone. La bande doit exister encore… Toute la nuit, j’ai lu le manuscrit comme j’ai pu malgré ses ratures et malgré mes pleurs…

— Comme pour entendre encore Louis parler à travers vous ?

— Surtout pour avoir une trace du roman ! Je me disais que si on m’arrachait le manuscrit, au moins il existerait sur bande, on pourrait le retranscrire après…

« Quand j’ai vu Louis mort, j’ai senti une seconde vie naître en moi. J’étais devenue une autre femme. C’était une de ces fins d’après-midi d’été lourde… Il est mort la montre à la main. À 18 heures pile. Il est mort en mesure pour ainsi dire. La tête tournée, le nez au nord comme Bessie. Dès que les filles sont parties, je suis descendue. De temps en temps, j’allais le voir. On dansait en haut et lui souffrait en bas. C'était un 1er juillet étouffant. Il faisait une chaleur ! Il s'était enfermé toute la journée. Serge était passé le matin, mais il était trop mal. Il avait refusé que j'appelle Willemin, pourtant son bras gauche était glacé. Je lui faisais des compresses depuis l'aurore. Je l'avais trouvé à six heures dans la cave : il regardait son thé fumer sans le boire, l'air anxieux.

« Il était si anxieux ! Anxieux à l'extrême, anxieux sur le temps. Je lui avais fait faire une montre énorme, un oignon on appelait ça, avec un chronomètre et un couvercle qui se soulève, elle sonnait les quarts d'heure. Très belle. Il se l'attachait partout avec des ficelles, pour pas la perdre… Chaque fois qu'on appuyait dessus, elle disait l'heure. La nuit, comme il ne dormait pas, il regardait le temps passer… Il parlait à sa montre. C'était sa vraie copine. Je l'entendais d'en haut. Tic… Tac… Tic… Tac… comme un cœur qui battait… Il était hanté par la seconde. Les dix ans à Meudon, c'a été ça : une course contre la mort, avec cette montre, qui était sa boussole. Je suis sûre qu'il avait calculé sa mort. Il savait que son temps était fini. C'était les dernières gouttes. Il aurait voulu vivre plus vieux, écrire encore mais il est mort d'épuisement, comme Gustave Doré, vous savez, le dessinateur qui s'est tué à fignoler ses petites hachures, toutes ses ombres…

« Il avait terminé *Rigodon*, le dernier roman de

l'épopée allemande, mais certainement pas toute son œuvre. L'exil, Korsør, le retour à Menton, l'installation à Meudon manquent. Il aurait couvert ces épisodes comme les autres… Ça aurait fait encore au moins un ou deux livres. Un, en tout cas : *L'Ambassadrice.* Ce qui est sûr, c'est qu'il voulait faire respirer un peu sa mémoire, elle était épuisée, voilà pourquoi il m'a dit la veille de sa mort : "Maintenant, je vais te faire ton livre sur la danse…" Il voulait qu'on parte tout de suite à la mer, avec Serge. Il aurait très bien expliqué ma méthode à sa façon, il l'aurait écrite un peu comme les pamphlets, en trois mois… Un style entre *Semmelweiss* et la fin des *Beaux Draps*… Il avait une vision esthétique de la danse, pas du tout technique, mais ça l'intéressait cette histoire de barre au sol, de mouvement pour le ventre, cette machine de muscles au milieu du corps, comme si tout se jouait là… Quand je lui expliquais, il me disait toujours que ça lui faisait penser au centaure, à sa jointure mi-cheval, mi-homme. On ne peut pas imaginer à quel point il était passionné par les centaures… Avec la sirène, c'est le monstre mythologique qu'il préférait…

— Le centaure et la sirène ! C'est vous deux aussi ça. Encore un autre ballet…

— Ce qui l'agaçait, c'est qu'on ne reconnaissait pas ma méthode de danse. Au début, il voulait que je l'écrive moi-même !

— Ah, il avait une ambition pour vous terrible. C'était pas seulement le grand timide qui a fracassé le monde et sa petite souris à côté…

— C'est ça qui est drôle. Lui qui n'aimait pas les maris qui pistonnent leurs femmes, il n'a pas arrêté de me pousser. Moi je dansais parce qu'il fallait bien que je sois passionnée par quelque chose, mais lui il en voulait davantage. Il voulait que j'« émine ». Il me mettait en avant, ça m'intimidait. Je lui disais : « Tu me gênes, fous-moi la paix, arrête, c'est ridicule ! » Combien de fois, je me suis mise en colère. Il était gentil comme tout. Il voulait que je critique les autres, que j'écrive un article toutes les semaines sur ce que je pensais de tel ou tel ballet. « Tu le feras très bien ! — Ça va pas ? » Il avait horreur des gens effacés qui n'avaient pas confiance en eux. Il voulait que je sois professeur à l'Opéra. Mais, c'est une bagarre ! Vous croyez que toutes ces filles, elles n'ont pas des épingles plein les mains ? C'est comme la Tchérina, je l'avais connue à l'âge de quatorze ans. Après elle est devenue grande vedette, la grande princesse lointaine que personne n'approche. Un jour, elle téléphone : « Je veux parler à Monsieur Céline… » Je lui dis : « Bonjour Ludmilla ! C'est Lucette, Lucette Almanzor qui te répond ! — Passez-moi Monsieur Céline ! » Je lui passe Louis : « Qu'est-ce que vous voulez ? — Je veux jouer *L'Église.* » Alors Louis lui a dit : « Adressez-vous à ma femme. » Elle a raccroché.

Moi je ne suis pas du genre à me battre. Louis pensait toujours que j'allais triompher, mais moi, j'aurais été étouffée. Je le savais... Le directeur de l'Opéra un jour m'avait convoquée pour voir si je pourrais enseigner ma méthode, mais quand je lui ai dit que j'avais besoin de tapis, d'une poutre et de tant d'heures par jour, il m'a regardée avec des yeux grands comme ça. « Je vous donne un quart d'heure par jour, c'est tout. » Alors Louis et moi, on a écrit une lettre terrible, une lettre bien dure, bien vache, c'était pas gentil parce qu'il m'offrait tout de même une place à l'Opéra et moi je lui renvoie des sottises en lui disant que je refusais, c'était tout à fait méchant. J'ai eu beau dire à Louis que je voulais pas, il a passé outre, il a envoyé cette lettre. « Ils se foutent de toi ? Tu vas voir ! » Mais d'un autre côté, il savait aussi que j'aurais aimé ça, et c'est même lui qui me poussait à travailler avec des professionnels, alors que j'étais obligée de me contenter d'amateurs. Les danseuses professionnelles, quand elles ont vu qu'il fallait deux heures pour venir de l'Opéra à Meudon, au bout d'un certain temps, elles ne sont plus venues, je n'avais plus que les gens de Meudon qui pouvaient venir. Ça lui a fait de la peine à Louis : il me disait « C'est pas ton métier de faire danser une dizaine de tordues ici ! »

— Bonjour, Madame Destouches !...

— Églantine !

La grosse voisine de Lucette tendit sa main à Stévenin.

Lucette demanda à Églantine ce qu'elle voulait boire. Églantine commanda un jus de tomate. Elle n'ignorait pas que Lucette fût la femme de Céline. Ça lui disait quelque chose. Feu son père adoptif possédait des livres de « Monsieur Destouches » (elle promettait de fouiller dans sa bibliothèque), mais elle-même n'en avait jamais lu.

En revanche, ce qui lui avait fabuleusement plu, c'était le livre de Frédéric Vitoux sur Bébert qu'elle avait trouvé en solde.

— Ah oui, le *Bébert* du petit Vitoux… fit Lucette en soulevant d'un index la visière de sa casquette.

— Vous l'avez lu ? demanda la grosse.

— Non, répondit Lucette.

— Ça touche, poursuivit la dondon exaltée, au plus profond de mes entrailles ! J'ai vu, pour tout vous dire, dans ce chat un sage de l'Inde… Carrément réincarné ! Bébert c'est la part sage de Monsieur Destouches, sa part hindoue ! Vitoux m'a émue aux larmes quand il raconte comment Bébert se prépare cérémonieusement à la mort…

— Céline aussi a écrit sur Bébert, dit Stévenin dans un drôle de sourire.

— Tiens, voilà mon jus de tomate…, dit Églantine.

Stévenin lui tendit le tabasco. Tout en s'en versant trois quatre giclées dans son verre carmin, la voisine poursuivit :

— J'ai vécu toute mon enfance dans le regret de ne pas avoir connu Jésus. J'étais un peu amoureuse de lui, ses longs cheveux, sa barbiche… Et puis un jour, j'ai rencontré Armand Total.

— Armand Total ? interrogea Stévenin

— C'est son gourou ! répondit Lucette.

— Après mon premier entretien avec Monsieur Armand, dit Églantine, j'étais sûre d'avoir rencontré quelqu'un d'aussi grand que Jésus-Christ.

— Il a aussi la barbiche ? demanda Lucette

— Non, il n'a pas la barbiche, mais il a le regard, et le cœur. Il a écrit beaucoup de livres, vous savez : *À la trouvaille du sous-soi* ; *Le Message de la non-pensée* ; *Yoga et Yaourt*… L'avenir moral du monde dépend d'hommes de cette trempe. Il est originaire de Nîmes. Un milliardaire nippon lui a fait cadeau d'une immense maison en Ardèche où il y a toutes sortes de gens : des coureurs cyclistes, des employés aux P.T.T., des prestidigitateurs, des poissonniers, un huissier malgache…

— Et vous faites quoi là-bas ? demanda Stévenin.

— Des exercices néo-tantriques de lâcher-prise subliminale principalement… Ça consiste à retrouver son évidence d'être à travers l'écran invisible de l'autre. J'ai travaillé longtemps à quatre pattes face à l'huissier malgache : on cherchait notre anti-soi par inter-détachement para-brahmanique… À vrai dire, ça demande beaucoup de concentration, c'est pour ça qu'on mange pas mal de yaourts. Armand Total nous regarde faire, il est sur sa chaise longue, nu, il prie son Enveloppe… Quel rayonnement ! Il nous transmet l'énergie du Tout-Un… Le soir, on est tous rouges d'amour, on a atteint « le subjectif de l'Entre-Ego » comme il dit.

— Vous croyez dans les vies antérieures ? demanda Lucette.

— Mais je ne vis que pour ça ! répliqua un peu sèchement Églantine. Total n'est là que pour nous mettre dans l'état supra-transmétique de recevoir nos vies antérieures. J'ai vraiment le souvenir d'avoir été quelqu'un d'autre. Je ressens ce qu'ont ressenti certaines personnes bien avant d'être venue au monde, à tel point que non seulement, je n'ai jamais l'impression d'être moi-même, mais j'ai la sensation permanente de vivre ma vie d'ici et de maintenant comme si j'étais morte ! Je suis dans l'au-delà avec vous, c'est en me souvenant de mes vies antérieures que je suis vraiment vivante, au présent !

— Étonnant ! dit « Stèv » en caressant Roxane.

À cet instant précis, Églantine fit une grimace atroce. Tout son visage bouffi se crispa en un rictus des lèvres qui lui déforma jusqu'aux narines.

— Qu'est-ce qui vous arrive ? s'inquiéta Lucette.

— Rien, rien, dit Églantine qui se recomposait… Mon jus de tomate… Je l'ai trop assaisonné !

— Racontez-nous donc une de vos vies, Églantine, lui demanda Lucette.

— Ça ne vous ennuie pas ? Vraiment ?…

Roxane eut un frisson…

— C'était au siècle dernier, commença la voisine j'étais un homme… en Russie… tsariste bien sûr… Avec une grande barbe…

— Comment saviez-vous que c'était vous ? s'inquiéta Lucette.

— Parce que dans la peau de cet homme, il y avait moi. Je ressentais tout ce qu'il ressentait. Je me réincarnais en lui si intensément que cet homme ne pouvait être que moi, seule l'enveloppe physique était différente… Ma femme était morte dans un incendie (elle ressemblait à ma grand-mère dans cette vie-ci) et je fuyais dans les steppes de l'Asie centrale en emportant mon enfant de trois ans et demi dans un traîneau. Je n'ai pas d'enfant en fait, mais là-bas j'étais un bon père, ça je m'en souviens. Je crevais de faim. Je revois la neige comme si j'y étais, et puis des hommes arrivaient sur de grands chevaux noirs, plus ou moins communistes. Moi je leur dis comme un imbécile : « J'ai faim ! » Je croyais qu'ils allaient me donner à manger. Pensez-vous, ils m'ont enfoncé une épée comme ça dans l'estomac : « Crève ! » Je sens encore la lame du sabre en vous le racontant ! À ce moment-là, je m'écroulais dans la neige et j'entendais un rire, un rire d'enfant, c'était le mien qui riait sur son traîneau en me voyant mourir.

— Quelle horreur ! fit Lucette en détournant la tête vers la mer.

— Allez, dit Stévenin, une autre, Églantine ! Une autre vie…

— Bon, encore une, après je vous laisse… J'avais six ans, c'était dans un pays africain. Je ne sais pas si j'étais noire ou blanche. C'était le moment de l'excision, alors voyez un peu… Y avait des gens dans un coin qui aiguisaient leurs couteaux. Ma mère me disait : « Crie "Allah !" » Je criais « Allah ! » Un grand Noir est arrivé, il m'a aspergée de sang et m'a emmenée dans une hutte. Là-dedans, il y avait un bazar terrible et au centre un totem — je le revois encore — qui représentait mon père de ma vie actuelle (que je n'ai d'ailleurs pas connu), le grand Noir a exigé que j'urine contre le totem et m'a ensuite fait manger un gâteau de fourmis. Là-dessus, ma mère est survenue et m'a donné un grand coup de banane sur la tête…

— Alors, finalement, vous avez été excisée ?

— Évidemment !

Le taxi jaune se gare lentement devant la maison. Elle en sort d'abord, avec un cheval à la main. Un cheval nain, et puis un autre ! Le chauffeur de taxi sort à son tour pour aider sa cliente. Il a un perroquet dans sa cage dans une main, et des poules dans la leur dans l'autre. Les chevaux se cognent les croupes. Elle demande où est passée la chèvre ? « Elle est là la chèvre ? » Le chauffeur s'en occupe. Pas de panique, il faudra bien qu'elles descendent du taxi toutes ces bêtes. Et le canard ? « Je vais revenir chercher le canard » dit le chauffeur en se prenant les pieds dans les sabots d'un des chevaux. « OK, donnez-moi les poules » dit-elle en faisant avancer la chèvre. « Allez ! Avance ! Avance ! »

C'est là que la porte de la maison s'ouvre, Robert apparaît. Il voit Sarah aux prises avec son zoo de poche. Le chauffeur rattrape des petits poussins qui se dispersent. Sarah cherche toujours le canard, elle se recoiffe un peu. Elle pense bien que Robert, si neurasthénique soit-il, doit la prendre un peu pour une folle de lui avoir ramené tant de « compagnie ». Lui regarde dans l'embrasure. Il n'est ni amusé ni consterné. Il contemple l'excès. On sent qu'il aime cette femme pour ça. Il la comprend, donc il l'aime. Elle réalise soudain qu'elle n'a pas été raisonnable. Alors, elle s'effondre. Robert la ranime. Sarah ne sait plus qui elle est. Robert lui demande qui il est. Son frère ? Son ami ? Son mari ? Son chien ?

Le soir, il pleut. Des trombes grondent. Robert coule de partout. Son grand chapeau est défoncé par le déluge. Il tente de faire rentrer les chevaux nains affolés par les éclairs. Il pousse et tire les animaux trempés. Le chien est déjà dedans, mais il manque la chèvre. « Je vais chercher la chèvre. » L'orage gonfle encore. Sarah est allongée. Elle ferme les yeux. Elle rêve. Elle se voit dans un ballet allégorique, en train de chanter sa vie familiale. Il y a un essaim de danseuses en tutu qui frétillent sur leurs pointes. Elles jettent des fleurs sur son mari qui enlève sa fille des bras de sa mère, persuadé que celle-ci veut la tuer. Il est temps de se réveiller. « Robert ! Robert ! » Robert est là.

Le vent a brisé une vitre.

Robert boit un verre, lui aussi a une hallucination : il voit son chien se transformer sous ses yeux en homme nu, barbu, poilu. Ça le fait rire. Vite, un type vient chercher Sarah : elle prépare ses affaires. Elle va partir. Robert ne veut pas qu'elle parte, mais il l'aime trop pour la retenir. Il met son juke-box en route et regarde Sarah courir sous la pluie, par la fenêtre ruisselante.

LOVE STREAMS

Stévenin n'osait pas regarder Lucette et Lucette n'osait pas regarder Stévenin. Ils sortirent sans un mot du cinéma. Il pleuviotait sur Dieppe. C'est presque en accélérant le pas qu'ils regagnèrent l'appartement tout proche.

Un film qui se termine comme ça, il faut d'abord le laisser s'évaporer tout entier dans l'atmosphère qu'il a créée. Lucette ne lisait presque plus rien, mais voyait beaucoup. On pouvait dire que c'était une femme qui aimait le cinéma. Japonais surtout. Mizoguchi, Imamura, Naruse. Ozu beaucoup. « J'adore Akira Kurosawa, il est épique, comme Louis. » Stévenin ne savait pas ce qui l'écrasait le plus quand elle lui disait ça, le mot « Kurosawa », le mot « épique » ou le mot « Louis ». Pour une fois, c'était lui qui l'avait « estomaquée ». Cassavetes, ça elle ne pouvait pas imaginer que ça existe. C'était la première fois que Stévenin bluffait Lucette, et artistiquement. Évidemment, ça aurait été encore meilleur s'il l'avait médusée avec ses propres films, mais celui du vieux John, c'était toujours ça, c'était déjà ça.

Les « miniatures horses », elle n'était pas près

de les digérer. Qu'elle fût sensible à ce point au cinéma de John Cassavetes, son maître et idole, « Stèv » en suffoquait presque de fierté : il était fier de lui, fier d'elle et fier de John. Bien sûr, Johnny, ça avait été important, à son niveau de star husky-énergie-rock-machin, mais John, ça allait plus loin. Johnny était un totem ; John, c'était un arbre. Stévenin s'agitait dans l'appartement. Il tournait plus ou moins en rond. Il allumait des lampes sans ampoules, il remontait des réveils cassés. Il épongeait comme il pouvait son torrent d'amour.

Lucette fit une tisane, « un mélange de sorcière » : sauge, origan, marjolaine, prêle, romarin, tilleul, anis étoile… La casserole pleine de feuilles géantes fumait dans toute la cuisine. « Stèv » s'assit sur un fauteuil : il s'abîma dans la contemplation d'un tableau au-dessus du paravent : un bateau dans la tempête peint par un naufragé qui s'en était sorti.

Love Streams lui revenait par vagues. Ça faisait bien la septième fois qu'il le voyait, et toujours les images remontaient comme des cadavres du tréfonds de l'épave du souvenir. La façon qu'avait Cassavetes d'allumer une cigarette comme s'il avait quelque chose à lui chuchoter à l'oreille… La chevelure blonde de Gena Rowlands qui dévorait l'écran comme une lave d'or épaisse…

Ah, cette histoire de frère et de sœur qui se retrouvent devant le spectateur qui va mettre une heure à comprendre qu'ils sont frères et sœurs ! Cassavetes brouille le trouble. C'est son vice de dévisser le vice pour le faire jouer. Il pervertit le mal par le bien, un bien redoutable, qui vient tout envahir. Les personnages de Cassavetes sont bons, effroyablement bons. À force de vouloir s'aimer, ils s'aiment. Des niagaras de tendresse coulent à torrents. Pères, fils, mères, femmes, sœurs, frères, vieux, jeunes, Noirs, Blancs tirent un à un la barbichette du docteur Freud, et puisque ce sont eux qui rient les premiers (c'est pas le genre à Sigmund de rigoler), Freud leur donne à chacun une tapette : d'où les cris, d'où les pleurs, d'où l'hystérie magnifique qui propulse les personnages dans des régions inexplorées au cinéma. On ne sait jamais comment les gens vont réagir, ce qui leur passe par la tête. Les cœurs suspendus balancent doucement comme des lustres fragiles... Suspense et suspension... Vont-ils rentrer dans la normalité ou en sortir ? Ils hésitent entre la folie et le banal. Ils chassent les anges qui passent comme des mouches. Le silence les gêne. Ce n'est pas un silence de film muet ou de film parlant qui n'a rien trouvé de mieux pour rendre hommage au cinéma muet que de se taire quelques instants. Non, c'est le silence de ceux qui n'arrivent plus à parler, le silence de ceux qui n'arrivent même pas à dire qu'ils en ont trop dit... Un silence qui a perdu la parole. Voilà pourquoi on gesticule beaucoup chez Cassavetes.

Les personnages s'empoignent, s'étreignent. Embarrassés, ils s'embrassent. Quand Cassavetes, l'acteur Cassavetes, tout en élégance déséquilibrée, prononce « I love you », c'est toute la misère du sexe qui ne pense qu'à ça (l'amour) qui explose. Quand Robert découvre, dans le taxi, Sarah revenue de France pour le voir, c'est sa sœur, sa femme, sa maîtresse, sa mère, sa meilleure amie, sur laquelle il se précipite. Elle est tout à la fois, puisqu'il l'aime. Ça, Stévenin le ressentait haut la main ! C'en était presque gênant comment lui, si physique avec les gens, se retenait encore de serrer toute la journée cette femme-mère-sœur-amie idéale qu'était Lucette Almansor dans ses gros bras de motard chauve.

Un aigle bleu et vert, à l'œil écarlate et aux immenses ailes jaunes, tournoyait dans le bas du ciel. Lucette admirait par la fenêtre ses pirouettes. À l'autre bout des fils tendus, Stévenin bataillait contre le vent. Il s'arc-boutait en arrière pour manipuler son cerf-volant. Le souffle l'entraînait vers la mer.

Sur cette fameuse pelouse, l'acteur n'était pas le seul à s'amuser ainsi. Le week-end, les lucanophiles pullulaient. Ils faisaient se croiser dans l'air bleu leurs oiseaux bizarres. Y avait des clowns, des perroquets, des papillons, des christs même qui voltigeaient dans tous les sens en faisant frémir les nuages.

— Loupé ! hurla « Stèv » en se retrouvant les poings liés par ses ficelles emmêlées.

— Madame Destouches, dit Églantine qui était là depuis un moment, figurez-vous que j'ai retrouvé les trois livres de Monsieur Destouches que mon père adoptif possédait ! Ça intéresserait peut-être votre mari, pardon votre ami…

— C'est lesquels ? demanda la danseuse en se retournant vers elle.

— Attendez, y en a un qui s'appelle *Peccadilles pour un carnage*, je crois ?… L'autre c'est *La Maternelle des macchabées*, non ? Et puis aussi *Les Jolies Couettes*, un truc comme ça… Ce ne sont pas ceux qui sont interdits ?

— Ils ne sont pas interdits, dit Lucette, ils sont épuisés. Et je suis épuisée de le répéter…

Lucette était allongée sur son lit sur pilotis et la voisine était affalée en face sur le divan rouge lorsque l'acteur rentra. Stévenin déposa son aigle contre la grande glace et promit avant la fin du séjour d'acheter les Céline à Églantine qui prit congé.

— C'est fou ce que j'ai envie de fromage ! dit Lucette en entraînant Stévenin dehors.

Elle entra chez le premier traiteur qui se présentait et acheta, sous les yeux un tout petit peu écarquillés des mémères dieppoises, une demi-douzaine de crottins et de pyramides de fromage de chèvre qu'elle jeta dans son sac comme pour l'alimenter.

— Si maintenant on allait boire un lait chaud près du Fort Blanc ?…

La question était posée par Lucette avec une surprenante gaieté accrochée au point d'interrogation comme une truite frétillante au bout d'un hameçon.

C'était un petit salon de thé qui semblait s'aggriper au bord de la falaise. Le garçon déposa le lait et la bière sans un sourire. Lucette sortit les fromages de chèvre et en proposa un à son ami. Stévenin refusa. Elle mordit voluptueusement dans un crottin comme dans une pomme.

— J'adore le fromage de chèvre…, dit Lucette. Louis préférait le brie. Il en avait toujours dans ses poches, il en tirait des morceaux toute la journée, pour grignoter. C'était pas du tout un mangeur, c'était un grignoteur, un grignoteur de brie…

Céline ne mangeait rien. Stévenin le savait. Juste des croissants et du thé, un thé noir et amer comme s'il avait infusé toute l'éternité… Le tanin du Diable !

— Pour moi, dit Lucette, il cuisinait dans la cave, sur un truc tout petit, de drôles de plats. Des brouets bizarres le soir. Trois artichauts brûlés en bas m'attendaient après mes cours, avec un bout de lotte tordue. « Ton poisson est cuit ! » il hurlait dans l'escalier, par-dessus la musique de Liszt… Ou alors il se lançait dans un pot-au-feu interminable, il en foutait partout avec son bras qui marchait pas, et la tête qui marchait pas non plus, ça prenait des proportions épouvantables… C'est comme le ménage, c'est lui qui le faisait. Il ne voulait pas que je touche à un balai. Lui balayait, mais si mal… Tout tombait. Tout ce qu'il faisait, ça se défaisait en même temps. Il ne voulait même pas que je descende les poubelles. Il y allait lui, habillé comme il l'était ! C'était lamentable de le voir descendre les sacs. Y a une photo où on le voit de dos, vous la connaissez ?…

— Non, pas celle-là…

— De dos, Louis était très impressionnant. Un géant penché. Il avait une façon de se voûter, comme ça… Je me souviendrai toujours quand je l'ai emmené ici…

— En voiture ?

— Je ne conduisais pas à l'époque. J'en avais envie, mais je n'osais pas. Un jour, Nimier est venu avec son Aston Martin rouge, superbe, toute en cuir. Je me suis assise dans ce cuir rouge. « Lucette, je vous la donne… » Nimier, c'était un Seigneur. J'aurais mieux fait d'accepter la voiture car c'est là-dedans qu'il s'est tué. Louis le lui avait dit : « Ce sera votre tombeau. » Louis n'aimait pas sortir de Meudon. Je ne sais pas comment j'ai réussi à le convaincre de monter dans l'auto des Monnier et d'aller à Dieppe. J'étais vraiment folle ! Je voulais lui faire une surprise, vous savez ce que j'ai fait ?

— Non.

— J'ai récupéré la maison de ses parents ! 19, rue Gambetta… On est passé devant tout à l'heure, je n'ai pas osé vous la montrer… Du Zola, toute petite, marron… Les locataires étaient morts :

le mari avait été retrouvé avec un couteau dans le ventre et la femme violée à côté de son pot de chambre. Moi je trouvais ça extraordinaire d'avoir une maison à Dieppe, même si c'était pas tout à fait au bord de la mer…

— Qu'a dit Louis ?

— Il s'est mis de dos face à la porte qui faisait cinquante centimètres de large, et il m'a dit : « Comment veux-tu que j'entre là-dedans ? » Et on est retournés à Meudon. Plus jamais, on n'a parlé de Dieppe ni d'un quelque autre lieu. Même à moi, il m'enlevait l'envie de sortir. Une heure de retard et il devenait fou. Je ne pouvais pas aller voir une pièce de théâtre jusqu'au bout : au milieu du deuxième acte, il me faisait remonter… Quand j'allais faire des courses chez Fauchon le mardi, il fallait que je lui raconte tout : « Qu'est-ce que tu as dit dans le taxi, qu'est-ce que tu as vu ? » Comme une espèce de cinéma… Tout, le moindre détail… Il n'avait plus de vue sur le monde, il est resté comme dans sa prison, dans le même état, enfermé. Il est peut-être sorti trois fois en dix ans. Une fois chez Marcel Aymé au Gros Rouvre pour jouer à la pétanque ! Et puis chez Vlaminck, le peintre mais quand Louis a vu que le déjeuner tournait à la kermesse flamande avec Vlaminck au milieu en bâfreur énorme, ses deux filles hommasses sur les genoux, il a dit « Gros porc ! » et on est rentrés. Le seul endroit où il aurait voulu aller, c'était le Musée de la Marine, il n'en avait pas la force. Il ne voulait voir personne. Juste moi et les chiens… Il était malheureux, il était dans une espèce de déception, de tristesse horrible, depuis l'exil c'était fini, l'homme il n'y croyait plus du tout… Lui qui, sans le vouloir, avait tout de même toujours eu de l'espoir, là il disait « Non y a rien à faire, ils n'ont rien compris… ».

— Qu'est-ce que vous faisiez le soir ?

— Le soir ? Il me lisait le chapitre qu'il avait écrit, ou réécrit dans la journée. J'écoutais toutes les versions. Il me lisait tout le livre, au fur et à mesure. *Nord* par exemple. Il hurlait « Descends ! » et je m'installais sur le divan, et sans bouger ! Moi qui bougeais tout le temps. Il disait toujours : « Je ne l'ai jamais vu assise. » Mais là, je restais allongée et j'écoutais. Lui, il était assis à son bureau. De là, en biais, il voyait la Seine, la tour Eiffel, le Sacré-Cœur. Il n'y avait pas d'arbres pour lui couper la vue. Alors, il me récitait ses pages, il les jouait, comme un acteur, il faisait tous les personnages, prenait tous les tons, toutes les voix, surtout celles des femmes. Il imitait les musiques, les bruits, les sons. C'était agaçant, crispant. Je ne disais pas un mot, mais lui me regardait, il voulait voir l'effet que ça faisait sur ma figure. C'était des croquis en paroles qu'il me dessinait sur le visage. Ça lui suffisait pour se comprendre, pour se corriger. En fait, je faisais partie de son brouillon. Il épiait mes réactions pour aller plus loin. Il lui fallait un écho tout de suite. Comme un montagnard qui crie sur un pic. Il ne me demandait jamais ce que j'en pensais, ou alors il me torturait pour que je me souvienne de détails qu'il avait oubliés, il revenait sur des choses désagréables, il insistait, il creusait les souvenirs pénibles, et puis il me laissait remonter et se remettait à écrire. Le lendemain, ça recommençait, il retestait son texte sur moi, il épiait mes réactions : le rire ou la tristesse. Un jour il m'a fait pleurer en me lisant la mort de Bessie dans le *Château*... Il ruminait voilà, il marmonnait, il tournait autour des choses. C'était un derviche, Céline ! Il pouvait rester une journée à chercher une phrase et quand il l'avait trouvée, elle lui revenait la nuit comme un fantôme jusqu'à ce qu'il la tue, et retue, et surtue pour en faire une autre encore. Chaque virgule l'écorchait. Il était criblé de points de suspension. C'était un martyre, c'est ça qu'il faut comprendre. En supplice, tout le temps, vous comprenez ?

Stévenin comprenait mais il avait toujours cru que Céline en rajoutait sur ses souffrances. Dans ses livres, il le dit trop bien pour que ce soit vrai. Lucette lui ouvrait les yeux. Céline n'exagérait pas. D'ailleurs, un écrivain n'exagère jamais rien, il se met dans des situations exagérées et puis après, il les raconte, il faut même qu'il en enlève un peu, sinon on n'y croit pas : ça fait exagéré.

— Sa tête était comme une bouilloire, poursuivit Lucette... Il était toujours en train de se frotter le crâne, à cause de ses bourdonnements, il a même essayé de jouer de la trompette pour recouvrir le bruit. Ça l'empêchait de dormir. Il dormait assis. Trop de sang en pression dans la tête. Il avait un nerf coincé, et puis le rocher fendu vous le savez. On aurait pu l'opérer, il n'a jamais voulu. Il avait mal partout : aux oreilles, à l'épaule, au bras, au cœur, aux intestins, aux dents. Il était déglingué par des trucs rares : la maladie des pontons, le vertige de Ménière... Quelques années avant sa mort, il avait déjà eu une attaque cérébrale. Une bombe de sang dans la tête. Je l'ai retrouvé debout sous la pluie de feuillets qu'il avait lancés en l'air. Toutes les feuilles de papier pelure lui retombaient dessus. On aurait dit un grand oiseau qui essayait de s'envoler... J'avais entendu un violent bruit d'ailes et un cri, c'est pour ça que j'étais entrée.

« Quand il était en crise, il devenait tout blanc, il s'allongeait, je lui mettais des compresses, il fermait tout, il ne pouvait plus voir la lumière. C'était terrible. Il fallait qu'il s'étende, c'est comme ça qu'un jour quelqu'un l'a vu sur un banc et a dit qu'il était ivre mort... Tous les jours, il avait une crise, ça les gens ne veulent pas le comprendre. Céline était un malade, physiquement malade. C'était un mort vivant depuis le Danemark. Il rognait au temps des petits moments d'énergie pour écrire un peu, c'est tout. Quand il sentait la crise venir, il foutait tout le monde dehors parce qu'il voulait se cacher, comme un lion malade.

On a toujours cru que c'était un bonhomme au mauvais caractère, mais c'était surtout quelqu'un qui voulait se cacher, se terrer, toujours, et seul, que personne ne le voie quand il allait mal, qu'on ne s'occupe pas de lui. Même de moi, les premiers temps, il se cachait parce qu'il se sentait abîmé, voilà, abîmé par la vie, abîmé par tout…

Stévenin alluma une cigarette et finit sa bière. Cette nuit, il irait seul faire son « tour de chien » parce que c'était une grande nuit, la dernière à Dieppe. Tout le monde s'y mettait pour fêter ça, y compris la pleine lune.

En sortant du salon de thé, Lucette — du signe du Cancer — esquissa un geste de petite fille qui cherche à attraper un ballon qui s'envole.

— Elle est à moi, la petite mère !

La lune énorme trouait l'outremer du ciel comme un hublot.

« Stèv » entra au Couçi-Couça. Le seul pub de Dieppe ouvert toute la nuit. Malgré le col de son imperméable un peu relevé sur sa nuque de taureau, un jeune type blond l'aborda. Il s'appelait Jeannot.

— Je t'ai vu en ville, Stévenin, tu te promenais avec une vieille. Eh bien cette vieille, elle m'a fait chier.

— Elle t'a fait chier, comment ça ?

— Je ne sais pas qui c'est mais elle m'a fait vraiment chier. J'arrive pas à te le transmettre le truc. Je me suis dit « c'est pas sa mère ». Alors qui c'est, cette femme ?

— Je ne le sais pas bien moi-même, fils.

— Elle est belle. Elle dégage. Tu l'aimes, cette femme !

— Oui, je l'aime beaucoup, tellement beaucoup que je retire le beaucoup.

— Tu sais, Stévenin, elle m'a tellement fait chier que je suis allé raconter que je l'avais vue à un ami proche. Cet ami proche, c'est mon père, et je me suis fait chier là-dessus.

— Ah ?

— Quel âge elle a d'abord ?

— Elle va sur ses quatre-vingts.

— On peut se faire chier à la folie avec une femme de quatre-vingts berges qui n'est pas sa mère ? Tu vois Stévenin, c'est ça qui me fait chier. J'ai jamais vu un couple comme ça. Toi tu m'as fait chier, elle m'a fait chier, et moi je me fais chier.

Stévenin commençait à comprendre que « ça me fait chier » était une expression typiquement dieppoise pour dire : « Je t'aime. »

— Cette femme, je veux que tu me la sortes, s'exalta Jeannot. Et pas dans un film, dans la vie. Je veux que tu me la craches sur le bordel !

— Ça te dirait ?

— Vachement, Stévenin !

« Stèv » entraîna Jeannot au fond du Couçi-Couça, dans une petite alcôve à peine éclairée, un peu à l'écart des martcaux-pilons. Là, il lui raconta Lucette... Tout depuis le début... On leur apporta bières sur bières jusqu'à ce que le pub se vidât.

Vers six heures du matin, Stévenin déboucha sur *Nord*. Lui-même ne savait plus très bien s'il était en train de raconter la vie de Lucette et de Céline, *Nord* ou bien son film d'après *Nord*.

Stévenin faisait apparaître ce qu'il voulait au jeune blondinet éberlué. Il parlait comme un film ! Jeannot voyait les têtes des statues par terre prêtes à la pétanque ! Et aussi Lili déclenchant l'alarme en cherchant Bébert à la torche ! Et le voyage dans la Mercedes à gazogène de Harras au village de Felixruhe, la visite de l'église et du cimetière protestants ! Nicolas Pardon ! Ici, même les vaches ont des micros ! Pourquoi n'iraient-ils pas se planquer à Zornhof par Moorsburg, dans la ferme-château d'un vieux comte prussien fou et de son fils cul-de-jatte ?... Harras propose ça à Céline en douce (il lui dit : «

— Chut... ») ! Tu me suis Jeannot ?

— Ça me fait chier, continue !

— Ils retournent à la voiture et qu'est-ce qu'ils voient ? Un essaim de gosses sur le capot de la bagnole : Harras sort son Mauser et tire en l'air pour les disperser. Deux fillettes polonaises orphelines le supplient de les emmener. Harras cède et ramène tout le monde à Grünwald. Là, il découvre un troisième môme dans le coffre, le petit Thomas, en boule. Tous à la blanchisserie ! Harras se refout en peignoir, et va photocopier le diplôme de médecin de Céline. Ils retrouvent ensemble Le Vigan en pyjama rose avec les petites Polonaises. Ils se disent tous bien au revoir avant le départ. Ils pleurent, ils s'embrassent...

Huit heures moins le quart... Jeannot était quasiment vautré sur « Stèv ». Saoul de *Nord*. L'acteur se redressa comme il put et quitta le Couçi-Couça...

La ville poussait de petits cris. Les premières mouettes sortaient du rêve. Elles planaient au-dessus de Stévenin. Il était bien seul dans la Dieppe matinale. Il y avait juste un passant égaré au fond de la rue. Ses pas d'homme encore endormi raclaient le pavé rose. Stévenin, les yeux fermés, le visage bleuté par la nuit et constellé par les microscopiques étoiles de sa barbe renaissante, offrait ses narines à l'air de la mer toute proche, la Mémère qui prenait son tour d'amour pour lécher le jour.

Mouloudji allait presque toucher du nez les énormes testicules. À force de s'approcher pour mieux voir, il se les était foutus dans l'œil ! Serge le prévint : « Fais gaffe, "Moulou" ! Les animaux n'aiment pas qu'on leur chatouille les couilles ! » C'était plus fort que lui : Mouloudji était fasciné par les solides paires de burnes du plus gros taureau du Salon de l'Agriculture : « J'ai jamais vu ça ! »

— On n'a pas vu de cochons, raconta Lucette le soir même à Meudon. On a vu des poules, et des canards.

— Et pas d'oies ? demanda Stévenin en se servant un coup de rouge.

— Si, des oies aussi…, répondit Lucette.

— Et des chevaux, ma petite Lucette, souviens-toi ! gueula Sergine…

— Ah, oui ! fit Lucette. Des chevaux avec quatre derrières ! Ils étaient superbes dans le genre énorme. On aurait dit des bovins…

— Ah, les bovins…, rajouta Mouloudji, songeur.

— « Moulou » était surtout intéressé par les taureaux, précisa Serge en souriant…

— Parfaitement, répliqua le chanteur kabylo-breton. C'est fascinant, des couilles de taureau, vous ne trouvez pas ?

Stévenin éternua :

— Si, bien sûr…

— C'est comme des gros sacs de farine, poursuivit « Moulou », en toile de jute… Tout homme qui aime les femmes ne peut qu'envier ces animaux.

— Qui veut du saucisson ? cria François qui sortait de la cuisine, une planchette recouverte de petites tranches à la main.

— Moi ! répondit un jeune homme aux yeux vifs qu'on n'avait encore jamais vu à Meudon.

— Au fait, dit Lucette à Stévenin, je ne vous ai pas présenté. Voici Zabrisky…

— Zagdanski, rectifia Zagdanski.

— Il prépare un livre sur Louis…

— Encore un ? s'étonna Stévenin.

— Le dernier, dit Zagdanski… Logiquement, après celui-là plus personne ne doit pouvoir écrire sur Céline. Il y a eu trop de bêtises de dites ! Il faut en finir. Les pour, les contre, les pour-contre, les anti-pour, les anti-contre, tout ça dans mon chaudron, hop !

— Et c'est votre premier livre ? demanda Sergine.

— Non, répondit Zagdanski. J'en ai fait un sur Proust avant. *Proust seul.* Un scandale. J'y expliquais que tout le monde est homosexuel sauf Proust bien sûr.

— Intéressant, fit François.

— Dans le prochain, je démontrerai que tout le monde est antisémite sauf Céline. C'est le seul auteur véritablement biblique de notre temps. C'est pour ça que les autres l'emprisonnent dans le rôle de l'antisémite public numéro 1. Le salaud de service, au service de ceux qui le sont vraiment et qui n'osent pas le dire ! Relisez *Bagatelles.*

— Il est fulgurant, non ? dit Lucette.

— T'as raison, fit Serge.

— Vous vous souvenez, s'exclama Zagdanski, dans *D'un château l'autre,* même Laval essaie de faire porter le chapeau à Céline ! À les entendre tous, c'était Céline, et Céline seul, qui faisait de l'antisémitisme, alors qu'il n'a fait que le faire jouir ! Avec son arme qui était son Verbe, son Sexe-Verbe de Père-Sperme…

— Moi, j'attaque les rillettes, dit Sergine.

— Et comment tu vas appeler ton livre ? demanda « Stèv ».

— *Le sexe de Céline* ! lança Zagdanski comme une évidence.

— Pourquoi pas « les couilles » ? demanda Mouloudji.

— C'est vrai ! rajouta Serge. S'il y a bien un écrivain qui a eu des couilles, c'est Céline !

— Je sors le poisson ? demanda Sergine en se levant.

— Oui, mais ce n'est pas le sens de ma métaphore, fit Zagdanski… Moi, mon travail c'est d'invaginer les dénégations ! Je pulvérise la censure ! Je dédierai mon livre aux lémuriens, vous savez, ces sortes de singes qui bondissent dans l'ombre…

— Pourtant, reprit « Moulou », je trouve ça bien mieux moi *Les couilles de Céline*…

— Bravo, « Moulou » ! dit Serge, c'est toi qui as trouvé le bon titre. Tu vois, « Zag », on s'y connaît dans le cinéma…

— Je n'ai jamais dit le contraire, répondit le jeune homme. En plus, je n'y connais rien en cinéma ! Je préfère la peinture. C'est curieux que Céline n'ait pas compris la peinture moderne…

— Il a connu Dubuffet, dit François.

— C'est Dubuffet qui voulait connaître Louis, rectifia Lucette. C'était le plus grand fan de Céline que j'aie jamais connu. Il relisait *L'École des cadavres* tous les week-ends ! Il voulait même laisser ses tableaux à Meudon, en dépôt chez nous ! Un jour, il est venu nous montrer ses œuvres. Il avait à peine sorti la première toile que Louis lui a dit : « Mystification ! » Je crois qu'il préférait encore Buffet à Dubuffet.

— Magnifique mauvais goût du génie ! dit « Zag ».

— C'est Pierre Bergé, précisa Lucette, qui nous a amené Bernard Buffet un jour. C'est fou ce qu'il ressemblait à ses personnages ! J'ai jamais vu un peintre sortir à ce point de sa peinture. Il a été question un moment que Buffet se mette sur le *Voyage.*

— Très bonne idée ! dit François. Bernard Buffet est un excellent graveur. Très sous-estimé. C'est tout un art la gravure.

— Et vous savez pourquoi, demanda « Zag », la gravure est un art, contrairement au cinéma ? Parce qu'au cinéma, il n'y a pas d'incarnation.

— Je vous assure, dit Mouloudji, que lorsque vous aviez Le Vigan, Erich von Stroheim ou Michel Simon en face, il y avait de la chair !

— Oui, rétorqua « Zag », mais on n'en voit aujourd'hui que l'image sur un écran. C'est peu. Heureusement, il reste la voix, la voix suffit parfois à incarner, parce que c'est de la musique.

— Voilà pourquoi, dit Stévenin, lorsqu'on aura trouvé une voix pour Céline, mon film deviendra possible.

— Impossible ! dit Serge en souriant… Qui pourrait parler à la place de Louis ?

— Un soir, avoua Stévenin, je l'ai imité à Lucette, un tout petit bout, j'ai osé. Ça l'a fait rire parce qu'il ne parlait pas du tout comme ça.

— Pas du tout ! dit Lucette. Sa voix était puissante au contraire. Il la modulait beaucoup. Elle variait, comme son écriture sur le papier. Ça dépendait de son excitation, de ce qu'il avait à dire… Pour les journalistes, il faisait le scrogneugneu exprès…

— Oui, dit Stévenin… On sent le truc forcé… La rengaine éraillée de faux gâteux… Comme s'il s'imitait lui-même. Dans l'émission de télé avec Dumayet, il est très joueur, il met sa main comme ça, il penche la tête, il prend l'air faible, roublardement faible…

— Pour aller à la télé, dit Lucette. Je lui avais coupé les cheveux comme j'ai pu. Bien haut sur la nuque. On aurait dit un type à qui on va trancher la tête.

— C'est ça la télé ! s'excita Zagdanski. Une guillotine !

— Il jouait son rôle de condamné à mort…, dit Serge.

— C'était uniquement pour les interviews, précisa Lucette. Il faisait exprès de zézayer d'une façon saccadée parce que le bonhomme l'énervait. Poser des questions, il trouvait ça ignoble. Ça l'embêtait de répondre. Cette indiscrétion-là le tuait. Pour lui, les journalistes, c'étaient des imbéciles à scandaliser, voilà tout. Il répondait toujours en marmonnant. Moi ça me faisait rigoler ! On riait après tous les deux de son numéro de vieillard hésitant… Généralement, il disait aussi des choses de travers, il aimait tromper. Forcément, ils s'adressaient tous à son personnage ! Alors, il geignait et les gens étaient gênés. Quand il m'appelait « Toc ! Toc ! » avec sa canne, croyez-moi ce n'était pas du tout le même homme ! Il a construit petit à petit, mot après mot, un mur entre lui et les autres. Y a que Brami et Pommery qui ont réussi à avoir des conversations avec lui. Tous les autres n'ont eu que des grognements. À André Parinaud le grand tatave qui venait interroger le « Maître », Louis a dit : « Les Français, je veux que leur sang rouge coule dans tout Paris ! » Je vois encore Parinaud courant dans le jardin, dévaler la pente, affolé ! Il se voyait déjà la gorge ouverte !... Moi je riais comme une folle ! Je connaissais tellement Louis, il était incapable d'enlever un sparadrap sur un genou de gosse de peur de lui faire mal !

— Quel comédien !... dit Stévenin.

— Oui, mais pas comme un acteur peut l'être, rajouta Zagdanski. Aucun acteur ne pourrait rendre le côté « comédien » de Céline. Et vous savez pourquoi ? Parce que aucun acteur, aussi bon soit-il, ne peut jouer un écrivain. Ils ont tous échoué lamentablement. Le dernier en date, c'est Sami Frey dans le rôle d'Artaud ! Grotesque !

— Moi, dit Serge, Artaud me rappelle Le Vigan...

— Oui, dit « Stèv », mais un Le Vigan mauvais acteur...

— Un Le Vigan grand écrivain, vous voulez dire ?…, dit « Zag ».

— Si tu veux…, dit Stévenin. Le Vigan, c'est déjà limite… On sent qu'à la fin d'une scène de meurtre — « coupez ! » —, il est tout à fait capable de sortir du champ pour aller sur sa lancée poignarder la script !

— Ça c'est vrai, confirma Lucette, Le Vigan ne savait pas sortir de ses rôles… S'il jouait un type de 1900 ou un centurion, il se promenait toute la journée dans Montmartre avec un canotier sur la tête ou bien engoncé dans une armure de Romain.

— Entre les prises ? demanda « Zag ».

— Entre les prises de cocaïne ! dit Stévenin. Le Vigan est comme De Niro. Je les adore mais ils font toujours la même chose sous des costumes différents. Ils sont trop enfermés dans leur personnage. Le vrai comédien, c'est celui qui se met dedans et qui peut en sortir en une seconde. C'est comme si un musicien de jazz se baladait à partir de huit heures du matin avec son saxo parce que le soir il va jouer deux heures dans un club ! Si tu veux être un bon acteur de composition, tu travailles, t'arrives, tu ressembles à tout le monde. Le gardien du studio te reconnaît même pas. Michel Serrault, c'est n'importe qui qui devient qui on veut.

— C'est comme Louis, dit Serge, la bouche

encore pleine de saumon, c'est une question de « petite musique »…

— Exact, reprit Stévenin, certains acteurs ont une « petite musique » et d'autres jouent « très bien ». Jouvet, Brando, Gabin : ils ont tout faux, mais quand ils parlent, ils ont une musique… Ou Depardieu ! En Pologne, je me souviens, j'imitais Depardieu aux techniciens, comme je fais toujours. Tout le monde rigolait alors que personne ne connaissait Depardieu, ils ne l'avaient jamais vu ni entendu et pourtant, la musique Depardieu passait à travers moi, à travers la langue, à travers tout…

— Et Luchini ? dit Serge.

— Acteur à musique ! dit « Stèv ». Pareil !

— Seulement il en sort pas de sa musique ! protesta François. Il est excellent, Luchini, mais on ne lui demande pas de réciter du Céline à tout va !

— Tu es méchant, dit Lucette…

— Mais non, Lucette, je ne suis pas méchant, c'est vrai ! C'est comme si moi, le soir, je venais ici vous réciter ma plaidoirie du matin !

— C'est vrai qu'il casse un peu les soirées…, dit Sergine.

— Moi, j'adore…, fit Serge.

— Oh, toi, rajouta Lucette, il suffit que tu entendes un mot de Céline et tu pleures ! T'as le cœur d'un moineau nain…

— Il serait là, reprit François, Luchini se lèverait et déclamerait du Céline, sans prévenir. À la longue, c'est barbant. Et toujours les mêmes passages !

— Ça c'est vrai, confirma Lucette. On ne peut pas dire qu'il se renouvelle beaucoup. Ça fait dix ans qu'il fait le même spectacle. Toujours des morceaux du *Voyage*, un peu de Mort à *crédit*, un tout petit peu, une larme… J'aime beaucoup le *Voyage*, la question n'est pas là, mais quand même il pourrait picorer aussi dans *Guignol's band*, les *Féeries*, la *Trilogie*, je ne lui demande pas de réciter les pamphlets… Vous l'avez vu, le spectacle de Luchini, Zagriski ?

— Oui, répondit-il, mais j'ai trouvé ça pompeux, déclamatoire. En disant Céline, il empêche de le lire. Réciter de la littérature, c'est encore une manière de la censurer…

— Dis donc, t'es dur ! fit « Stèv ».

— Il est fulgurant, mais dur ! dit Lucette.

— Luchini finit par s'y croire ! conclut « Zag ». Il imagine que Céline parle à travers lui !… Finalement, il est chromo dans son célinisme. Ses silences d'hébété, ses gueulantes bien articulées, ses poses de goûteur du verbe, ça ne peut impressionner que ceux qui ne lisent pas. Son compliment suprême, c'est de dire que « Céline, ce n'est pas de la littérature ». C'est fou le nombre d'acteurs qui haïssent la littérature au fond. Ils disent qu'ils sont là pour servir un texte mais ils n'en pensent pas un mot. Je ne dis pas ça pour vous, Stévenin.

— Je ne le prends pas pour moi non plus ! répondit l'acteur.

— Ils ne sont pas nombreux, dit « Moulou », à avoir su dire du Céline : Arletty, Brasseur, Le Vigan…

— Le Vigan a dit du *Nord*, dit Lucette. C'était merveilleux. Lui, il avait compris la ponctuation de Louis. Les trois points, il les avait avalés. Dommage, Michel Simon n'a enregistré que le *Voyage.* Il aurait été superbe dans *D'un château l'autre.* Louis adorait Michel Simon, c'était son préféré. On le voyait souvent. Louis l'écoutait comme si c'était un philosophe, ou un poète. Il ne rigolait pas du tout de tout ce que Simon lui disait, sur la vie, les femmes, les animaux. Un jour, il m'a même engueulée parce que j'avais eu un fou rire à cause de sa figure : on aurait dit que Simon avait des centaines de petites boules de caoutchouc dans la bouche et qu'il les malaxait en parlant !… Un monstre et une intelligence en même temps.

— Tu vois, dit « Stèv » à « Zag », ça existe un acteur intelligent !

— Pour l'enregistrement du *Voyage*, continua Lucette, on est allé chercher Michel Simon à son hôtel. C'est moi qui étais chargée de le faire descendre. Quand je suis entrée toute seule dans la chambre, il était au lit avec une fille. Il voulait que je les rejoigne ! Tout le monde attendait en bas… Il s'est décidé à me suivre. Je l'ai guidé, comme une grosse bête vaseuse jusque devant le micro, on lui a ouvert le *Voyage* à la première page. Il a lu d'une traite tout ce qu'on voulait. Aucun accroc, aucune faute. Il s'est levé et il est reparti se coucher. Quand on a réécouté ça, c'était énorme. C'était du Shakespeare…

— C'était pas du Céline ! explosa Zagdanski. Vous voyez ? Céline, c'est pas Shakespeare ! Je n'arrêterai pas de le répéter. Il n'y a que Céline qui pouvait lire du Céline !

— Canavaggia, dit Lucette, a enregistré Louis en train de se relire. Ça devait être *Nord.* La bande a disparu bien entendu…

— Quel document ! hurla « Zag ». Ça, ça vaudrait tous les spectacles, tous les films non faits, à faire, faisables, infaisables !…

— Encourageant ! soupira Stévenin.

— Pour moi, dit Zagdanski, le meilleur film d'après un livre, c'est un gros plan sur le livre et en voix off la voix de l'auteur qui le lit, même mal…

— Tu parles d'un spectacle ! éclata « Stèv ».

— J'exagère peut-être, condescendit « Zag ». En tout cas, il faut choisir une histoire où le narrateur n'est pas l'écrivain. Comme *Du côté de chez Swann* de Volker Schlöndorff. Ornella Mutti en Odette de Crecy, c'est très bien, et Alain Delon en M. de Charlus, c'est parfait. Du moment que le cinéma ne touche pas au corps de Proust. Delon, c'est son meilleur rôle. En Charlus « jeune », avec juste les pupilles qui se contractent quand il voit passer un éphèbe…

— C'est vrai, dit Stévenin, qu'il était vachement bien là l'Alain. Au naturel, il a déjà un immense truc de présence. Dès qu'il entre, tout le monde se met à parler faux, trop fort, trop décontracté. Si j'avais osé, je lui aurais demandé de jouer dans *Double-Messieurs*, juste un petit rôle et grimé. Sans apparaître au générique. On aurait dit : « Ce type ressemble un peu à Delon… » Avant *Notre histoire*, je l'avais connu sur *Monsieur Klein* de Losey, une histoire de double déjà… Delon était remplacé pendant toutes les répétitions par sa doublure. Quand on tournait, on s'était habitué à l'autre, Alain avait l'air de doubler sa doublure… La rafle du Vel'd'hiv', c'était pas facile à remonter. En tant qu'assistant, je me suis chopé un coup de sac à main d'une vieille figurante : « Moi monsieur, j'y étais en 42, je peux vous dire qu'avec les Allemands, ça marchait mieux qu'au cinéma ! »

— La vie, même la pire, dit « Zag », sera toujours plus cinématographique que le cinéma. Seul le son peut filmer la vie. Les voix reverbalisent l'incarnation. Dans un film sur Céline, il faut entendre Céline.

— Et par quel miracle ? demanda Mouloudji.

— Le sampling ! dit « Zag ». J'y connais rien, mais électroniquement, je suis sûr que c'est possible ! Vous prenez toutes les cassettes qui existent. Vous les nettoyez, vous enlevez les cris de perruches, les aboiements de chiens et vous découpez les bandes par petits bouts... Et puis, vous inversez les syllabes, jusqu'à ce que vous reconstruisiez de nouvelles phrases inédites.

— On pourrait faire dire à Céline ce qu'il n'a jamais dit, alors ? s'insurgea Serge. Pourquoi pas : « Vive les Juifs ! » ?

— Ça, il l'a déjà dit !... dit « Zag » en éclatant de rire.

— Il est vraiment fulgurant ce Zabruski, non ? dit Lucette en se retournant vers Stévenin.

— Oui, dit « Stèv », mais ça marche pas son truc d'échantillons renversés. Ça ferait artificiel. C'est du fantasme, c'est comme « refaire vivre ». Frankenstein machin. T'as qu'à prendre des photos aussi, et puis t'en fais des images virtuelles, et hop ! T'as Céline, en vrai qui bouge... T'arrives vite dans le cauchemar. C'est la mort de l'acteur. La mort du cinéma.

— Et alors ? fit « Zag ».

— Excuse-moi, dit « Stèv », mais je ne suis pas trop pour !

— Ce serait de bonne guerre, dit Zagdanski. Le cinéma a tout fait pour tuer la littérature, mais l'écrivain rend caduc le cinéma, il fait mieux les images et le son. Et pourquoi ? Pourquoi ?

— Il nous embête avec ses « pourquoi ? », dit François.

— Excusez-moi, dit « Zag ». C'est un tic. Quand j'étais plus jeune, on m'appelait « Zagaçant » !… Alors, pourquoi la caméra est une piètre arme à côté d'un stylo ? Parce que le cinéma n'a pas de sexe, c'est la littérature qui en a un. Et quel sexe !

— Tout ça ne vaut pas mes taureaux…, dit Mouloudji.

— J'apporte les desserts ! hurla Sergine.

— T'aurais vu ces roubignoles…, dit « Moulou » à « Stèv ».

« Huîîîk !… »

— Toto ! S'il pouvait parler ! dit Serge…

— Il en sait des choses, lui…, dit Lucette. Enfin, l'autre, le premier Toto… Il discutait beaucoup avec Louis. Il lui avait appris du Borodine. Dès qu'il faisait une fausse note exprès, Toto rectifiait. Vous savez que ce voyou attaquait les chaussures des visiteurs quand ils s'attardaient ? C'était le seul qui avait le droit de toucher aux manuscrits de Louis, il lui cassait ses bics en deux, et restait sur son épaule… comme le perroquet du Capitaine Silver, dans *L'Île au trésor* ! Vous connaissez l'histoire de Toto avec Power ? demanda Lucette.

— Qui c'est ça Power, Lucie ? demanda Stévenin.

— Power… Celui qui écrit dans *Le Figaro*…

— Pauwels, vous voulez dire, dit « Zag ».

— Pauwels, voilà ! dit Lucette. Il voulait enregistrer Toto, mais Toto n'a pas dit un mot devant le micro ! Dès que Pauwels a rangé son appareil, il a recommencé à parler…

— Comme s'il était en concurrence avec le machin…, dit « Stèv ».

— Bien sûr ! bondit « Zag », Toto était un animal *littéraire* ! Complice avec Céline contre la machine asexuée spectaculaire… Toto, perroquet situationniste ! Tout est si cohérent !

— Moi, rajouta Lucette, j'ai toujours pensé que Toto enregistrait tout ce que lui disait Louis. J'ai même rêvé qu'un jour, après la mort de Céline, il ressorte tout, pour moi, un soir !

— La voilà, la voix off de votre film, hurla Zagdanski. Toto ! Toto parle ! Confidences inédites ! J'ai trouvé !

— Pensons aux couilles ! dit Mouloudji.

Porte close ! Pour une fois que Stévenin venait en pleine journée, Lucette n'était pas là… C'était juste pour lui dire bonjour avant de partir pour le Jura. L'acteur était tellement déçu qu'il ne remarqua pas tout de suite le petit bout de papier punaisé sur la porte du château bleu.

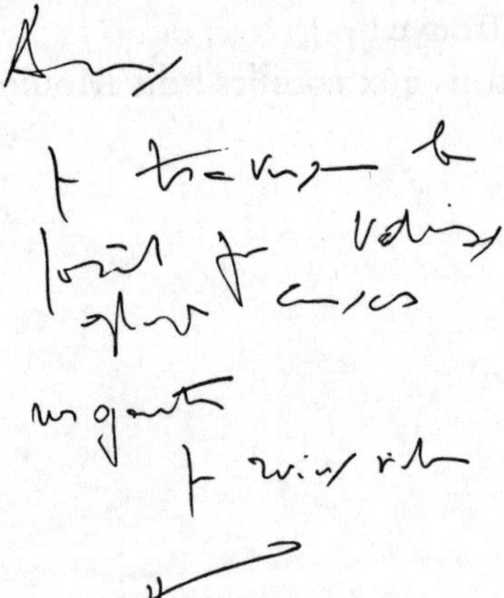

Stévenin sourit comme s'il avait compris ce qu'il venait d'essayer de lire. Il rentra dans sa voiture. Quatre cent cinquante kilomètres plus tard, il arriva dans son village.

Un sous-ranch westerneux. Voilà à quoi faisait penser la maison de campagne de Stévenin. Le Jura, c'est le Canada du pauvre. Il y revenait pour « repousser », comme disait Lucette. C'était son refuge pour respirer. Pour avoir de l'air, il y avait de l'air.

Salomé était sortie chercher du bois pour alimenter le grand feu de cheminée. « Stèv » avait mis un disque de Jimi Hendrix. Hendrix, c'était son troisième dieu mort. Y avait Céline, Cassavetes et Hendrix. Depuis qu'il l'avait vu une fois à l'Olympia en 67, l'acteur ne pouvait pas s'en passer. Tous les sons qu'il entendait dans la vie lui faisaient penser à ceux que Hendrix refaisait sur sa guitare : sirènes en détresse, antivols hystériques, émissions de radio imprenable, alarmes en larmes, mitraillettes éternuantes, petites filles électrocutées…

I got stoned and I can't go home
I'm calling long distance on a public saxophone…

À plein tube, Jimi, l'ange gaucher de la guitare à frissons, tordait les monts alentour. Il suspendait ses serpents de notes en guirlandes stridentes sur les sapins noirs. Entre Hendrix et le feu, les pommes de terre et l'heure bleue, qu'est-ce que le père et la fille pouvaient espérer de mieux en ce Paradis blanc ?

Lever à midi. Lait au café. Traînarderie autour de la maison. On rentre. On se concentre sur un bordel de casseroles sales. On regarde les cailloux. On en ramasse deux sur cinquante. On entrouvre des portes. On caresse son chien. On froisse un journal. Et si demain, on allait faire un peu de ski de fond, histoire d'entendre les « Chliff… chliff… chliff… » de la glissade sympa ? Merde ! Les courses ! On revient. La nuit est là. On se gave les yeux des bleutées du ciel. Les montagnes palpitent comme des seins d'Africaines.

« Toc ! Toc toc ! »

— Je viens prendre le café ! J'arrive de Jordanie !

La Range Rover était pleine à ras bords de selles de chameau, des bariolées, des pendantes à franges, des en cuir tanné, des en peau de mouton hyperbédouines…

— Entre, mon Roger ! dit Stévenin à son ami l'ex-hors-la-loi.

Ils s'installèrent près du feu crépiteur. Le hippy overdosé woodstockait sec. Pour s'entendre parler, « Stèv » coupa le son.

Entre les voyous, les flics et les acteurs, quelque chose s'est toujours passé. Ils se reniflent tous le cul. Les acteurs sont souvent à se raconter qu'ils vont troquer le faux pétard pour le vrai, et flics et voyous ne demandent qu'à goûter aux pervers plaisirs de gangstériser ou de flicailler pour du beurre.

— Toi, tu peux jouer n'importe quoi, affirma Stévenin. On te met à Dieppe au restau en train de servir les soles, t'es parfait !

— Moi, ce que j'aime, dit Roger, c'est me déguiser. Pour la cavale ou pour le ciné, c'est pareil. Je t'ai jamais raconté la tête que je m'étais faite en « Maurice Lefèbre » ? Tonsure de vrai chauve, vraie barbe teinte en noir, vraies lunettes (il faut que tout soit vrai en cavale) : j'étais méconnaissable. Pour bien m'essayer, je vais voir ma mère. « Bonjour madame, je suis inspecteur de police, avez-vous des nouvelles de votre fils ? » Elle m'a refermé la porte au nez !... Pendant quatre mois et demi, j'avais une cible dans le dos. J'avais intérêt à être Monsieur Lefèbre... J'ai tout fait grimé. Je suis allé chez Grasset acheter mes propres livres, personne ne m'a reconnu. Quand les flics m'ont arrêté, il leur a fallu un moment pour m'identifier. Ils auraient su que c'était moi, ce n'était plus une arrestation, mais une exécution. Ils avaient coincé Maurice Lefèbre, un braqueur en flag. « Assieds-toi, y a pas de chaise ! » Trois heures à bien m'habiller, et dans les locaux, ma photo partout ! Finalement, ils m'ont mis au piano, j'ai entendu un hurlement de joie ! Le commissaire est rentré en brandissant mes empreintes : « Maurice Lefèbre, hein ? Allez, Knobelspiess, arrête de nous raconter des conneries. Tu veux une bière ? »

— Tu veux une bière ?

— Oui, dit « Knob ». Alors, et toi, mon petit Jean-François ?

— Oh moi… Je vasouille ici avec la petite… Je reprends l'air… Je gamberge sur le machin…

— Ton « Céline » ?

— Ouais, ça serait plutôt mon « Lucette » dis donc… Ça se transforme tous les jours.

— Elle te travaille, la Dame…

— Oui, mais moi je travaille pas. Déjà que je foutais rien quand je la connaissais pas, alors maintenant ! Une femme dont les initiales sont L.A., j'aurais dû me méfier ! C'est pas une femme, c'est une soucoupe volante. Et quelle grâce ! Le moindre geste c'est des scalpels qu'elle manipule pour opérer toutes les tumeurs du monde… On est loin du cinéma… Je préfère vivre le truc de tous les jours. Trois quatre conneries de courses machin, un petit week-end, un peu de téléphone et beaucoup de sourires. Ça me suffit presque. Je me nourris comme ça.

— C'est pas ça qui va faire ton film ! Tu le vois comment maintenant ?

— Je le vois qu'avec elle, qu'autour d'elle ! Ce sera elle le film, tout le film part d'elle pour revenir à elle… C'est sa vision à elle que je veux montrer. Elle est impressionniste là où il est expressionniste. Je veux une gonzesse qui traverse tout Céline par amour.

— La fille va être hyperdure à trouver…

— Il faut pas seulement une actrice, faut une danseuse. Une petite vive et pointue. Lucette en a vu une à la télé un jour, un petit visage en triangle idéal, ses mouvements lui ont plu, mais elle ne se rappelle plus son nom. J'aimerais assez que ce soit elle qui la choisisse. On va aller à l'Opéra ensemble, voir des ballerines. Il faut un corps qui bouge bien. Elle n'a pas grand-chose à dire puisqu'elle se tait tout le temps. Tout est vu par elle qui dit rien.

— Et pour lui, tu vois qui, « Stèv » ?

— Je sais pas…

— Si tu faisais le rôle, toi ?

— J'y ai pensé. J'ose pas lui dire. Elle qui rêve de Clint Eastwood !… Tu vois tout ce que ça a d'obscène…

— Oui, mais c'est du cinéma ! T'as toujours joué dans tes propres films, pourquoi pas dans celui-là !

— On peut toujours transposer, mais moi en Louis !… Quoique… Je le sens bien d'un autre côté. En décalé total. Et puis, si je le fais moi, le problème, c'est que je tombe amoureux de la fille. Obligatoire.

— Tu peux pas t'empêcher ?

— Impossible. C'est à devenir fou. Je joue Louis, je tombe raide de celle qui joue Lucie :

c'est mathématique. Déjà que ça arrive quand c'est le film d'un autre ! En produisant, en réalisant, en interprétant, comment veux-tu faire autrement ? La situation pousse tout naturellement. Pas parce qu'on s'embrasse sur la bouche machin, non des trucs plus secrets que ça…

— Une envie d'être…

— Voilà !

Stévenin tournait en rond. Finalement, il s'assit sur une sorte de vieille chaise plus très longue. « Knobel » demanda à son ami s'il ne se voyait pas dans un autre rôle ? En Le Vigan ? Non. En Harras ? Non non. Ça manque pas dans *Nord* les personnages… En Landrat de Moorsburg alors ? Ou bien en baron von Leiden, celui qui valse pour eux quand ils arrivent à Zornhof !… Le vieux vicieux qui se fait chevaucher par des pucelles sur lesquelles il pisse…

— Pourquoi pas en cul-de-jatte aussi ? dit « Stèv ».

— Oui ! Voilà la solution ! Modeste et drôle. Tu te fous en infirme, il a un grand rôle ?…

— Pas mal, il râle tout le temps. C'est le fils von Leiden, un tronc épileptique drogué, toujours sur le dos de son factotum Nikolas… Ou avec sa femme, la belle Isis, qui leur présente les lieux à ce moment-là du livre. Ça c'est déjà du cinéma. Les plans de campagne… Le château, je le vois dans ma tête, le parc « Mansard », les mares glauques, les silos puants et la forêt de séquoias non loin de là…

— Tu pourrais presque tourner ici !

— C'est vrai. Ça fait bien schleu, schleu de dessin animé. C'est l'esprit : cartoon boche… Rien que les noms… C'est Tex Avery partout… Le Kracht, les Kretzer, et le Harras bien sûr qui veut que Céline lui écrive une préface à une nouvelle *Apocalypse*… Y a que les animaux qu'il faudrait filmer « humain » : Iago, le dogue racho ; les porcs plus rouges que roses ; les oies jacasseuses… Je vois les sons, dis donc !

— Faut que tu le fasses, Jean-François…

— Arrête ! Plus on me le dira, moins j'oserai.

« Crouuuuîîîîk… »

« Knob » releva la tête.

— Qu'est-ce que c'est que ça ? Une sirène de flic ?

— Non, dit Stévenin. C'est le lac.

— Le lac ?

— Le lac gelé qui craque. Selon les heures. Il se fendille quand il fait froid. Il fait des sortes de « Grouuîîîk ! » « Crouuuîîk ! »

— Tiens, tu vois, écoute !

— En effet, fit « Knob ». Tu le fais vachement bien.

— Crouuuîîk !

« Crouuuîîk ! »

— Je n'ai aucun mérite : ça fait des années

que j'entends ça tous les jours. La nuit, le lac hurle sous la lune. La glace s'enflamme !

— Ça fait comme un bruit de sabre.

— Un éclair sonore. Au début, ça lui foutait la trouille à Salomé. Elle me réveillait en criant :

— Papa ! Papa !

— Qu'est-ce qui ne va pas ? demanda Stévenin à sa fille en la voyant rentrer violemment dans la baraque.

— Venez vite, dit l'enfant, y a un oiseau blessé dans la cour ! Il faut l'achever, il souffre !

— Vas-y ! dit « Stèv » à « Knob ».

— Non ! répondit Roger.

— Si tu le fais pas pour l'oiseau, dit Stévenin, fais-le pour la petite ! Il suffit de lui tenir les pattes et de lui visser la tête dans l'autre sens…

— T'as qu'à le faire toi-même ! lui lança « Knobel »…

— Je peux pas tuer quelqu'un devant ma fille ! dit Stévenin. Tu devrais le comprendre. Si c'était ton fils qui me le demandait, moi je n'hésiterais pas.

— Tue-le, Roger ! dit encore Salomé. Tue-le vite, sinon il va mourir lentement !

« Drrrring »

— J'y vais…, dit « Knob » devançant tout le monde.

« Crrrouîîîk… » hurla le lac.

— C'est Lucette ! dit « Knob » en tendant l'appareil de téléphone à « Stèv ».

— Bonjour Lucie ! Quelle bonne surprise... On parlait de vous avec mon copain Roger... Roger, vous savez... Il est à côté de moi, il vous embrasse. Il vous connaît pas mais il vous embrasse... Y a Caramel qui se régale... Et puis la Salomé est là aussi, elle soigne un oiseau blessé... Oui « pauvre petit bonhomme... » Ça va bien à « Meudon Territory » ?... Serge ? Sergine bouffe trop ?... Vous croyez ? Pourquoi vous n'allez pas vider la boutique tibétaine ? Ah, c'est fait... Très bien... Je rentre, attendez, pas ce mardi, l'autre... Pourquoi ? Godard ? Vous connaissez Godard, Lucie ? Ah, non pardon, je croyais que vous parliez du cinéaste... Godard, bien sûr, le Professeur !... Eh, bien ? Bon... Ah ? C'est vrai ? Un bout de la *Féerie* ?... Nouveau manuscrit... Et comment que ça m'intéresse, surtout que...

— Papa ! Roger ! hurla Salomé. Venez ! Venez voir !

Stévenin s'interrompit.

— Pardon, Lucie... Salomé me parle en même temps... Qu'est-ce qu'il y a ?

La fillette avait les pupilles qui lui sortaient des iris...

— Papa, Roger ! L'oiseau !

— Et alors ?

— Il s'est envolé !

— Une page manque (…)

Le Professeur Godard déposa sa loupe près des rillettes, et rangea le feuillet célinien. Dans le studio, un haute-contre chantait un air de Purcell. Fun aboya. Lucette regardait ses invités s'agiter autour du tas de pages… Elle en avait tellement vu, elle, des manuscrits de Céline !… Rue Lepic, rue Girardon, à Saint-Malo, au Havre, à Copenhague, à Korsør, ou à Meudon… Partout elle avait vécu avec, suspendues autour d'elle, ces pages niagarantes.

Godard était le pape du célinisme. Une grosse tête, coiffée en brosse. Il parlait comme un livre, mais pas n'importe quel livre… Il s'occupait de l'édition des œuvres romanesques complètes dans la Pléiade. Il était d'ailleurs tout « pléiade » lui-même. Tout son corps était empléiadé. Sa chemise emboîtait son cou comme du carton. La cravate ? Exactement un signet, et il avait les appendices en appareils critiques… Jusqu'à sa peau qui était en papier bible ! De la peau bible, fine et jaune. C'était beau à voir. Et à entendre.

Ultra sérieux, prof à mort, Godard s'arrangeait un peu avec le temps, il faisait « moins croque-mort », disait Lucette, ce qui pour elle était le suprême compliment à infliger à un célinien. C'est vrai qu'il s'« humanisait », même François l'avait remarqué : à force de travailler sur les manuscrits, il avait fini par rencontrer l'homme qui les avait écrits.

Toute la journée plongé dans *Féerie*, il préparait le Tome IV de la Pléiade. Lucette lui avait dit qu'elle en avait retrouvé un nouveau bout dans son coffre, il était accouru. Personne ne savait comment il se dépatouillait dans toutes ces versions : la A, la A', la B, la D de la partie II...

De son doigt docte, Godard désignait, dans un brouillon de *Normance*, une phrase parmi d'autres :

— (...) cette phrase est une unité close sur elle-même sous le rapport du sens et de sa syntaxe. La lecture y marque un temps d'arrêt (...). Elle a besoin de cette pause pour *comprendre* l'unité de sens qui vient de lui être proposée (...). Dans notre pratique de la narration écrite, ces mini-ruptures ne sont pas les seules. À une autre échelle, les divisions en chapitres ou en parties les reproduisent, avec la même fonction. Mais cette discontinuité essentielle ne nous est pas sensible, parce qu'elle est à tout moment masquée par une continuité d'une autre nature, celle du sens global, de sa progression et de son articulation (...). Une continuité rationnelle est là pour suppléer à la discontinuité linguistique et narrative.

— Mais qu'est-ce qu'il raconte ? demanda Sergine en se tournant vers Lucette.

— J'en sais rien..., lui dit la danseuse. Tu es sûre que tu ne veux pas de rillettes ?

Normance était le livre préféré de Lucette. *Normance* pour son titre d'abord que Godard, un peu trop arbitrairement, avait supprimé. *Normance* pour sa musique inouïe et parfois inaudible du faux bombardement de Montmartre *enregistré* par l'oreille devenue folle de Céline. « Moderne », ça ne veut rien dire, mais en ne rejetant pas complètement ce mot, on approcherait de ce que Lucette trouvait de remarquable dans *Normance* : cette poussée du français dans ses derniers retranchements. *Normance* est un livre qui sort de sa langue, qui la dépasse, qui la rend si anormale qu'on a l'impression qu'il s'agit d'une traduction en « français abstrait » de notre français si plat, si pâle, si « français » pour tout dire, même quand il est malmené par des écrivains qui savent un peu le chatouiller. Le Céline « normancien » ne chatouille pas la langue, il la fait jouir à chaque bribe de phrases qui n'en sont déjà plus. Le verbe est follement en volupté d'un son, d'un cri, d'une onomatopée, autant de spasmes surgissant de ce qu'a voulu faire sourdre Céline, c'est-à-dire une prose entre les lignes, là où il n'y a plus d'histoire, ni de « pensée », là où il n'y a plus rien à lire, même plus de pauvres mots mitraillés par trois petits points. Juste ce qui se passe d'illisible sur la page et qu'on ne peut percevoir qu'en écoutant plus qu'on ne regarde, juste cette écriture impossible à lire autrement qu'avec ses oreilles absolues.

— Où est Godard ? demanda Lucette.

— Il est aux W.-C., répondit François. Quelqu'un veut du saucisson ? Sergine !

— Non merci, François, j'attends le festin promis par Stévenin…

Serge rigola :

— T'as le temps de crever de faim !

— Il a dit qu'il apportait des chinoiseries…, dit Lucette.

Le Professeur remonta des toilettes. Il reprit sa place debout près de la fenêtre et choisit d'autres feuillets dans l'épaisse liasse.

— Professeur, comment savoir quelle est la dernière version, puisque toutes sont extraordinaires ? demanda Serge.

C'était on ne peut plus exact. Céline allait jusqu'à sept, dix *prises* du même texte (souvent en entier) comme un cinéaste tourne plusieurs fois la même scène ou un jazzman enregistre à la suite une série d'*alternate take* de son morceau. Les manuscrits de Céline, c'étaient des superpositions d'improvisations !…

— Louis, dit Lucette, était comme un peintre qui faisait dix tableaux sur le même sujet, les uns sur les autres…

Un peu comme Picasso, le Picasso filmé par H.-G. Clouzot qui a montré comme jamais on ne montra au cinéma un artiste à l'œuvre, en direct et directement à l'œuvre. Picasso recouvrant une vue de la plage d'Antibes par une autre vue de la plage d'Antibes recouverte à son tour par une autre vue d'Antibes… Changeant un parasol de place, un skieur nautique, un voilier, effaçant un palmier donc effaçant le skieur nautique donc rajoutant un voilier, rajoutant un baigneur, en faisant une baigneuse c'est mieux, en maillot une pièce, non : deux pièces, non toute nue, non ! en refaisant un homme, et pourquoi pas avec un chapeau, il fait tellement soleil, tellement soleil qu'il pourrait faire nuit, et si c'est soudain la nuit, tout change, les étoiles apparaissent autour du soleil fait lune, les skieurs sont plus prudents sur la mer moins bleue, Antibes s'illumine, il y a une maison puis deux, puis trois à effacer, à cacher par des arbres et pourquoi pas par des femmes qui vont se baigner à minuit, non à onze heures, onze heures moins le quart…

— Onze heures moins le quart ! hurla Sergine, Stévenin n'est toujours pas là !

— Arrêtons cette voix de châtré, dit Serge. Ça le fera peut-être venir…

— Tu n'apprécies pas ? se désola Lucette. C'est magnifique, ces hommes qui chantent comme des femmes. Et vous Professeur Godard, aimez-vous les castrés ?

On entendit soudain un « Aïe ! » strident. Godard venait de se faire mordre par Toto ! On le lui avait dit pourtant de ne pas s'approcher trop près de la cage !

— Maudit perroquet ! lança François.

Lucette était désolée. Elle en aurait pleuré de honte comme à chaque fois que quelqu'un se faisait mal. Elle ne pouvait pas souffrir la souffrance, même celle d'un universitaire... Le professeur affirma que ce n'était rien du tout, juste un pincement dans la chair du bras. Il eut beau rassurer Lucette en ôtant sa veste et en remontant sa manche de chemise pour bien lui montrer que le bec du volatile mal luné ne l'avait pas fait saigner, la femme de son auteur empléiadé ne put s'empêcher de lâcher un « Pauvre petit bonhomme... », qui aurait très bien pu aller droit au cœur bien caché du Professeur si, en surprenant une sorte de regard complice de Lucette à Toto, il n'eût pas été pris soudain d'un sérieux doute sur le destinataire de cette charmante compassion.

François et Sergine attaquèrent le pot de rillettes. On autorisa Dingo à venir se tapir sous le grand divan de Lucette. Serge, comme toujours, trônait sur le fauteuil même de Céline, le seul vestige que l'incendie avait épargné avec son « bureau » que Lucette avait mis dans la cuisine parce qu'elle avait besoin d'une table où déposer ses casseroles.

— Prenez donc un œuf au moins, Professeur ! dit Lucette.

— [*plusieurs mots ill...*

Godard comparait des feuillets. Certains étaient écrits très proprement à l'écolière afin que la secrétaire puisse mieux les déchiffrer ; d'autres, au contraire, étaient griffés à la tigre dans une telle vitesse qu'on en lisait à peine quelques mots.

— Il écrivait comme un cochon, dit François, comme tous les médecins !

— Moi aussi, j'écris « illisible ». Mon écriture danse trop. Louis me disait « Tu écris comme tu joues des castagnettes ! » Lui c'était surtout son bras qui lui faisait mal. Il avait le bras mort !

— Arrêtez, Lucette, dit encore l'avocat ! À vous entendre, il avait le bras coupé comme Blaise Cendrars... Vous exagérez toujours !

— Exactement ! s'énerva la danseuse. C'était comme s'il avait un bras coupé qui était toujours là ! Un bras en moins en trop !

Serge ne put s'empêcher de rire. Godard n'écoutait plus. Il fronçait les lunettes. Y avait un mot qu'il n'arrivait pas à déchiffrer... « Guignolard ? Guignoleux ? » Il passa la feuille à François qui crut lire plutôt : « Guincheuse », puis à Serge qui aurait mis sa main à couper qu'il s'agissait de

« Guitariste ». Finalement, la page atterrit entre celles de Lucette qui dit bien fort et sans hésiter :

— « Gougnafiers ! »

Ça donnait l'occasion à Lucette de redire à Godard qu'elle était à sa disposition. Seule Lucette pouvait éclairer Godard sur certains passages difficiles. Surtout maintenant que Marie Canavaggia n'était plus là.

Marie Canavaggia ! C'était tout un roman, et pas forcément un roman de Céline. Un de John Cowper ou de Theodore Powys, dont elle fut la fabuleuse traductrice… Toute rentrée, vieille fille fanatique, obscure, précieuse corneille… Elle avait l'accent de Nîmes et portait toujours un chapeau de paille avec des petits oiseaux dessus. On ne pouvait pas dire qu'elle était moche mais elle était née vieille fille, et elle s'affublait en conséquence : un mélange d'austérité et de petites fleurs. Elle aurait été passable si elle s'était mise autrement, mais pire que le chapeau et les oiseaux, elle avait la goutte au nez, tout le temps la goutte au nez, été comme hiver. « Louis était sa passion », comme dit Lucette en souriant. Elle était persuadée qu'elle allait l'épouser. Elle habitait avec ses trois sœurs corses. Chez elle, il y avait une chambre vide qu'elle faisait visiter : « C'est la chambre de Louis-Ferdinand Céline : quand il vient, il dort là. » Il n'y avait jamais foutu les pieds bien sûr ! C'est elle qui venait et quand elle venait, Céline exigeait que Lucette soit là, tout près pour désenflammer Mademoiselle Marie, sinon il était impossible de travailler. Elle se rapprochait de plus en plus, elle louchait un peu, elle était tellement myope ! Avec ses oiseaux qui piquaient du bec et sa goutte au nez qui oscillait dangereusement au-dessus de la prose, il n'en menait pas large le « métro émotif » célinien. Les rails « exprès profilés » devenaient en mou de veau de peur que la goutte nasale canavaggiesque ne s'écrasât sur eux. Belle tache en perspective ! C'était la goutte de Damoclès !

Céline avait horreur de toute familiarité (embrasser quelqu'un lui posait un problème). Lucette raconta que lui qui était si courageux d'habitude se ratatinait devant cette espèce de vampire qui voulait le sucer. Canavaggia se collait à Céline, tout contre sa joue pour mieux lire les manuscrits, elle lui touchait le stylo bic, puis la main, il avait horreur de ça, en mouche elle tournait autour de lui, tout en bzzz... bzzz... bizarres avec ses volants, ses cols de dentelles frémissants... Lucette absente, elle aurait sauté sur lui, l'aurait déshabillé illico qui sait, lui aurait ôté ses pulls pourris, tout son saint-frusquin de frusques cra-cra, ses gilets dégueux, sa canadienne sans manches, ses foulards de soie pas nets, rien ne la rebutait, elle l'aurait embrassé mille fois par page si elle avait pu. Une grande langue à chaque virgule, et partout trois gros baisers de suspension...

— Moi, c'est bien simple, dit Lucette, elle voulait me tuer. Quand elle me voyait, elle se trouvait mal. Rien que de me voir, elle tombait dans les pommes, même les oiseaux de son petit chapeau tournaient de l'œil. Je lui donnais de petites claques pour la réveiller et Louis l'éventait avec une liasse de ses pages. J'allais chercher des compresses. Elle revenait doucement à elle, m'envoyait des regards corses et reprenait le travail : « Nous disions donc : alinéa ici ? Guillemets ? » C'était épouvantable ! Pauvre Camomille… Louis l'appelait « Camomille » parce qu'elle l'endormait. Il a fait la gaffe un jour, il l'a présentée à je ne sais plus qui : « Voici Camomille, ma secrétaire… » Quand il téléphonait chez elle, quelquefois il tombait sur l'une des sœurs qui l'engueulait : « Céline, vous avez gâché la vie de Marie, vous lui avez promis le mariage et vous n'avez pas tenu votre promesse… » C'était une malade je pense. C'est sur son conseil que Louis a transformé « Lucette » en « Lili » dans les livres. Elle lui avait dit que conserver le vrai nom de sa femme, ça faisait pantouflard : « Tout Gallimard se fout de vous. » Au moment du *Château*, elle a décidé que c'était fini : ma vue la rendait folle. « Je ne peux plus venir à Meudon, c'est trop dur à supporter. » Alors Louis a pris une autre secrétaire qui a fait le *Château* impeccable en trois mois au lieu de six. Et c'est moi la gourde, l'archigourde qui ai dit ensuite à Louis : « Tu ne peux pas la laisser comme ça, Camomille t'a fait une crise, mais il faut lui pardonner, elle a travaillé sur tous tes autres livres, reprends-la pour le prochain… — Bon d'accord… » C'est moi qui les ai repapillotés ! Comme une imbécile ! Elle m'en a voulu d'autant plus, sa jalousie a redoublé, retriplé. Louis m'a dit : « Tu vois, t'es bien avancée… » Sur *Nord*, elle m'aurait arraché les yeux. Une haine ! Les oiseaux faisaient vautours sur le chapeau ! La goutte, c'était de la nitroglycérine, une bombe au nez !…

Même Godard sourit. Lucette poursuivit.

— Au fond, ces trucs-là m'amusent. Plus les gens sont méchants, plus je leur fais des gentillesses. Ça ne les rend pas meilleurs, ça les rend plus hargneux. C'est mon côté couvent des bernardins sans doute. Céline m'appelait la « fille des Sœurs »… Ou bien mon côté hindou. Gandhi c'est pas ça un peu ?

— Un peu, dit François.

Godard revint sur Canavaggia. Ça l'intéressait pour sa Pléiade de faire parler Lucette sur la secrétaire mythique. Il lui demanda en quoi consistait exactement son travail, il y avait eu tant de choses fausses de dites…

Le falsettiste rossignolesque cessa de purcelliser.

Lucette termina de vider son verre de Volvic et expliqua bien volontiers au professeur que Céline appréciait beaucoup Canavaggia. C'est lui qui la payait, pas Gallimard. En dehors de ses moqueries, il avait une confiance totale en elle. Inégalable pour les épreuves que Céline ne relisait jamais. Godard aurait bien voulu en voir des épreuves, mais elles étaient bien cachées soit chez Gallimard, soit chez les sœurs de Mademoiselle Marie. Il n'y a rien de plus instructif que les épreuves d'un écrivain. Même si c'est sa secrétaire qui les corrige.

— En fait, hurla Sergine, Canavaggia était une superviseuse !

— Une supervicieuse ? rigola Serge.

Ce n'était même pas ce qu'on appelle une « metteuse au net ». Elle ne tapait pas le manuscrit. Elle lisait tout haut les pages écrites directement par Céline à une dactylo, puis apportait le manuscrit tapé sous sa dictée à Céline qui corrigeait. Ensuite elle rapportait cette première frappe corrigée à sa tapeuse qui « rentrait » les corrections. Canavaggia vérifiait et remontrait le tout à Céline qui recorrigeait, etc. Jusqu'à ce que le livre soit fini. Alors, ils allaient tous les deux le porter chez Gallimard, rare visite du genre de celle qu'il raconte dans *Nord*, dans une petite scène dont Stévenin ne pouvait rien faire puisque ça ne se passe plus en Allemagne… Céline sort du passé, il se rend avec Mademoiselle Marie en taxi chez Gallimard rue Sébastien-Bottin pour voir « Achille ». On les fait attendre, mais le patron n'est pas là, il est à sa leçon de trompette. Nimier aussi est absent. Seul le directeur de la « Revue Compacte » est là, il reconnaît Céline et l'instruit sur les travers du comité de lecture. Sans davantage « disturber », Céline et Marie s'en vont faire un tour au square Boucicaut près du Bon Marché et remontent à Meudon se replonger dans *Nord* proprement dit, ils quittent l'édition pour la littérature…

Lucette trancha :

— Marie Canavaggia, c'était la garde du corps du manuscrit.

En effet, ne pouvant pas garder comme elle l'aurait souhaité le corps même de l'écrivain, elle gardait celui de son livre, et de tous les personnages qui s'y trouvaient : Normance, Jules, Norbert ! Garde du corps du Professeur Y (il faut le faire), garde du corps de Harras, de Prétorius, de Kracht, du fils von Leiden, etc. Sacrée femme ! Depuis *Bagatelles*, elle les avait tous protégés ces énergumènes, les Sosthène et les Le Meheu, c'était la chienne de berger du troupeau d'hurluberlus créés par Céline !… C'est un peu d'eux tous qui sont morts avec elle, écrasée par un camion en 1976 !…

— Ouah ! Ouah ! Wouah !

— Ah, voilà Stévenin…, dit Serge.

— Quand même ! dit François.

L'acteur, chargé de boustifaille chinetoque, entra comme un soleil dans le château bleu.

L'Ali Baba était facile à trouver. C'était la troisième péniche du port de l'Arsenal. Une luxmotor hollandaise 1920 repontée de soixante-dix tonnes. Non seulement c'était marqué dessus (*L'ALI-BABA*), mais sa coque tirait sur le rose. Y avait pas beaucoup de galères roses à la Bastille !

Afin de protéger du bruit du métro aérien les bateliers garés dessous, la RATP avait installé à cette station des triples, quadruples, quintuples vitrages. La rame arrivait comme un gros poisson bleu dans un aquarium. Les voyageurs descendaient sans le son de leur tristesse. En se penchant, ils pouvaient voir les péniches, elles aussi silencieuses...

C'était pourtant *Purple Haze* qui sortait de la cabine... Les flamboyants larsens de la « stratocaster » d'Hendrix incendiaient jusqu'à l'Opéra nase !

Lucette posa sa sandale argentée sur le ponton

rose bonbon de la péniche de Stévenin. Serge présenta un nouveau personnage à l'acteur.

— Mon gendre !

Stévenin était décontenancé… Il avait entendu parler de ce pêcheur d'Islande comme d'un « monstre » par Lucette. En fait de cruel géant vikingo-wagnérien c'était un tout petit garçon timide bien frêle à peine blond, avec derrière ses lunettes deux yeux plus doux que ceux du plus doux des bébés phoques. Ressembler à ce qu'on tue d'accord, mais à ce point-là !

— Asseyez-vous où vous pouvez, dit Stévenin, en sortant les barquettes de son freezer… On va finir les chinoiseries d'hier !

L'acteur-cinéaste appela le pêcheur de Reykjavik « Capitaine Krogold » en hommage à deux personnages de Céline qu'il avait confondus : le Kapitaine Krog dans *Scandale aux Abysses* et le Roi Krogold dans *Mort à crédit.*

— Une crevette, Krogold ?

— Eg skil ekki…

— Toi, aimer crevettes ? dit Serge en élevant la voix…

Quand on s'adresse à des gens qui ne comprennent pas le français, on a tendance à leur parler en petit-nègre et en hurlant, comme si tous les étrangers, fussent-ils les plus nordiques, étaient des Africains durs d'oreilles.

Stévenin détire-bouchonna une bonne bouteille. Serge et Lucette ne buvaient pas bien sûr, mais Ève et sa mère ne dirent pas non. Seul le gendre s'aligna sur la sobriété de son beau-père et de la femme de Céline. Ce n'était pas du tout le genre de poivrot des tempêtes, éponge à aquavit… Pourtant, Stévenin ne pouvait s'empêcher de se laisser envahir par les images de *Scandale aux Abysses,* non pas argument de « ballet » mais argument de « dessin animé », que Céline avait écrit au Danemark et qu'il considérait déjà comme un « film ». Il avait même pensé à le placer dans *Nord* ce *Scandale.* C'était trop beau. Jean-François voulait prendre « Louis » au mot. Réaliser vraiment un dessin animé de l'argument : Neptune, avec son faux air d'Orson Welles, cache sa couronne sous un chapeau melon et son trident dans un parapluie. Engoncé dans son Mac Farlan, il déambule tristement dans Le Havre, d'un bouge à l'autre pour retrouver la petite naïade, Pryntyl, pin-up écaillée ruisselante au chant fatal… Et tous les espadons, thons, sardines, langoustes, en féerie virevoltante… Y avait de quoi faire ! Stévenin voyait bien quelqu'un comme Fred ou Willem lui dessiner ça. Willem, plutôt, avec son côté précieusement dégueulasse, bien rose aux mauvais goûts parfaits… En plein *Nord,* il pensait que le film décrocherait en cartoon pur. *Scandale* à des moments. Où Céline rêve, où lui reviennent des flashs douloureux… Sous les bombes, au beau milieu des emmerdements gluants de Zornhof… Tout à coup : Pryntyl, la Vénus jalouse, l'*Orctöström*, le Bal des Titines, cinq sept maquereaux dans les bulles, des perles, un hareng !...

L'histoire de cette naïade typiquement andersenienne, punie pour sa curiosité (elle a ouvert des lettres d'amour de marins noyés répandues à la surface de la mer après le naufrage de leur esquif), est une fable parabolique tout à fait exceptionnelle chez Céline. Il y a mis non seulement tout son amour de la mer et saigné toute sa tendre veine de conteur pour drôles d'enfants, mais on y retrouve, intacte, sa si violente et si sincère soif de justice éclatant autrement dans tous ses autres livres, romans et soi-disant pamphlets. Méchant avec les méchants, le vieux Neptune, ulcéré que les sales hommes lui aient souillé sa chère sirène, va être impitoyable. Il punira l'ignoble assassin Krog qui osa poignarder à la barre à mine sa Pryntyl comme un phoque, il le condamnera à flotter pour l'éternité, ligoté à une bouée, et à pousser de funestes « Krouag ! » aptes à faire naufrager les autres salauds d'humains. Jamais peut-être chez Céline la souffrance dépitée face à l'inhumanité des hommes ne s'est exprimée plus franchement. Grâce au ton fantastique du conte, Céline peut sortir de la peau d'un simple mortel. Il se fait dieu des mers amoureux d'une sirène mutine dont la corruption le rend fou de rage. Louis-Ferdinand Neptune ne peut pas plus supporter que les hommes tuent des bébés phoques qu'ils pervertissent une gracieuse sirène en chanteuse de beuglant sordide.

— Ils savent bien cuisiner le poisson, ces Chinois ! dit Michèle en reprenant une brochette de poulpe à la sauce aux deux sojas.

— Toi… pas pêcher poulpes là-haut ?… demanda Serge au Kapitaine Krogold.

L'Islandais bredouilla des sous-mots pleins de consonnes et de trémas, et tendit la dernière barquette de crevettes caramélisées à Lucette qui en choisit délicatement trois et les mangea en disant :

— Ça se reproduit comment les crevettes ?

— Ça, dit Stévenin, je ne sais pas.

— C'est tout à fait le genre de question que se posait Louis, dit-elle. Il avait des marottes obsessionnelles. Son dernier tourment, c'était de savoir comment la vache peut faire du lait en mangeant de l'herbe. Il téléphonait à tous les vétérinaires pour trouver la solution. Il voulait même rencontrer Jean Rostand. Ils s'étaient écrit, ça devait se faire…

— Encore un machin de curiosité.

— Y avait plus que les animaux qui le passionnaient. Il pouvait pousser jusqu'à la jalousie. Quand je caressais une chatte, il devenait dingue mais il ne le montrait pas. C'est une des scènes que j'ai eues avec Louis. Dans la cuisine, dans cette misérable cuisine où on mangeait une soupe misérable, la chatte toute petite était sur mes genoux,

Louis s'est levé d'un bond avec son perroquet sur son épaule, furieux : « C'est la chatte ou moi ! »

— Vous en aviez souvent des coups de feu comme ça entre vous ?

— Non. Si. J'en ai reçu des tonnes d'injures. C'était toujours pour me prouver que j'étais une imbécile de tout accepter, de tout aimer, de croire que tout le monde était bon, que tout le monde était excusable. Il ne pouvait pas supporter que je ne voie pas le mal partout. Lui qui le sentait immédiatement. Il me disait : « Tu es indécrottable, y a rien à faire... »

« J'ai bien connu Édith Follet, sa première femme. On se voyait deux fois par mois. D'ailleurs, elle est morte un jour où je devais aller déjeuner avec elle. Son fils dont j'ignorais d'ailleurs l'existence me téléphone : "Vous aviez rendez-vous avec ma mère, mais vous ne pourrez pas y aller parce qu'elle est morte !" Louis voulait toujours que je sorte avec elle, mais j'avais pas le temps. Elle est venue quelquefois à Meudon le voir. Une fois, elle a croisé des petites élèves qui sortaient de mon cours et elle a dit à Louis avec un air vicieux : "Ça me fait drôle de te voir ici avec des petites filles." Ça le blessait énormément qu'on effleure pour lui des choses auxquelles il n'avait même pas pensé toucher. Louis l'a remarqué : "Elle a dit ça exprès pour me faire du mal."

« Quand j'ai fait venir son petit-fils, ç'a été terrible. Vous ne connaissez pas l'histoire ? Un jour

Édith me téléphone et me dit : “C’est dommage que Louis ne connaisse pas Jean-Marie. — Impossible, je connais Louis, si vous lui dites qu’il va venir, il va fermer sa porte, il va pas vouloir, le seul moyen pour qu’il l’approche, c’est de dire à votre petit-fils de venir un jour n’importe quand et puis il se présente.” J’avais déjà essayé d’en parler à Louis, mais il m’avait dit : “Tais-toi, ça ne te regarde pas, il n’en est pas question, avec ma famille c’est fini, ça n’existe plus !” Donc un jour, on voit, vers midi, un joli jeune homme avec une cravate lavallière, blond aux yeux bleus, très très romantique, un genre Bernard-Henri Lévy en blond ! Il entre et directement tend la main à Louis : “Je suis votre petit-fils. — Qu’est-ce que vous voulez faire ? dit Louis. — Je vais écrire… — Vous avez passé votre baccalauréat ?” Très poliment, il dit non, non d’un air de dire ça n’a aucune importance… Et pour se donner une sorte de contenance (ça peut se comprendre), le gosse allume une longue pipe. Aussitôt, Louis se lève : “Rimbaud, la pipe !” C’était fini. “Monsieur, vous reviendrez me voir quand vous aurez passé votre bachot.” J’ai proposé de lui faire une tasse de thé. Louis a hurlé : “Il boit rien !” Le petit-fils est reparti, la pipe entre les jambes… Et moi qu’est-ce que j’ai pris : “C’est toi qui as fabriqué ça ! Je ne te le pardonne pas ! Je te défends ! Tu vois pas qu’il n’a qu’une idée, c’est de t’assassiner ?…” En deux minutes, il avait vu ça dans ses yeux. Enfin ç'a été tout un drame… Louis a pensé tout de suite que c'était moi qui avais combiné la rencontre. Comment, ça j'en sais rien parce que le petit-fils aurait très bien pu venir de lui-même. Non, il a deviné que c'était moi qui avais fait le coup… L'engueulade a été épouvantable.

— Il était vachement vache avec vous !

— C'est pas qu'il était vache, il se protégeait par sa dureté. Un jour, je lui ai acheté un beau pull en cachemire, il a pris des ciseaux et aussitôt, il l'a découpé en morceaux : « Comme ça, tu ne recommenceras pas. »

— Je comprends maintenant pourquoi il était habillé en « clochard » !

— J'ai jamais pris ça pour une clochardisation. C'était plutôt de sa part une attitude pour effacer toute trace de vanité. Rien dans l'apparence. Pour lui, un beau costume, un beau chandail, c'était encore de l'apparence. Il voulait que tout soit rapiécé. Le neuf, c'était du luxe. Non seulement, ces oripeaux montraient qu'il avait endossé son propre martyre et celui des autres, mais en même temps, c'était les signes de sa résurrection. Il ne voulait pas ressembler au Christ sur la croix mais à Lazare sortant du tombeau. Quand on sort du tombeau, on n'est pas forcément très net. Il était capable à l'occasion de quitter sa panoplie de prophète juif arabe, et de retrouver une « dignité » vestimentaire. Il se remettait son costume pour aller soigner une vieille dans le bas-Meudon. Vous savez, « Madame Niçois »…

— À propos de Nice, dit « Stèv », je tourne là-bas un machin policier avec mon pote Bohringer, *Deux flics font les voyous,* pour TF1. 20 h 45.

— On sera tout à côté, dit Lucette, je vais à Menton demain… Je crois que j'ai trouvé une cliente pour mes chambres de bonne…

— Ah, dis donc ! bondit Stévenin, mais c'est parfait ça ! On pourra se voir ?

— Bien sûr, mon ami… Bonhomme ! Viens ici !

Le cocker était descendu aux couchettes. Caramel, beige cerbère en sucre, l'avait vite fait remonter. Tout fébrile comme un mouton noir rouge de confusion, il alla s'écraser aux pieds de sa maîtresse.

— Lucette, demanda Michèle qui regardait le foutoir de Stévenin, vous n'avez jamais pensé habiter sur une péniche ?

— Non, répondit Lucette. Louis aimait bien les péniches, mais pour vivre, je pense que ça ne lui aurait pas plu. Il lui fallait du solide, même sans confort. Meudon, c'était toujours mieux que Korsør ! Louis a pris la cave, moi le grenier. Il a « installé », si on peut dire, le sous-sol en cuisinette rudimentaire et le rez-de-chaussée en bureau avec chambrette attenante. J'ai punaisé des cartes géographiques et des planches anatomiques — des écorchés, comme lui — partout. Jusque dans mon studio de danse. Louis n'est jamais monté aux étages où je donnais mes cours de danse. Une vague véranda, un brouillon de jardin et puis voilà. La maison, c'était comme la niche d'un chien fatigué. Il ne voulait pas qu'on l'habite. Seulement qu'on y campe… Comme au Danemark, comme partout d'ailleurs. On avait une vraie mentalité de romanichels. Tous nos lieux ont ressemblé à des roulottes. Regardez les photos. Des quatre pavillons Louis-Philippe de l'allée, c'était le nôtre qui faisait le plus « bidonville ». Et quel froid ! D'où ses canadiennes, tous ses pulls, ses gilets les uns par-dessus les autres… Son « trois-pièces » comme il disait… Quand ça gelait, les radiateurs éclataient dans sa chambre. Deux ronds d'électricité pour faire du thé, c'est tout. Même s'il avait voulu, on n'aurait pas pu inviter quelqu'un. Personne n'est jamais venu dîner en dix ans. C'était comme le vaisseau fantôme… D'ailleurs Wagner l'a composé à Meudon, son *Vaisseau fantôme.* Meudon, c'est la maison de Wagner, la maison de Rodin, la maison de Maritain, l'Observatoire, le bois d'Yveline, le Musée Armande-Béjard… Vous connaissez ? Le musée de la maîtresse de Molière… Comme ils ne savaient plus quoi mettre dedans, ils m'ont demandé des manuscrits de Louis, j'ai refusé. La mairie de Meudon n'a jamais été très célinienne. Quand on est arrivé, il y avait des affiches collées partout : « Le nazi Céline, on n'en veut pas ici »… « Hors de

Meudon Céline ! » Un jour, l'épicier a refusé à Louis de lui vendre des poireaux. Je l'ai vu remonter avec son sac vide.

« Même s'il avait eu les moyens, Louis n'aurait pas fait faire des travaux. Le bruit des ouvriers l'aurait gêné pour travailler. Agnès, ma Polonaise, qui lavait le linge dehors dans une énorme bassine, n'a jamais pu passer un coup de balai dans le bureau ou la chambre, jamais elle n'a pu pénétrer, jamais… Il ne voulait pas quelque chose qui remue autour de lui. Il ne voulait aucun bruit, j'avais simplement fait doubler les fenêtres, avec des doubles carreaux, pour qu'il entende le moins possible les ronronnements des usines Renault en bas. Heureusement, y avait pas de trafic, y avait pas trop de voitures, y avait rien… C'était la campagne. Pour Louis, de toute façon, tout ce qui n'était pas Paris, c'était la campagne. Un arbre c'était un arbre mort. Tout le contraire de moi. J'aime la nature, lui s'en foutait. Seule la mer existait pour lui, comme si elle ne faisait pas partie de la nature ! Il arrivait à sortir la mer de la nature !

« J'ai acheté la maison à cause du cèdre du Liban, pas à cause de la maison. Le cèdre est mort et nous, on est restés. Dans le cèdre, les Prussiens de 1870 avaient installé une sorte de bazooka de l'époque, et ils tiraient de chez nous sur le mont Valérien qui ripostait. Y a encore un cratère dans le jardin d'ailleurs. C'était une maison visée déjà. À l'époque, c'était le Pavé des Gardes qui serpentait jusqu'à Viroflay. Vous savez ce que ça veut dire "Meudon" ? "Terre à menhirs" en celte, c'est rigolo, non ? Dans Meudon, il y a Menhir et Dolmen qui sonnent je trouve. Il était écrit que Louis finisse en terre celte…

« C'est un pays royal. Louis XIV venait beaucoup à Meudon avec ses panaches… Louis XIV et sa grande perruque pleine de poux, ça le changeait du mauvais air de Versailles. Je le préfère à Napoléon, moi, Louis XIV. Pas vous ?

Lucette s'adressait à Krogold sans penser qu'il était assez mal placé — pauvre petit Toto — pour parler du Roi Soleil. Lucette grignota sa dernière crevette et s'attarda un instant encore sur cet autre Louis.

— Louis XIV n'avait pas seulement une fistule à l'anus et un phlegmon. Il avait aussi le palais défoncé. Et il a tenu ! Louis me le racontait bien souvent, il avait lu tout ça dans le Quillet… On avait les 31 volumes du Quillet de Marteau.

— Qui c'est ce Marteau ? demanda Stévenin.

— C'était le roi des cartes Grimaud ! Un Seigneur qui s'offrait un artiste. Un riche riche qui nous a recueillis après Menton chez lui à Neuilly. À chaque cadeau, Louis l'insultait. Les gens qui lui voulaient du bien, ça devenait ses pires ennemis. La seule chose qu'il acceptait, c'était une tarte le dimanche apportée en Bentley par le chauffeur parce que les Marteau ne voulaient plus nous voir. Louis prenait la tarte, il la foutait en l'air, et le chauffeur repartait… La seule chose qui lui a fait plaisir, c'est un jeu de tarot, magnifique, que Marteau lui a offert. Louis tripatouillait les grandes cartes colorées, les arcanes, les maisons, la mort. Il savait tirer les tarots, c'était un de ses petits métiers à Londres. Il avait dû le faire pour lui, pour son destin. À part ça, rien. Il n'a même pas dit merci à Marteau quand il lui a donné les Quillet… C'est bien simple, à Meudon, on était tapissé de Quillet. Derrière le tome X, une hérissonne a même fait ses petits. Je leur donnais des mouches, mais ils sont tous morts, pauvres petites choses. Seule la mère a survécu… Le Quillet, c'était la principale lecture de Louis… Tu te souviens, Serge ?

— Oui, oui, répondit le danseur… Tout le monde cherche à savoir ce que lisait Louis, mais c'est simple, il ne lisait que le dictionnaire. Attention ! Pas l'encyclopédie, c'est pas pareil : dans le dictionnaire, tout est juxtaposé dans l'ordre alphabétique, c'est pas « mis en perspective » selon les pseudo-valeurs du « progrès ». Céline, c'est l'anti-dix-huitiémiste, il est du temps de la Renaissance.

— Moi, continua Lucette, je l'ai toujours vu ouvrir un Quillet. Ce qu'il aimait bien c'est que ce n'était pas de la littérature, la littérature il n'avait pas besoin d'en lire puisqu'il l'écrivait… Il trouvait tout dans le dictionnaire, absolument tout : sur les geysers, les mangoustes, le pôle Sud, l'encre de Chine, les peintres italiens… Chaque fois, y en avait pour quatre pages écrit tout petit petit. Un jour je me souviens, Louis m'a lu un bout du Quillet sur les gladiateurs : « écoute ça ! »…

— Toi gladiateurs connaître ? lança Serge à son gendre.

— Aïte…

— Arrête de l'embêter papa, dit Ève. Tu vois bien qu'il ne comprend pas. Ça t'amuse ?

— Quoi ? rétorqua Serge, il faut bien qu'il apprenne un peu. Mes petits-enfants sont à moitié islandais. Logiquement, leur père devrait parler à moitié français. C'est si joli le français, ça danse comme ça, par petits bouquets subtils, en pétales de syllabes, tout en finesses, nuances… Rivarol disait d'ailleurs : *La langue française est la seule qui ait une probité attachée à son génie.*

Stévenin s'approcha de Serge.

— Tu t'y prends mal. Faut pas le brusquer, faut lui faire voir les mots comme des images. Si on fait l'effort, il peut tout comprendre le Kapitaine Krogold… Tu vas voir je vais essayer…

Et l'acteur se plaça face au gendre islandais. Il attaqua une série de gestes précis, tout un tas de mimiques. Peu à peu, ils discernèrent tous ce que l'acteur voulait transmettre au pêcheur… Un personnage qui a faim, un autre qui a mal à la tête, un chat, un chien… Lucette reconnut même une danseuse… Elle dort ! Comme le chien (il le fait bien « Stèv » le chien qui dort)… Et puis des troncs d'arbres… Le pêcheur d'Islande avait l'air de piger. Des sapins… Un parc, des étables, toute une ferme… Stévenin agitait à toute vitesse son bras, ça devenait un jeu de deviner ce qu'il mimait à Krogold. Qu'est-ce que c'est ? Des gros types ! Qui construisent quoi ? Des maisons ! C'est Michèle qui a trouvé. Stévenin continua… Des cartes ? Des joueurs de cartes dont un géant et un nain ? Non, pas un nain. Stévenin faisait le geste de se couper les jambes. Ah ! Un cul-de-jatte, méchant, furieux (« Stèv » fronça les sourcils) qui chasse l'affamé et le migraineux… Qu'est-ce que c'était que ces animaux que Stévenin imitait maintenant ? Des dindons ? Canards ? Non. Oies ! Oui ! Des oies qui jacassent, OK, ensuite ?… Ensuite des abeilles, Stévenin refait le bruit des abeilles. L'Islandais saisit. Y a une histoire de miel… C'est un peu confus, même pour les Français. Ils étaient tous perdus sur *L'Ali-Baba*. Lucette regardait Serge qui regardait Michèle qui regardait Ève qui regardait son mari qui regardait Stévenin. Il en était à faire une femme. Le Jurassien minaudait, pas de doute : il faisait apparaître une dame aux grandes manières. Qui c'est ? Personne ne devina. Elle joue aux cartes, ça c'est sûr, et puis du piano. Ça devenait drôle, Stévenin se redressa, esquissa quelques pas de danse… Tous rirent. Même le gendre. Alors, Stévenin fit semblant d'empoigner une trompette, ou un cor de chasse, et souffla, cracha... Il regardait le ciel, comme si des bombes tombaient, et puis ce fut le tour d'un tambour qu'il frappa comme un sourd « Boumboumbadaboumboumboum ».

Le déphoqueur des banquises se bouchait les oreilles. C'était pas la peine d'insister. Le Kapitaine Krogold ne voulait plus rien entendre. Il n'avait rien compris. En charabia à la Serge ou tout en gestes à la « Stèv », il était bouché. Tant pis pour Stévenin, il se le ravalerait son bout de *Nord* avec ses *bibelforsher* qui construisent des isbas, son *Tanzhalle* et sa Marie-Thérèse, la cartomancienne-pianiste... À ranger oies et SS ! Les abeilles du Pasteur et le Steinway pour Lili ! Le bugle de Hjalmar, et son tambour avec, aux oubliettes, hop, jusqu'à la prochaine fois...

Ève désigna la barquette de boulettes aux quatre fruits.

— Y a à la banane ?

— Ça, je sais pas, dit Stévenin. Il reste des poires au fond, faut pousser les herbes...

— Personne ne veut la dernière crevette ? demanda Serge à la cantonade.

— Moi.

C'était la voix d'un jeune homme qui venait de passer la porte de *L'Ali-Baba*...

Stévenin bondit.

— Nom de Dieu de verrat de gamin, mon gamin !

Il présenta Sagamore à l'Almanzor Circus. Lui

aussi était dans le « ciné ». Comme son petit frère Robinson et sa petite sœur Salomé… Un faux air marlon-brandonien… Très « action theater », Sagamore piqua la dernière crevette chinoisée.

Son père expliqua à Lucette, qui avait posé la question, pourquoi son fils s'appelait Sagamore. C'était un nom d'Indien en hommage à l'oncle Sagamore Noonan, le héros de *Fantasia chez les ploucs*…

— *Fantasia chez les ploucs*, ça ne vous dit rien ? De Charles Williams, un Texan qui s'est flingué sur son bateau… C'est pas *Nord* c'est sûr, mais je me suis toujours bien retrouvé dans ce bouquin… Tout est vu du gosse qui va traînasser avec son « Pop » chez son oncle le tanneur-distilleur puant dans sa ferme-machin. Moi je fais très Sagamore dans mon Jura, pas vrai Sagamore ?

— Ouais.

Il n'était pas bavard Marlon Stévenin. Timide sûrement. Il revenait d'un tournage au Canada où il jouait son père jeune. Bientôt on lui demanderait de jouer son petit frère vieux ! Pendant que Stévenin racontait comment, à sa naissance, il l'avait déclaré à la mairie de Clamart (— « SAGAMORE » avec un « e » au bout ?), Sagamore serra consciencieusement les mains de Michèle, d'Ève, de Serge, du Capitaine Krogold et de Lucette.

— Bonjour et au revoir, dit-elle en se levant. Désolée, demain matin je prends l'avion pour Nice…

— J'y serai avant vous, Lucie ! dit Stévenin. J'ai rendez-vous à 13 heures aux Studios de la Victorine. Je prends la bagnole, je vais rouler toute la nuit.

— Soyez mignon sur la route, dit Lucette… Vous m'appelez là-bas d'accord ?

Bonhomme se frotta le mufle contre celui de Caramel.

— Mon Dieu, ce que c'est un tendre ! s'écria Lucette. Vous avez touché sa fourrure ? C'est de la soie, et son cœur aussi c'est de la soie. Tout est en soie là-dedans. Vieille chose gaie de douze ans…

En mini-queue leu leu, ils quittèrent tous vers onze heures la péniche rose bleuie par une nuit sacrement embastillante. Des sons plus étranges qu'à l'ordinaire perçaient les nuages bas. Le ciel avait envie de toutes les étoiles. Le trafic de la place secouait la colonne verte à l'ange d'or dansant comme un cocotier dont on espère faire choir la noix la plus juteuse. Les rires, mixés aux klaxons du tohu-bohu, venaient comme les lames de vagues tour à tour colériques et euphoriques s'exploser en mille paillettes contre le vitrage illuminé du métro.

La rame passa sans un souffle, comme le traîneau du père Noël traverse le ciel du 24 décembre.

L'avion de Lucette se posa sur le sol niçois. Le vol avait été excellent mais le temps était détestable. Tout le contraire d'il y a quarante ans ! Lucette, un peu vaseuse, se revoyait parfaitement atterrir autour de minuit ici même avec Céline, le 1er juillet, pas 61, mais 51, soit dix ans jour pour jour avant qu'il ne se pose sur le sol du ciel.

C'était leur retour d'exil : sept ans sans toucher France… « Louis » aurait pu en pleurer, mais il s'était tellement amusé dans l'avion qu'il prenait pour la première fois ! Pourtant, le voyage Copenhague-Nice n'avait pas été très agréable. Trous d'air et nuages noirs. Le DC4 en turbulence toboganna pendant cinq heures, criblé d'éclairs furieux, fouetté aux hublots par une pluie méchante. Le rire de Céline, qui n'avait jamais peur *physiquement* (sauf de Marie Canavaggia), résonnait encore aux oreilles de Lucette lorsqu'elle retira sa valise du tapis roulant qui vomit tous les bagages de l'A 320 en provenance d'Orly.

Vomir, c'est un peu l'envie qu'elle avait. Bizarrement, elle ne se sentait pas très bien. Heureusement, son esprit vagabondait. Ici même quarante ans plus tôt, elle avait récupéré sa chienne Bessie et ses chats Bébert, Thomine, Flûte et Poupine enfermés — pauvres petits totos — depuis 18 heures dans de grosses caisses danoises prêtées par le Kastrup. Qu'est-ce qu'ils étaient chargés, les Céline ! L'Abbé Pierre (celui des années 50) n'aurait pas voulu de tous leurs bordels. Il y avait de tout. Même une casserole en porcelaine qui s'était cassée en deux mais que Céline avait voulu ramener parce que sa mère la lui avait donnée... Cette casserole, il l'a trimbalée toute sa vie, Lucette n'a jamais pu la jeter.

Ils ont débarqué avec des valises de cosmonautes dans la lune, des sacs de matelots naufragés, des malles de pirates piratés, des paniers de gitans cambriolés, tout un barda monstre de petit cirque ambulant. Et Louis-Ferdinand devant, royal Monsieur Loyal, gibecières et musettes pleines de paperasses croisées sur le ventre comme des cartouchières de zapatiste vaincu, son costard pâle et lourd de toubib maudit, ses cannes vidées de leurs épées, sa belle douloureuse tête aux cheveux grisonnants qui s'envolent de la tempe vers le vent...

Quel temps pourri ! C'était bien la peine de quitter Meudon... Lucette n'avait pas l'intention de s'attarder sur la Côte. Elle était là uniquement parce qu'elle avait rendez-vous avec sa cliente à Menton pour faire semblant de vendre ses deux chambres fondues en « studio ». Pour se donner ainsi un petit frisson, elle se dénichait des acheteurs potentiels qu'elle se chargeait de décourager au dernier moment. C'était même le seul but intime et inavoué de ses déplacements. Elle-même se trouvait un peu trop fine mouche, mais elle savait bien qu'elle ne pouvait s'ouvrir à personne de sa petite roublardise. Ni à Serge ni à Sergine et surtout pas à François… Ça le rendait furieux à chaque fois de la voir revenir bredouille. Quand même, il commençait à se demander si elle ne le faisait pas exprès…

La Promenade des Anglais n'avait jamais mieux porté son nom : une brume londonienne encotonnait tout. Le ciel gris comme du ciment n'avait fait qu'une bouchée du soleil.

Lucette arriva, grise elle aussi, à Menton. Elle avala directement un grand bol de chocolat chaud pour avoir moins mal au ventre et, sans rien déballer, se coucha sur son lit profond comme un souvenir. Dans un sous-sommeil désagréable, elle rêvassa à sa mère, la cochonne, que Céline surnommait « Tirelire », et qui n'avait rien trouvé de mieux pour fêter leur arrivée en 51 que d'organiser une fête : ils découvrirent une immense table d'apparat aux petits plats dans les grands et aux grands dans les immenses autour de laquelle, couverts aux poings, une trentaine de journalistes et de photographes attendaient Louis-Ferdinand Céline comme si c'était lui qu'ils allaient dévorer. Ces cannibales endimanchés n'eurent pas le temps d'en croquer une rondelle, de leur rôti d'écrivain maudit ficelé ! Céline, sombre et furieux de la mascarade manigancée par sa belle-mère, monta si vite s'enfermer à l'étage que le flash du plus vif des paparazzi ne put illuminer que la porte de la chambre qu'il lui claqua au nez. « Tirelire », ivre morte (et mal calmée par son mari « Couscous », l'Italien Ercole Pirazzoli), déclencha à partir de là des hostilités terribles. Lucette dut, durant tout le séjour, faire sans cesse la navette entre les deux haineux : Céline qui voulait étrangler sa mère et « Tirelire » qui voulait tirer un coup de revolver sur lui. Au bout de quelques semaines, la coupe de fiel fut pleine. Les Céline remballèrent leurs impedimenta de manouches, les sacoches et la lessiveuse, les chats et *Féerie* (dont la belle-mère avait déjà « vendu » le manuscrit en cours d'avance !) et ils fuirent Menton enragés de soleil.

Le téléphone sonna.

— C'est Stévenin, Lucie ! Bien arrivée ?

— Je suis verte. Il fait gris. On se croirait à Korsør !... Ça s'est bien passé votre tournage à Nice ?

— Bof...

— J'attends ma « cliente », une Italienne, elle sculpte... Quand elle a su qui j'étais, elle s'est mis dans la tête de faire le buste de Louis...

— C'est gentil, ça peut être joli.

— C'est tout à fait gentil. Joli, on verra...

— J'arrive !

Stévenin vint aussi vite qu'il put mais la sculptrice italienne était déjà là. C'était une grande brune exubérante couverte de bijoux.

— Voici Yolanda, dit Lucette.

— Ah, Zignor Ztévenine ! Loucette m'a dit : vous êtes dans la Cinema ! Z'adore... Antonioni, Fellini, Vizconti... Zinecitta !

Lucette sortit le miel pour le thé.

— Le Ztoudio, z'est pour ma fils ! Mio caro Domenico... Photografico... Zes études à Monte-Carlo... Il zerait zi bien izi... Pas loin d'Italia, de za mama... Vous comprenez, Ztévenine ?... Zi zenzible, Domenico !

— Je vous sers votre thé ! dit Lucette.

— Vous n'en prenez pas, Lucie ? fit « Stév ».

— Je préfère le chocolat.

Lucette se versa carrément le paquet entier de Van Houten dans un grand bol jaune. Toute la poudre. Ça laissa même un nuage de poussière marron en suspens au-dessus de la table. Yolanda éternua. Stévenin avait rencontré assez de drogués dans sa vie pour ne pas s'étonner plus que ça du goût de Lucette dont il connaissait déjà si bien les autres excès (« y en a c'est la cocaïne, elle c'est le cacao... »).

Yolanda exprima l'honneur qu'elle ressentait à

réaliser le buste de Céline. C'était son auteur français préféré…

— Avec Paolo Gouth ! Z'ai fait zon bouzte auzzi. Ainzi que zeux de Maurizio Rheims et Giovanni Doutourd !… Bientôt zelui de Zéline !… Quale faccia ! Votre mari, Loucette, ze ne zouis pas trop d'accord avec zes idées, mais quel ztyle !

Lucette expliqua qu'elle voulait bien céder ses chambres de bonne, mais en viager seulement…

— « Viager », za m'embête Loucette…, dit Yolanda.

— Mais pourquoi ? dit Lucette d'une voix chocolatée.

— Je comprends Yolanda, Lucie, dit Stévenin. Y a un machin de mort désagréable…

— Qu'est-ce que ça peut faire ? répondit Lucette… Le viager n'a jamais fait mourir personne. Il n'y a qu'une chose qui fasse mourir les gens, c'est de ne pas être assez vivants…

— Ze vais réfléchir…, dit la sculpteuse en prenant congé. Toute sa clinquaillerie cliqueta une dernière fois en serrant les mains de « Signora Zéline » et de « Ztévenine », et la belle Yolanda sortit du studio.

La sonnerie du téléphone retentit.

C'était François de sa rue Monsieur à Paris. Tout affolé. Il dit à Lucette que tout le monde était malade. Empoisonnés ! Serge vert, Michèle jaune, Ève mauve et le pire de tous : Krogold, le gendre ! Lui c'était bien simple, il passait par toutes les couleurs, ou plutôt toutes les couleurs passaient par lui et en ressortaient par gerbes... Voilà pourquoi Lucette ne se sentait pas dans sa soucoupe depuis la « *chineese party* » sur *L'Ali Baba*. Les crevettes n'étaient pas fraîches.

— Je comprends tout ! dit Lucette qui passa « Stèv » à François.

— Stévenin, ça suffit ! Lucette n'a plus trente ans ! Tu vas finir par la foutre en l'air avec tes conneries... Il faut qu'elle se repose. Tu la fais se coucher tard, tu la transbahutes partout et maintenant tu l'empoisonnes, c'est le bouquet !

L'avocat en colère raccrocha.

Dehors la pluie pissait fort.

— Et si on rentrait ? suggéra Lucette.

Il était neuf-dix heures du soir. C'était vrai. Ils n'avaient vraiment plus rien à foutre ici. Stévenin rassembla les bagages et les descendit dans sa Mercedes. Il aida Lucette blême à s'installer. Il trouva une pharmacie ouverte. Il acheta pas mal de calmants. L'intoxiquée en avala tout un tube.

Vers Grasse, ça alla un tout petit peu mieux. Lucette reprenait quelques-unes de ses couleurs : les pâles. La Mercedes avait semé la pluie juste après Nice. Le ciel était quand même bien noir : un croissant lumineux y était épinglé comme une lune en papier après un rideau de théâtre froissé.

— Si vous voulez dormir, Lucie, dit-il, ne vous gênez pas.

— Non, non, répondit-elle en se regardant se mettre du rouge à lèvres dans le petit miroir du pare-soleil.

Elle eut un petit gloussement gai.

— Ce qui me fait rire surtout, c'est d'imaginer le gendre délabré d'Islande !... Pour une fois qu'il vient en France, voir ses beaux-parents... Toc, la crevette fatale !...

— Il est puni par où il a pêché, si j'ose dire...

— Oui ! Ça lui apprendra à exterminer les phoques... De la Norvège à la Russie, jusqu'en Angleterre, c'est un massacre. Tous les Nordiques sont des brutes. On a eu le temps de s'en rendre compte avec Louis, au Danemark. Même Mikkelsen était spécial. Là où il nous a foutus, c'était le bout du monde. Korsør, c'est le bout, on peut pas aller plus loin sur terre.

— Et ça a pas duré quinze jours…

— Cinq ans ! Le ciel était comme dix centimètres au-dessus de nos têtes. On avait le réflexe de se courber en avançant. De 15 heures à 11 heures du matin, c'était la nuit. Les saisons changeaient d'une minute à l'autre, comme au théâtre les toiles peintes qui tombent au fond du décor selon les actes. Et puis elles duraient pas surtout ! On disait : « L'année dernière, l'été c'était un jeudi… »

« On a gelé sur place. Il faisait moins 20 tout le temps. Mikkelsen nous donnait une caisse de pommes pour l'hiver. Deux caisses peut-être, il faut être juste. Je les posais par terre, elles se ratatinaient de froid elles aussi, les petites mignonnes… On avait un peu de tourbe. La tourbe, c'est de la bouse de vache qu'on plaçait dans des "jardinières", ce sont des espèces de grosses commodes, on met la tourbe dans un trou, elle reste fumante. Ça ne chauffe pas assez pour faire bouillir même une casserole d'eau. Un jour, j'ai voulu faire des frites, j'ai mis une poêle pleine d'huile sur le feu, au bout de trois heures, ça ne bouillait toujours pas. Je me suis rabattue sur une purée.

— Sinon, qu'est-ce que vous mangiez là-bas ?

— Des petits poissons. Des « prats » sur des claies à peine fumés. Ça nous faisait pas tenir… On nous envoyait bien des colis de France, mais Louis les refusait tous. Les paquets pourrissaient à la Poste… Qu'est-ce que j'ai eu froid ! On entendait le vent, là-bas le vent c'est quelque chose, c'est beau d'ailleurs. On ne pouvait pas dormir tellement on grelottait, on restait sous nos couvertures à écouter le vent toute la nuit…

— Je vois…

— Cette Baltique était sinistre. « La Sépulcrale », il l'appelait… Tiens, ça aurait fait un bon titre pour le livre qu'il aurait écrit sur notre exil… C'était une mer qui ne bougeait jamais et qui n'était pas salée. Pour Louis, ce n'était même pas la mer. Il la regardait comme une flaque. Moi je m'y baignais quand même. Je me baigne partout. J'y faisais ma vaisselle aussi. J'apportais toutes mes casseroles au pied de la falaise, en sortant du bois de bouleaux. Une fois là, on s'est pris en photos l'un l'autre. Sur l'une, on me voit à côté de la canne de Louis qu'il avait accrochée comme celle de Charlot à un fil barbelé pour se libérer les mains. Moi je lui en ai fait plein de lui, nu, pas nu, sur la lande, lançant un bâton, avec les chiens, sans chien, vous les connaissez ?

— Pas toutes. J'en connais une terrible où il est en beau poète breton, souriant, longs cheveux romantiques avec Bébert dans les bras et vous destroy à côté en robe de gitane machin…

— Affreuse ! C'était la veille qu'on m'opère de mon fibrome… J'ai une allure épouvantable, c'était la douleur, je la cachais mais j'en pouvais plus. Le lendemain, Louis a eu peur en me voyant si cernée… Je ne lui avais rien dit. J'étais en train de crever d'hémorragie. Une heure après, j'étais morte.

— Sinon, vous vous baladiez beaucoup ?

— Pas du tout. Un jour, on est allés dans la forêt, on s'est perdus et on a pleuré… Oui, pleuré, tous les deux, comme des gosses parce qu'on n'arrivait plus à retrouver notre chemin. Là, Louis a compris tous les contes qu'il aimait tant, tous les effrois des enfants dans la forêt sombre…

Stévenin baissa un peu sa glace pour balancer son mégot, et la remonta vite contre le froid et le bruit.

— Et la bicoque ?

— On en a fait plusieurs des maisons du diable ! C'est dans la « skovly » qu'on est restés le plus, une maisonnette de berger en terre battue… C'était une chaumière rose saumon à zébrures noires, avec des portes bleues…

« De temps en temps, un cheval rentrait sa tête par la fenêtre, et la fenêtre était toute petite. Un jour, y en a deux qui sont rentrés en entier, ils étaient attachés à l'attelage, vous voyez ce que ça a donné, on a entendu un boucan infernal, ils ont tout ébranlé, ils ont tout démoli… Deux gros énormes dadas ! Habituellement, le régisseur les laissait aller dans la prairie, ils se roulaient en Gargantua sur le dos, comme des chiens, les pattes en l'air dans l'herbe grise, ils adoraient ça, je leur donnais des petits bouts de pain. Moi, j'adore le cheval, c'est un être très calme, peureux même, mais qui pense. J'ai même vu un cheval faire attention en marchant de ne pas écraser des crapauds. Quand il vous connaît et qu'il vous aime, il vous donne confiance. Quand j'étais toute petite, je voulais un ranch, je voulais me marier avec un cow-boy qui aurait beaucoup de chevaux. Le bonhomme je m'en foutais, je voulais ses chevaux.

« C'est vraiment à partir de Korsør qu'on a commencé à vivre avec des animaux. Bébert n'était plus seul. Y avait des dizaines de chats et d'oiseaux sauvages que je nourrissais avec la viande qu'on obtenait (nous on n'y touchait pas). Je suspendais les biftecks à un fil comme des pages de manuscrit. Y avait le Danois Balou et Bessie, la chienne abandonnée par les Allemands… Et puis Sarah, sa chatte adorée, elle ne quittait pas Louis d'un œil. De temps en temps, le Pasteur Löchen venait parler avec Louis de la souffrance… Vous voyez l'ambiance ? Tout à fait celle d'un film de Bergman vous savez, celui où il y a un couple qui vit sept ans dans le silence et le vent…

— *Jeux d'été* !

— Voilà ! D'ailleurs tout notre séjour korsørois, c'était du Bergman. Si on le filmait, il faudrait le tourner à la Bergman…

— Alors un morceau à la Gance, un autre à la Kurosawa, l'autre à la Leone, encore un autre à la Bergman… Vous ne m'écrasez pas trop Lucie, ça va ?

— Pardon, mon ami. Vous avez raison… De toute façon, l'exil ça ne se montre pas.

— C'était une souffrance morale…

— C'est ça. C'était moral. Le froid de l'eau et le gris du ciel entraient dans l'esprit de Louis. Quand je l'ai rencontré, il était encore en couleurs. Petit à petit, il s'est décoloré pour ainsi dire. À Klarskorvgaard, il était tout gris tellement il était triste. C'était pire que la prison. Cette atmosphère protestante le minait. Il voyait tout protestant : les arbres, les oiseaux, les nuages protestants. Il se consolait en lisant Bloy qu'il approuvait sur tout sauf sur son goût pour la viande. Une seule chose lui déplaisait et c'était fini. Il a cessé de lire Bloy après être tombé sur la phrase où, dans son *Journal*, Bloy râle contre les Danois parce qu'ils ne savent pas cuisiner la viande. Il a refermé le livre à jamais.

« On comprend pas bien comment on a vécu là-haut. J'essayais d'égayer un petit peu la chaumière. J'ai collé des reproductions d'Utrillo au mur, plein d'Utrillo pour remettre Louis dans l'ambiance de Montmartre, il écrivait *Maudits Soupirs*… Et puis j'ai dessiné moi-même sur les abat-jour, j'ai tout peinturluré d'arabesques fleuries…

— Artiste-peintresse, Lucie ?

— Oui, comme ça… C'est surtout les abat-jour ma spécialité. Depuis toute petite, j'ai aimé peindre des fleurs, des animaux, des bateaux… C'est moi qui ai dessiné le voilier qu'il y a sur sa tombe… Près de la croix… Louis passait une bonne partie de la journée à écrire des lettres ! Des centaines de lettres à tout le monde pour se sentir moins seul, pour avoir des gens à qui parler… Parce que moi je disais rien, il ne me disait rien non plus : ça a toujours été superflu la parole entre nous. Croyez-moi : pour se comprendre, il faut pas se parler. Quand on est ensemble, se parler c'est presque vulgaire, non ? Ça veut dire qu'on a besoin d'un artifice verbal pour maintenir l'intérêt de l'autre. Ça veut dire qu'on ne s'est pas tout dit en décidant de rester ensemble. Vous comprenez ?

— Je comprends… Vous n'avez reçu personne à Korsør ?

— Si. Ma mère et mon beau-père ; les Monnier ; Pulicani qui voulait qu'on vienne s'installer dans sa Corse ; Mahé qui voulait faire le portrait de Céline au Danemark (grotesque) ; la nouvelle femme de Gen Paul que Gen Paul avait envoyée en éclaireuse ; Marcel Aymé ; Tixier-Vignancour qui voulait ramener Louis en France : il avait le billet dans sa poche. Louis était tellement miné qu'il était prêt à le suivre, c'est moi qui me suis interposée, j'ai dit à Tixier : « Il ne rentre pas ! » Je me suis surprise moi-même, et je les ai surpris tous les deux ! Je savais qu'un retour sans amnistie, ça voulait dire directement Fresnes et trois jours après « suicide » mystérieux en cellule… Tixier m'a dit après : « Vous êtes la seule femme qui m'ait résisté ! »

« Et aussi Héron de Villefosse qui voulait voir Elseneur : Louis était resté dans la voiture, Villefosse l'a forcé à sortir. "Il faut que tu voies ça !" Alors Louis est allé sur le promontoire du château en briques tristes, avec sa houppelande au vent, il faisait vraiment Hamlet dans la brume. Il a regardé le paysage et il m'a dit : "C'est bien ce que je pensais…"

« Et puis il y a eu surtout cet imbécile de Milton Hindus, l'Américain universitaire… Louis est allé le chercher à vélo. Ils avaient échangé beaucoup de lettres, Hindus voulait faire un livre sur Céline. Dès que Louis a vu l'abruti que c'était, il a compris. Il ne l'a pas laissé entrer dans la maison. Hop, à l'hôtel. Il est reparti si vite qu'il a oublié sa casquette ! Hindus avait eu le malheur de me demander si j'avais l'intention de faire des œufs au plat pour le "breakfast"… Je n'avais pas bien compris. "Eggs ?" Je me souviendrai toujours du regard de Louis sur le Hindus ahuri ! Soudain, il les a vus, ses œufs au plat ! Un œuf au plat dans chaque œil de Louis, bien jaune, bien méprisant…

— Lucie, un truc comme ça, on peut pas le mettre dans un livre, mais moi j'ai bien envie de le foutre dans mon film. Juste l'image, vous voyez ? Ça dit tout. En ellipse parfaite. Flash ! Comment ceux qui ne sont pas en exil comprennent l'exil, en touristes, les œufs à côté de la plaque…

— Moi aussi je suis un peu comme ça. Quand on me dit quelque chose « à côté », c'est comme si on sectionnait le ruban que je suis en train de dérouler. Clak ! Ça me coupe la bande magnétique et je me tais, c'est fini.

— Pareil ! Je suis pareil, Lucie !…

La nuit s'épaississait. Lucette avait encore des nausées, mais parler lui faisait du bien. Elle regarda un instant les étoiles à travers la vitre bleutée et poursuivit :

— Normalement, on n'aurait pas dû en sortir. On se voyait passer cent ans là-bas ! Déjà Copenhague même, ça n'avait pas été rigolo. Danois, ça rime avec sournois. À la fin, on était dans l'atelier du gardien de prison.

— Vous avez habité chez ce gars-là ?

— Vous ne saviez pas ?

— Non.

— Faut tout vous dire alors ? Non, vous ne savez rien plutôt ! Le geôlier était peintre. Il voulait voir la lumière du midi, alors on a échangé :

ma mère lui a prêté sa chambre de bonne à Menton et nous on a vécu tous les deux dans son grenier à Kronprincessegade… C'était petit. Y a des photos avec Louis là-dedans quand il est sorti de l'hôpital, il travaillait torse nu un peu comme Picasso ! L'hiver, il faisait tellement froid que pour pas retrouver Bébert gelé le lendemain matin, je le mettais dans une couverture chauffante. Une nuit, je vois de la fumée sortir de Bébert, il rôtissait ! Incandescent ! Il bronchait pas !… On avait une verrière mais dessus il y avait un mètre de neige en permanence… Y avait pas de mur. C'était qu'une vitre.

« Moi je donnais mes leçons chez le poissonnier, la police ne le savait pas. Je n'avais pas le droit de donner des leçons mais dans un hangar à poissons, personne ne pouvait imaginer que j'en donnais. Des leçons de castagnettes, de takaneo, de danses espagnoles… Sur les quais de Copenhague, je louais le hangar le dimanche, je poussais les caisses sur le côté. Ça sentait horriblement mauvais ! Un policier était chargé de me suivre toute la journée. On était devenus un peu copain. Le soir, il s'installait et me regardait danser au milieu des poissons.

— Arrêtez Lucie ! Ça devient cruel. Tout ce que vous me racontez, je le visualise. Ça se transforme en séquences dans ma tête ! Vous me projetez un film ou quoi ? Je vois le détective à là Dupont assis sur une caisse à poissons qui pose sa loupe et mate la danseuse de flamenco castagnettant au milieu des poiscailles en morceaux…

— C'est tout à fait ça ! On était allés se réfugier chez l'artiste-geôlier parce que Karen — vous savez la donjuane — m'avait foutue dehors. Vous connaissez l'histoire. Elle avait réussi à convaincre Louis que j'étais devenue folle, que je dépensais son or alors que c'est elle qui tapait dedans. Il l'a crue. De l'hôpital de la prison, il m'a envoyé des lettres très dures pleines de sottises terribles…

— Alors ça, je ne comprendrai jamais, Lucie ! Vous saviez qu'il suffisait de lui dire que Karen était une salope hyperjalouse de vous qui le menait en bateau avec son or et c'était terminé. Pourquoi l'avoir laissé croire que cette chienne disait vrai contre vous ?

— Parce que dans l'état physique où il était, la colère qu'il aurait eue contre elle lui aurait été fatale ! J'ai préféré tout prendre sur ma tête. On voit que vous n'avez pas connu Louis. Il fallait doser sa rage en permanence. Il aurait littéralement explosé s'il avait su que Karen mentait, et il se serait inquiété pour moi comme il l'a fait pendant des mois en prison. En ne démentant pas Karen, il n'était qu'à demi en rage, et uniquement contre moi. Quelle importance ?

— Quelle importance ? Vous avez quand même songé à vous suicider pour ces conneries !

— Oui, parce que c'était trop pénible, trop injuste. J'avais peur qu'il n'ait plus confiance en moi. J'ai pris trois tubes d'aspirine dans une tasse et j'ai eu la tête dans du coton pendant un mois. Mais quand il a appris que Karen l'avait trompé, il lui a dit : « Si je te revois, je t'étrangle », là je pouvais le calmer, il était plus fort physiquement pour supporter ça. Il m'a demandé pardon et m'a engueulée en même temps de ne rien lui avoir avoué avant. C'était fini. C'était parfait. Vous comprenez ?

Stévenin cligna des yeux comme dans un western japonais. Lucette continua de se souvenir.

— Quand il était en prison, j'attendais quatre heures dans la neige pour aller le voir chez les condamnés à mort, section K. Je restais ensuite toute la journée dans un couloir glacial pour l'entr'apercevoir dans une embrasure au fond, mais ça valait le coup ! On l'avait sorti du Rigshospital où il servait d'oreille de la mort...

— Oreille de la mort ?

— Oui, les Danois ont installé Louis dans le dortoir des cancéreux de l'hôpital, au milieu des agonisants. Comme il était médecin, on lui avait donné une petite cloche pour prévenir les infirmières quand un mourant mourait. Il écoutait les souffles. Sur son lit, pas beaucoup plus en forme que les autres, il agitait sa clochette à derniers soupirs... C'était pire qu'être seul dans la Vestre Faengsel. Ça a duré dix-huit mois en tout. Je ne pouvais pas y aller quand je voulais. Les gardiens découpaient les pains que j'apportais, ils trouvaient les morceaux de sucre que j'y avais mis et me les rendaient en souriant. On m'amenait Louis comme un pantin. Il pesait quarante kilos. Chacun des gardiens le portait par un bras, ils le soutenaient pour pas qu'il dégouline. C'était exactement le Christ descendu de la croix. On avait le droit de se parler qu'en anglais au parloir. Au début, je bafouillais puis j'ai plus rien dit. Lui non plus. Les choses graves, on se les cachait pour pas s'inquiéter et les choses banales, on se les disait pas. Alors on se regardait en silence, sans pouvoir se toucher même les mains, la table était trop large. Les surveillants n'avaient jamais vu ça : un couple qui se regarde sans se dire un mot. C'était plus un parloir, c'était un regardoir. Heureusement, j'emmenais Bébert, caché dans sa musette : il sortait juste une oreille, un œil pour dire bonjour à Louis, une fois la patte. On avait vraiment une entente extraordinaire tous les trois. Lui aussi en avait bavé Bébert. On l'avait foutu en prison, et puis à l'hôpital ! Il a eu exactement le même parcours que nous. C'était pas un tendre, c'était un dur. Il aimait pas les caresseries, pas câlin du tout. On était trois têtes de lard. Il avait un cancer, on lui a enlevé un sein, il est resté dans un placard enveloppé dans des papiers. Il dormait dans un journal. Il faisait ses besoins sur les nouvelles ! Sans Bébert, on n'aurait jamais traversé tout ça. Bébert, c'était notre bébé. Le protéger nous protégeait. On était toujours en train de le chercher, de trembler pour lui, c'était notre souci, il nous détournait de tous les autres soucis.

« Louis ne s'ennuyait pas en prison. La seule chose qui le troublait, c'est quand on le changeait de cellule. Elles étaient toutes exactement les mêmes au détail près, mais passer de l'une à l'autre, ça lui faisait un choc ! Les vicieux Danois l'avaient remarqué, ils le déstabilisaient exprès, pour rien. Par exemple, ils lui laissaient croire qu'il était transféré ailleurs, alors il préparait ses petites affaires, on le foutait dans un fourgon qui ne démarrait pas et au bout d'un long moment, on le faisait sortir du fourgon et hop, on le rentrait dans sa cellule…

— C'est odieux !

— Ça le déprimait surtout. Heureusement, il a repris goût à son travail. Je lui apportais des livres, du Chateaubriand et du Pierre Loti, *La Revue des Deux Mondes*, tout ce que je pouvais trouver en français dans les kiosques à bouquins du Parc… Je me souviens d'un petit livre de Humblerg très amusant que Louis a gardé longtemps : *Les Caquets de l'accouchée.* Il s'est remis à écrire, des notes, des souvenirs… Déjà *Féerie*… Je crois que c'est à ce moment-là qu'il a définitivement abandonné *Guignol's.* Il a laissé tomber le passé… Il me disait même qu'il imaginait des pièces de théâtre sur tout ce qui venait de nous arriver. Je crois qu'il voyait d'abord théâtralement les choses. Le *Château*, *Nord*, *Rigodon*, ça a dû être comme des pièces dans son esprit au début. Et puis il m'écrivait des lettres, mais en passant par Mikkelsen. Vous en avez déjà vu ? De grandes lettres roses, c'est très drôle : il s'adresse d'abord à lui et d'un mot à l'autre, hop il bascule pour moi… J'étais encore chez Karen, ils avaient fini par me libérer, après des jours et des jours d'interrogatoires. Là, on a été séparés. Moi dans une cellule, lui dans l'autre. J'ai vraiment cru que notre route était coupée. C'est la seule fois où j'ai eu un doute sur notre destin. Ça n'avançait plus. Je n'ai plus mangé. Je suis tombée malade. J'ai eu de l'eczéma. J'ai eu le ver solitaire. Quand Louis a été arrêté, mes règles se sont arrêtées et elles sont revenues le jour où il est sorti de prison… Ça a duré deux ans comme ça et ça m'a fait un fibrome énorme, je ne pouvais ni manger ni vivre… Pour ne pas le contrarier, je ne lui disais rien. J'avais tellement peur qu'on le renvoie en France ! Notre arrestation avait été si violente… Vous parlez toujours de cinéma mais là, c'en était du cinéma !

— Vous n'avez pas froid, Lucie ? Sinon, je mets un peu de chauffage…

— Non, ça va. Louis était en train d'écrire un ballet qu'il voulait proposer au Théâtre Royal de Copenhague quand on a frappé à la porte. Il a juste eu le temps d'écrire sur son manuscrit : *Ici, l'auteur a un petit ennui.* Il a fini sa phrase un an et demi après !... Boum ! Boum ! Boum ! Ça tapait dur. J'ai regardé par le trou de la serrure. C'était des types en imperméable. Je ne voulais pas ouvrir, j'étais persuadée qu'on venait de France pour le tuer. Louis avait sorti son revolver. Il était prêt à tirer dans le tas. Je le poussais à fuir par les toits. J'ai ouvert le vasistas : on a enjambé le balconnet tous les deux avec Bébert et on s'est retrouvé sur les toits au milieu des petites cheminées. Les « tueurs » ont défoncé la porte. Tout le monde criait.

— C'était justos !

— Finalement, c'était des policiers danois en civil. Ils avaient l'ordre de nous arrêter, mais ils ne savaient pas pourquoi. Ils ont vu l'appartement de Karen en désordre avec des instruments de médecine partout, des canules, les poires à lavements de Louis pour ses amibes, et comme ils m'avaient repérée depuis plusieurs jours en train de tournicoter avec des petites danseuses, ils ont cru qu'on était un couple d'avorteurs ! C'était mal connaître Louis... Il n'aurait jamais avorté quiconque, dans n'importe quelle circonstance... Après ils m'ont questionnée. Je ne comprenais rien « Abortion ? Abortion ? »

— C'est vraiment une scène pour mon copain Roger !

— Et vous savez par qui on a été « donnés » ? Par cette folle de Canavaggia ! Ça personne ne le sait. Louis, dans ses lettres, lui avait dit de toujours écrire ALMANSOR sur les enveloppes qu'elle envoyait. Jamais DESTOUCHES. Un jour, il ouvre une lettre de Canavaggia adressée au « Docteur Destouches » : elle disait dedans : « Désolée, mais je ne peux plus vous écrire sous le nom de votre femme, c'est trop dur pour moi d'inscrire les lettres A, L, M, A, N, S, O, R. Il faut me comprendre, etc. » Louis était furieux mais c'était trop tard, on avait été localisés… Lui qui prenait tellement de précautions pour tout ! Là-bas, il s'était fait pousser la barbe et se faisait appeler « Courtial »… Quand il demandait des nouvelles de son or à Karen, il en parlait toujours comme si c'était des enfants. « Les enfants vont bien j'espère… »

— Les enfants en or, ça veut tout dire…

— C'est dommage qu'on se soit fait pincer. On était bien chez Karen, surtout qu'elle n'était jamais là ! Copenhague commençait à nous être agréable. On est même allés au théâtre voir Jean-Louis Barrault qui disait du Shakespeare et du Aragon… Ce pauvre Barrault, je le connaissais bien, je le trouvais très mauvais acteur, mais très bon mime, il a eu tort de parler. En Hamlet, c'était un désastre, une grosse tête sur un petit corps. Louis l'a trouvé « haineux »… Serge me l'a confirmé en me racontant qu'un acteur de sa troupe était allé un jour faire de la barque avec Barrault. Y a eu un faux mouvement et son acteur est tombé à l'eau… Il pataugeait sans savoir très bien nager, Barrault ne l'a pas secouru tout de suite, il lui hurlait : « Va-t'en crever ailleurs ! » c'est rigolo, non ?

— C'est un machin de peur de la mort de l'autre…

— Y a d'autres manières de ressentir la mort des autres, vous ne trouvez pas ? C'est dans l'appartement de Karen que Louis a appris la mort de sa mère et celle de Denoël. Ça lui a fait deux trous de plus. Son cœur, c'était comme une passoire.

« Un jour, on a reçu un jeune médecin pour qui Louis a rédigé un article médical. En remerciement, il m'a offert des chocolats et il a réparé mes castagnettes cassées, parce que moi, sans mes castagnettes j'étais plus rien. Et, pour Louis aussi c'était très important, mes castagnettes, c'était un truc très fort entre nous. Il écrivait à des gens à qui on avait laissé une malle d'osier pleine d'affaires pour qu'ils m'envoient une nouvelle paire de castagnettes. Il avait besoin de les entendre. Je donnais mes leçons clandestines, lui il écrivait. Il s'était remis à la suite de *Guignol's* qu'il appelait *Pantin II* et puis c'est là qu'il a commencé *Foudres et Flèches* aussi, pour se changer les idées. D'être dans la maison d'Andersen, ça avait dû l'inspirer… Il est mignon son petit ballet, non ?

Stévenin *voyait* sur l'écran noir de son pare-brise tout le ballet de Céline s'animer. Jupiter et ses foudres au poing, Junon l'aguicheuse jalouse, la petite Gitane, Achille et Ajax, le Cyclope, Cupidon Napolitain, Terpsichore, Érythie et même la sirène Prynthyl comme échappée de *Scandale aux Abysses,* avec un « h » en plus !...

Pas de doute : Stévenin était à Copenhague en 1945 avec Céline et Lucette qui venaient d'arriver d'un autre périple, emmendiantés par les catastrophes récentes, au point que le portier de l'Hôtel d'Angleterre qui connaissait Monsieur Destouches d'avant-guerre ne l'avait pas reconnu. Céline s'était mis à lui secouer le bras comme ça...

— Houhou ! Stévenin, vous rêvez ? dit Lucette.

— Heu... Pardon, Lucie, se ressaisit-il. Vous avez soif ?

— Très bonne idée ! s'enthousiasma-t-elle. Un chocolat !

Il enfila une voie vers une station d'essence, et s'y arrêta. Un « Buffalo Grill » immonde exhibait tous ses néons. Même Edward Hopper n'en aurait rien tiré.

Les deux voyageurs s'attablèrent. Il n'y avait pas beaucoup de monde dans ce « restauroute » nocturne. Quand même deux ou trois camionneurs, ruminant leur hot dog avant de repartir... Et puis un type défait qui avait l'air de se retenir de pleurer. La dernière cow-girl lui servit un hamburger à cheval. Il regarda tristement sa croupe de serveuse s'éloigner jusqu'aux cuisines. La journée, elles sont au moins cinq ou six au service des clients enwesternés. Shérifesses en short sexy, elles circulent dans le « Buffalo » avec leurs grands Stetsons et leurs gilets à franges, elles balancent leurs hanches auréolées de larges ceinturons à grosses cartouches agrémentés de gaines pour colts en plastique.

Lucette but lentement un chocolat. Stévenin avala rapidement un steak frites.

L'Azzurro les attendait près de la pompe à essence. Stévenin fit le plein. Après qu'il eut réglé, Lucette, voulant absolument participer, s'empressa de sortir son chéquier qui lui échappa et tomba aux pieds de « Stèv ». Il le ramassa et accrocha du regard le nom inscrit sur le carnet de chèques : *Docteur L.-F. Destouches.* La magie marchait à fond, il prit en tremblant le chèque de 350 francs que le « Docteur Destouches » venait de libeller à Jean-François Stévenin, et le rangea précieusement dans son portefeuille.

Il reprit l'autoroute.

— On est mieux qu'en avion, non ? lança-t-il.

— Et même qu'en train ! Si vous saviez ce qu'on a fait comme trains pour arriver au Danemark… Des grosses locomotives à cheminées crachant en grimaçant des feux d'artifice de charbon rouge, grinçantes cabossées énormes…

— Des Fulmicoach !

— Pas loin… On consolidait les rails devant, on en rajoutait même pour pouvoir avancer… Gares sur gares bombardées… Quand le train sortait de la gare, il emportait une partie de la gare avec lui.

« La dernière gare, c'était un hangar, on voyait rien. Flensburg. Ça faisait très théâtral. De la salle d'attente s'élevaient des voix de gens qui ne se connaissaient pas et qui se répondaient. J'ai jamais entendu un chœur pareil. Ça montait tout droit comme des chandelles. C'était triste mais beau. C'est là que j'ai vu un train de Suédois qui remontait en Suède : il roulait vers moi. Je suis tombée sur la voie avec Bébert, comme un morceau de chiffon. Un militaire m'a ramassée. J'étais à bout de fatigue. Je ne pouvais plus parler. Louis est arrivé : "C'est ma femme. Pourriez-vous nous déposer à Copenhague ?" Et on est montés, enfin ! C'est tout. On venait de Hambourg, Hanovre, Ulm, Nuremberg, Augsbourg… Je ne me souviens plus des noms. Toute cette fumée…

« Je faisais du thé sur mon petit réchaud à alcool. Partout, tout le temps, je crois qu'en enfer, j'aurais fait du thé. L'infirmier nous aida à transporter toutes nos affaires, on en perdait à chaque étape, un sac par-ci, un sac par-là… C'est là que j'ai dû perdre mes costumes hindous. Pourtant on était partis encore très chargés de Sigmaringen… On avait même décidé de se séparer de Bébert…

— Sans blague ?

— On était trop embêté de ne plus pouvoir le nourrir… Vraiment il crevait. La veille de partir, on l'a confié à de gros épiciers qui ne nous donnaient rien à nous mais quand ils voyaient Bébert, ils avaient toujours une petite lichette de quelque chose pour lui, c'était gentil. Quand elle a su qu'on s'en allait, la bonne femme a fait comprendre à Louis qu'elle aimerait bien garder Bébert, pourquoi pas puisqu'on partait ? Là, au moins il serait heureux. On leur a amené Bébert, en leur recommandant bien de l'enfermer, parce que tout de même, il fallait qu'il s'habitue à eux. On devait partir vers six heures du matin, et c'était à l'autre bout de la ville et Bébert n'avait jamais fait le chemin, mais tout à coup, à l'aube on entend gratter à la porte. Monsieur était là ! Il avait cassé une vitre pour nous retrouver !... Il avait d'énormes éclats de verre plantés partout comme des banderilles sur un taureau. On l'a mis dans nos affaires et hop on est partis tous les trois.

— Prémonition ?

— Je ne sais pas comment il a fait pour traverser une ville comme ça... Un chien d'accord mais un chat... Partout, il nous a toujours suivis comme un chien... C'est drôle, il était mi-chat, mi-chien... Il sortait de la gibecière pour une seule promenade. Les Allemands le voyaient suivre Pétain dans ses balades le long du Danube. C'était pas permis, il n'y avait plus un seul animal, à Sigmaringen, c'était Bébert, le seul sauvé du déluge. Il avait l'Arche pour lui tout seul ! Il a toujours eu ce caractère-là. C'est Le Vigan qui l'a habitué à être ainsi…

Soudain, une moto les doubla, silencieuse comme un missile.

— C'est peut-être vous sur cette moto…, dit Lucette.

— Et Le Vigan, reprit Stévenin, comment il était avec Bébert en Allemagne ?

— Indifférent, c'est comme s'il ne l'avait jamais connu. À Sigmaringen, Le Vigan était très déprimé. Il faisait la gueule parce que Louis l'avait démasqué. Tous les jours, il allait répéter au Landrat ce que Céline disait des Allemands, pour avoir un ticket de pain en plus… Il était vraiment balance dans l'âme… Louis s'en est aperçu et un jour, en le croisant dans la rue, il l'a giflé. « Sans explication ! » Le Vigan est tombé par terre dans la neige avec son pansement à l'oreille qui se défaisait… Il avait attrapé les oreillons. Il disait avec des yeux de fou : « J'entends des cloches ! » Ça n'a pas empêché Louis d'aller le soigner. Il était très bas. Il n'avait même plus la force d'être l'ombre de lui-même. Il était l'ombre de son ombre. On n'était pas dans la même auberge. Il était au *Zum Baren* je crois, avec les Rebatet et la Delforge. D'ailleurs dans les sinistres petites soirées « mondaines », entre une conférence anti-catastrophiste et un gag des *Marcel's clowns,* Le Vigan récitait des textes et Lucienne Delforge jouait du Saint-Saëns.

— Qui c'est ça Lucienne Delforge ?

— Ça avait été la maîtresse de Louis. Ils ont même vécu ensemble en 35 je crois... Ils ont voyagé aussi... Il s'initiait à la musique avec elle. Il m'avait dit qu'elle était impossible. « Les musiciens sont des êtres à part, c'est très difficile de vivre avec eux. » Je crois qu'il avait raison. Ça semble étonnant qu'il ait dit ça, mais chaque artiste a une façon bien à lui d'être difficile à vivre. Un peintre n'a pas le même rythme qu'un écrivain, qu'un musicien ou qu'un acteur...

« Louis en a eu beaucoup de femmes comme ça. Après il me racontait tous les détails, ça l'amusait. Moi ça m'était égal, il trouvait ça drôle mais quand il le faisait devant elles, leurs têtes trouvaient ça moins drôle ! Dans sa jeunesse, il s'est beaucoup intéressé aux femmes, il entrait dans les bonnes femmes et en même temps il entrait dans la vie et hop, il en sortait, il rentrait dans une autre et en ressortait, hop...

« À Sigmaringen, la Delforge m'offrait tout le temps d'aller me promener avec elle dans la montagne. Louis me disait : "N'y va pas, elle va te tuer." Il me voyait déjà au fond du ravin, poussée par sa pianiste ! C'est vrai qu'elle avait envie de me bouffer, je sentais une espèce de haine qui tournait autour de moi quand on travaillait dans l'immense "galerie" portugaise pleine de miroirs qui remettaient à l'endroit ses regards à l'envers... Elle s'entraînait à ses gammes sur un piano et moi à l'autre bout je faisais mes exercices. Tout ça dans la nuit toutes les deux, c'est tout de même rigolo, non ?

« Elle avait un amant pas très sympathique qui faisait de la politique, mais de la vraie lui, pas comme Louis. C'était un type catalogué, en plein dans le bain, ils étaient tous les deux le vrai couple pro-allemand à fond. Ils donnaient des leçons…

— Des leçons de politique ?

— Des leçons d'amour ! Oui, oui, ils donnaient des cours d'amour le soir. Dans leur chambre d'hôtel, ils montraient aux autres comment faire l'amour. Vous voyez ? Comme on apprend l'anglais ou l'allemand. J'y ai jamais assisté, mais ça se disait dans le village. C'était la distraction privée en vogue…

— Peep-show avant la lettre ! En pleine débâcle collabo machin… Avec le Pétain là-haut qui « incarnait » la France ! Encore un truc qu'on peut pas mettre dans un film, Lucie !

— Peut-être au théâtre alors ? Y a quelqu'un qui a fait une pièce sur Sigmaringen paraît-il. C'est une bonne idée. Parce que c'était tout à fait du spectacle. Louis l'a écrit comme ça. Il en a pas rajouté, il a même dû en enlever. Il y a eu des scènes trop incroyables.

« Tout était escamoté à Sigmaringen. On se serait cru dans un spectacle de magie, mais comique. Ça vient du fait sans doute que nous étions dans une parodie de France, alors tout ce qu'on vivait avait un air d'illusion. C'est très curieux à expliquer. Le faux teintait tout. En réfléchissant, c'était idiot de se cramponner à une idée de France, non ? Pétain, Laval, Déat, Brinon, il se persuadait que la vraie France c'était eux ici, là, dans ce village, avec le drapeau français qui flottait au sommet du château comme celui d'un vaisseau pirate, avec la tête de mort et les os croisés… Alors, ça installait un climat dérisoire qui était drôle d'ailleurs. Tout le monde faisait le salut nazi pour un oui ou pour un non. La boulangère à chaque fois qu'elle vendait un petit morceau de pain, elle hurlait "*Heil Hitler !*"… Ils étaient tous programmés comme des machines. C'était ridicule. Il nous est arrivé de beaucoup rire. Louis était très en forme. Il parlait énormément, il s'agitait…

— Ah, le gros menteur ! Je m'en doutais… Sans arrêt dans les livres, il dit « Moi, jamais un mot plus haut que l'autre, toujours dans un coin, discret. » Il fait croire qu'il s'est glissé dans le paysage comme une feuille morte, alors que le moindre témoignage montre que Céline à Sigmaringen engueulait la terre entière : « Connards, les Sénégalais sont à Strasbourg, on va vous couper les couilles ! »

— Exactement ! Le Landrat Boemelburg l'a obligé à parler aux travailleurs français prisonniers, pour leur remonter le moral soi-disant…

Louis s'est mis sur l'estrade, il a commencé : « Vous êtes que des cons si vous croyez ces cons d'Allemands, ils ont déjà perdu et vous allez être perdus avec eux ! » C'était effrayant. Et puis fort et méchant ! Il disait je m'en souviens : « On veut que je vous remonte le moral, mais je ne veux pas vous remonter le moral, je veux vous dire la vérité : vous êtes foutus, c'est fini. » Comment il n'a pas été fusillé, sur place, en plein discours, sur l'estrade même, c'est un mystère ! Souvent, j'ai remarqué ça : ses mots étaient si violents, le ton sur lequel il les disait était si sincèrement agressif que les gens restaient comme K.-O. : il ne réagissait plus, ça dépassait toute réaction. Normalement, les Allemands auraient dû le liquider comme « défaitiste indépendant », c'était au moment où ils étaient le plus affolés, et lui il émeutait contre eux. Il était vraiment enragé. Louis était exactement comme le Christ, dans ces moments-là. Comme le Christ quand il disait aux Juifs de Jérusalem des choses épouvantables, vous voyez ? C'était la même chose. Il était tout seul et il leur disait tout ce qu'il pensait. Louis pensait qu'il fallait toujours dire ou écrire ce qu'on pensait. C'était sa loi. Il fallait bien gratter la vérité jusqu'au fond de la marmite, tout sortir… Le Landrat lui disait tous les jours en nous croisant : « Céline, je dois vous fusiller. Vous m'êtes sympathique mais je dois vous fusiller…
— Allez-y, je m'en fous ! » Il n'attendait que ça.

— Il n'avait quand même pas envie de quitter sa petite Lucie…

La voiture bleue éventrait la nuit noire. « Stèv » prit la main de Lucette et la porta à ses lèvres une demi-seconde. Elle poursuivit son idée.

— Oh, ils nous auraient fusillés tous les deux, et puis voilà. Je savais qu'on allait être tués de toute façon. Ou par les bombardements, ou par les Anglais ou par les Allemands… J'espérais seulement qu'on me tue avec lui : c'était ma seule ambition. Ça m'était égal de mourir parce que je regardais tout ça comme si j'avais été un ange qu'on ne voit pas, comme si j'avais été invisible derrière Louis. J'étais dans cette histoire, mais comme spectatrice, j'assistais au destin de Louis, c'était tout. J'étais comme anesthésiée. Chaque jour de survie était une bonne surprise.

« Les Alliés auraient pu abattre le château très facilement. Louis répétait à tout le monde que s'ils ne le démolissaient pas, c'était parce que Leclerc voulait en faire ses bureaux… Les avions "mosquitos" volaient très bas. Ils voulaient empêcher les gens de marcher. Au passage, ils tuaient des vaches. J'en ai vu des pauvres petites mamans les quatre pattes en l'air, éclatées, les cornes d'un côté, les mamelles de l'autre… Les mosquitos caressaient le sol pour faire peur. Ils rasaient presque l'herbe. Je me revois partir aux « champignons »… non pas aux champignons, aux pissenlits… Soudain j'entends des moteurs d'avions. Je ne comprenais pas très bien ce qu'ils venaient faire au-dessus de moi puisque j'étais seule dans un grand champ. Ils se sont tous mis à me taper dessus. C'était tout de même drôle comme ils tiraient mal, ils ne m'évitaient pas, ça tombait à côté comme ça, pof, pof… Je me suis foutue par terre à plat ventre… Les mosquitos voltigeaient autour de moi comme des guêpes. Y avait plus qu'à me piquer…

— Louis aurait vu ça, vous auriez pris une sacrée claque…

— Ah oui. Il me défendait de sortir mais dès que j'entendais la sirène, je mettais Bébert dans son sac et je courais retrouver Louis qui était de l'autre côté du pont. Les gens étaient censés disparaître, il ne fallait plus personne dans les rues. Des soldats me menaçaient avec leurs mitraillettes si je continuais d'avancer mais j'avançais quand même… Avec les petites bombes qui tombaient et d'autres mosquitos aussi. J'avais pas peur. Je ne faisais pas ça par courage. Je n'avais qu'une idée, c'était d'aller le retrouver. C'était normal, non ?

« Stèv » prit dans le vide-poche de la portière une petite bouteille de Volvic et en but une longue rasade. Lucette le regarda faire.

— Ça ne se raisonne même pas. Si c'est pas ça, c'est même pas la peine… J'ai jamais douté une seconde que ça puisse être autrement, et je sais que Louis était pareil… Ce que je voulais, c'était le quitter le moins possible. Je le suivais au *Fidelis* quand il partait soigner des femmes enceintes qui allaient donner naissance à des mômes à moitié morts : il n'y avait rien pour eux, pas de lait, on leur trouvait des rutabagas, c'est tout. On faisait des tournées de malades, moi j'étais derrière, je faisais chauffer les piqûres sur mon petit réchaud, c'était pas aseptisé, je ne sais pas comment ils n'avaient pas tous des abcès dans ces conditions-là ! Et c'est tout, juste une petite lampe électrique aussi parce que le soir on voyait rien dans la neige. En même temps, ça nous entraînait au cas où on aurait pu passer par la Suisse… On avançait à tâtons. Louis emmitouflé dans sa canadienne, tout maigre… Moi j'étais habillée en ouvrière… J'avais un blouson, une saleté, un truc d'homme, un pantalon de velours comme celui de Reggiani dans *Casque d'or*, avec une grosse ceinture de cuir et des énormes chaussures à clous. J'étais en Charlot ! Tandis que Madame Rebatet, elle, se promenait en chapeau, voilette, gants, talons hauts, bas de soie, et quand elle n'avait plus de bas de soie, elle écrivait à Hitler pour qu'il lui en envoie des neufs !

— Vous fréquentiez beaucoup les Rebatet là-bas ?

— Moi non, mais Louis discutait parfois avec lui. Il l'aimait bien mais il l'appelait « Demi-giclée ». Il lui expliquait son plan pour fuir. Chacun avait emporté un gros roman en cours dans sa sacoche. L'un *Les Deux Étendards*, l'autre *Guignol's band*. Mais c'était plutôt des fardeaux, leurs têtes n'étaient pas à la fiction. Ils philosophaient sur l'échec de tout. Ils se retrouvaient à la bibliothèque du château. Sinon les contacts étaient restreints. Laval un peu, Déat de loin, Bichelonne, Brinon, Luchaire, pas du tout. Louis les méprisait tous d'« y avoir cru » et de lutter pour obtenir des postes de fantoches. Et tous en voulaient à Louis de ne jamais y avoir cru. Les traîtres le traitaient de traître. Des sales types comme Degrelle ou Paquis ne comprenaient pas Louis, ils estimaient qu'il se dégonflait mais jamais il n'avait trempé avec eux à Paris ou ailleurs. Jamais il ne s'était senti de leur camp. Le problème avec Louis, c'est qu'il s'agitait tellement au bord des choses qu'on croyait qu'il allait tomber dedans.

« Le plus attachant, c'était Abel Bonnard, il avait fui avec sa mère qui récitait toutes les nuits sur son lit de mort des poèmes de Marceline Desbordes-Valmore. Louis l'écoutait passionnément comme il écoutait un bon plâtrier, un bon charpentier, un bon ébéniste qui connaissait son métier, il avait des conversations d'émerveillements avec ces gens-là. La compétence, en tout domaine, l'émouvait.

« Il y avait aussi Marion que nous aimions beaucoup. Qu'est-ce qu'il était fin ! Le seul qui n'avait aucune ambition ! Et toujours de bonne humeur… Pour l'amuser, le soir dans notre chambre, on déguisait Bébert en Lucien Descaves, un foulard rouge autour du cou et on le faisait sauter d'une chaise à l'autre...

— C'était comment les chambres à *Zum Löwen* ?...

— On était sur le palier des cabinets qui débordaient parce qu'il n'y en avait qu'un pour deux cents personnes. Notre porte était juste en face, on avait deux petits lits, pas des lits, des grabats de paille. Avec une petite chaise pour servir de table de nuit et deux autres pour recevoir les malades... Les galeux venaient là pour se faire frictionner. Tout son argent, Louis le dépensait en médicaments pour soigner des monstres physiques et moraux qu'il engueulait. C'était tous des quasi-quasimodos. Ils étaient redevenus moyenâgeux.

« Dans la rue, il y en avait habillés comme des gueux qui traînaient des branchages. À Sigmaringen, les Français ressemblaient vraiment à des manants de Breughel. Et puis c'était tout petit ! Le Danube était large comme ça là-bas. Il traversait le village timidement, en ruisseau... Tout ça se passait dans un mouchoir de poche, si vous voyiez la ville maintenant, cela ne peut plus rien vous dire, c'est fini, ils ont fait des constructions, des piscines... J'y suis retournée avec François vingt-cinq ans après, la télé voulait me filmer là-haut, me promenant dans le château...

— J'ai vu ça Lucie ! Quelle grâce ! On ne voit que votre cou, votre nuque qui supporte votre tête comme une tige sa fleur. Hop, hop, la fleur monte les escaliers, redescend, ouvre des portes, se perd dans les corridors de la Hohenzollernerie !

— Ah bon ? À l'époque de Louis, je n'étais pas « fleur » du tout… Ça me rendait plutôt « cactus » de traverser ces salles pleines de têtes de cerfs coupées. Je courais en fermant les yeux… Sigmaringen, c'était rien : le château, et puis deux trois petites maisons, le pharmacien, les auberges rustiques sinistres, tout vieux, vieux, noir…

— Et vous, vous avez débarqué là-dedans comme un orchestre de rock and roll ! Tout doré ! Waouh ! Le médecin en moufles, lessiveuse en bandoulière, valoches cabossées, la casserole des casseroles à la cheville, les manuscrits dans la doublure de la cana et les pièces d'or dans la braguette ! Avec, excusez du peu, la danseuse souriante au bras et le matou costaud dans la besace trouée de points de suspension !…

— Comme si vous y étiez, Stévenin !…

« Stèv » prit une cigarette dans le paquet déposé sur le tableau de bord et enclencha l'allume-cigares.

— Ah, vous êtes vraiment allés vous foutre dans la gueule du loup, dans son estomac même ! Dans son intestin, je veux dire ! Dans son trou du cul plutôt… Voilà ! Sigmaringen, c'était le trou du cul du monde !

— Exactement. C'était l'œil du cyclone, et on était dedans. On tombait dans un trou alors qu'on venait juste de sortir d'un autre…

— « Zornhof » ?

— Oui, en vrai : Kränzlin. Il a fallu changer tous les noms dans *Nord* à cause du procès. Les Allemands ont fait des histoires…

— Mais qui a changé les noms ? Ce n'est pas Louis puisqu'il était mort. Dans le premier *Nord*, de son vivant, Harras est encore Hauboldt, von Leiden s'appelle Scherz, Kretzer Kratzmuhl, Tulff-Tcheppe Thor von Thorfels…

— Bonne question. Je ne sais pas qui a inventé les nouveaux noms… Il faudra demander ça à François…

— Oui parce que c'est une sacrée responsabilité sur la musique… Louis a composé ses phrases avec les mots Kränzlin, Neureppin, etc. En substituer d'autres, ça pouvait tout casser, et non ! Ce qui est fort, c'est que les faux noms font plus vrais que les vrais. Hauboldt, c'est pas mal mais « Harras » c'est mieux. On dirait vraiment que c'est Louis qui l'a trouvé celui-là, et Zornhof aussi… Ça sonne ! C'est bizarre que Céline n'ait pas changé de lui-même ces noms, il le fait dans tous les bouquins, pour mieux transposer. Même sans parler de procès machin, par goût seulement…

— Je ne peux pas vous répondre. Tout ce que je peux dire, c'est qu'on aurait mieux fait d'y rester à Kränzlin-Zornhof… C'est pas qu'on était bien, mais on aurait pu attendre là de trouver une vraie solution pour monter vers le Danemark. Au lieu de ça, on s'est jetés sur Sigmaringen. Moi je ne voulais pas ! Ah, çà j'avais mon pressentiment à moi. Je savais que le jour où on irait à Sigmaringen, c'était fini, on faisait partie du noyau, on était « collaborateurs ». Aller à Sigmaringen pour Céline, c'était comme se recouvrir d'un manteau d'immondices de plus… Croyez-moi, sa garde-robe personnelle lui suffisait largement…

— Pourquoi vous y êtes allés alors ?

— À cause de Le Vigan. C'est lui l'affreux qui a poussé Louis. Il ne pensait qu'à bouffer, il me collait tout le temps : « Allez, dis-le à Louifé (il appelait Louis "Louifé"), il faut qu'on aille à Sigmaringen, toi il t'écoutera, si tu lui dis que tu veux y aller, il ira… » Je lui répondais : « Je ne veux pas qu'il aille à Sigmaringen, je veux pas qu'il rejoigne ces voyous, il va être classé dans la collaboration, il va être épinglé en allant là-bas ! » D'ailleurs on le dit encore dans les journaux. « Céline est parti avec Pétain… » Ça fait plaisir… Jusque-là, on avait rien eu à faire avec eux, la milice, tout ça… Louis ne les avait jamais vus, n'avait jamais eu aucun rapport… Il s'était démarqué pendant quatre ans, et tout à coup, il se collait à eux ! Je me doutais qu'on allait nous mettre dans le même sac, mais on avait tout essayé à

Kränzlin, impossible de sortir d'Allemagne, Louis s'est imaginé que là-haut, on allait nous permettre de partir.

— Peut-être qu'il s'ennuyait à Neureppin, le Robert ?

— Non, non il avait faim, c'est tout. Il voulait bien mourir, mais en ayant mangé avant. Il ne s'ennuyait jamais à la campagne. Il aimait bien la nature lui, contrairement à Louis.

— Ça c'est absent complètement des bouquins !

— Le Vigan aimait se promener. Il était plutôt campagnard, il avait été élevé, je ne sais pas où avec son frère.

— Moi je croyais que c'était le mondain total !

— Ah non, pas du tout, il connaissait bien les animaux, il était très intéressant. Il pouvait faire les deux, la ville et la campagne, ça on peut dire qu'il était à facettes. Moi je le regardais comme une bête curieuse, il m'amusait énormément, je riais. Plus il pleurait, plus je riais, c'est ça qui l'énervait parce qu'il voulait absolument que je fonde de commisération et ça ça marchait pas, ça marchait pas du tout. Je lui disais : « Tant pis si on mange pas, on suit notre chemin à nous et on ne se mêle pas aux autres. » Mais lui, il voulait me convaincre du contraire. Il me disait du mal de Louis : « Tu vois pas que Louifé est devenu fou, il faut le forcer, il faut l'obliger à rejoindre les Français, c'est à toi de lui dire quelque chose. »

Rien du tout ! Alors, il se foutait en colère, en larmes. Il se mettait dans des positions terribles, en croix, et je riais, je riais ! Il était tellement triste qu'il en devenait risible. Il me regardait en gémissant : « Tu te moques de la vie d'un homme. » C'était le Christ, c'était Jésus-Christ qu'on était en train de reclouer, et c'était Louis le responsable ! On était en train de le rendre très malheureux et il allait mourir. Quand on allait sur la route de Neureppin, il marchait exprès à cinquante mètres devant nous, en faisant de grands mouvements de bras, on voyait le vent qui passait à travers lui, comme s'il n'avait plus de corps, il avait l'air d'une espèce de vieux drapeau qui se baladait, il devait chercher des poules ou des trucs à bouffer…

— Funambule sur son fil…

— Il était pas regardable, il avait l'air d'un fou et il l'était. Il avait totalement perdu son côté comédien… Il avait l'allure d'un saint et d'un clown… Un saint qui a faim, c'est un clown, non ?

— Finalement, Louis tenait mieux le coup.

— Oh oui, Louis ne mangeait pas, il s'en foutait, on s'en foutait, mais Le Vigan avait un besoin de manger. Les prisonniers de guerre qui gardaient les cochons, il a essayé de se mettre pote avec eux en leur offrant des cigarettes mais ils ne lui ont rien donné alors qu'ils mangeaient des petits cochons, ces affreux, sitôt que la truie avait ses petits, huit ou neuf… Robert a tout tenté : ça n'a pas marché. Parce qu'il était sournois, Le Vigan, il faisait ses coups en dessous mais on était trop détestés, vraiment c'était de la haine.

« Le soir, Le Vigan, sentait que le repas des Allemands se préparait… Nous, on sentait rien parce que c'était trop loin, mais lui, il avait sa chambre à côté des deux cuisines, ça le rendait fou : il se nourrissait par le nez. Il avait peur de passer par le grand couloir où il y avait ce Danois qui dormait sur un sommier…

— Iago !

— Non, il s'appelait pas comme ça en réalité, je me souviens plus comment. Bref, il se faisait un peu les crocs, mais il était pas trop méchant, il avait faim surtout, pauvre petit bonhomme, il avait les côtes qui ressortaient…

— Et Hjalmar, Lucie, ça vous dit rien ?

— Heu…

— Mais oui ! Vous savez bien. Le garde champêtre avec son casque à pointe, son tambour et son bugle.

— Bugle ?

— Il arrête le pasteur aux abeilles, il lui passe les menottes, le traîne par une chaîne. Et l'autre tout gris avec son panama et sa voilette, il prie, il psaume, c'est un clergyman apiculteur. Il fait des ruches dans les carcasses de stukas abattus ! Dans les ailes, des essaims d'abeilles : Robert et Louis vont voir les carlingues mielleuses des zincs nases dans la luzerne !…

— Ça me dit rien…

— C'est dans *Nord* !

— Oui, mais c'est pas dans ma vie !

Stévenin éclata de rire. Lucette, elle, précisa.

— Il y a des choses qu'on a vécues et qui ne sont pas dans le livre, et des choses qui sont dans le livre et qu'on n'a pas vécues.

— O.K.

— Votre film, vous voulez le tirer du livre ou de la vie ?

— Je sais plus. Ça se confond. C'est comme la crise du cul-de-jatte…

— Scherz ?

— Oui, von Leiden ! Sa crise d'épilepsie ! Juché sur son géant, Nikolas, il vise Louis et Robert avec sa carabine : « Espions ! » C'est la « belle foâmme » Isis qui le désarme… Finalement, je préfère ne pas savoir si ç'a été vrai…

— Dommage, parce que ça, j'aurais pu vous le dire…

— Arrêtez de me torturer, Lucie !

— Quelle importance, mon ami ?

— C'est con, c'est des petites choses comme ça moi qui me passionnent. Les deux Français Léonard et Joseph… Kracht et sa moustache changeante… La gitane « moumoute » qui fait parler le guéridon… Ça me fait avancer dans mon film. C'est un truc de script. Je cherche des certitudes… C'est un film que je vois pour *Nord*, pas des *Comics*…

— *Comics* ?

— Oui, en BD… Nimier vient le voir et lui soumet l'idée : se faire illustrer par un dessinateur.

— Un genre de Tardi avant la lettre ?

— Oui, mais Céline n'est pas très convaincu.

— Il n'aurait sans doute pas été convaincu par Tardi… Encore un « séparateur ».

— Séparateur ?

— Toujours la même rengaine : le bon Céline et le mauvais. Le merveilleux et l'abject… Pauvre petit Tardi ! Il sort pas du *Voyage* lui non plus. Il « aime » Louis uniquement à cause de la guerre de 14, ça lui permet de dessiner des casques et des fusils… Les dessins que Gen Paul a faits c'est autre chose ! Ça bouge, ça danse !

— Au fait, vous dansiez beaucoup dans le Schloss Scherz ?

— J'avais toujours ma marotte des danses anciennes, il fallait bien que je m'occupe un peu quand même. Là-dedans, il y avait une certaine Käthe quelque chose, une pianiste qui avait plein d'archives de danses de Couperin, une petite vieille fille. Elle était dans une pièce spéciale où j'allais la retrouver pour consulter ses Couperin. L'après-midi, elle me jouait un peu de piano…

— C'est elle que Louis appelle « Marie-Thérèse »…

— On se parlait pas beaucoup, je ne crois pas qu'elle parlait français d'ailleurs, mais elle me faisait entendre des musiques. C'était gentil mais c'était juste des entrevues. C'est elle qui me donnait le demi-verre de lait pour Bébert. Ils en avaient, ils avaient des vaches !…

« Sinon, je restais toute seule dans ma chambre. C'était un débarras de balais, il y avait juste un lit, un petit lavabo et on pouvait même pas tourner autour du lit tellement c'était petit, et puis il y avait une petite lucarne, comme dans un donjon qui donnait sur un grand arbre. J'observais les oiseaux. Ils venaient faire leur nid, le soir. Je racontais à Louis toute l'histoire de la famille d'oiseaux, ça l'amusait. On a vu la mère faisant des amours, des petits sont sortis, il y en a un qui s'est cassé la bouille, Bébert les guettait aussi pour d'autres raisons… On a vu toute l'évolution depuis la rencontre, le mariage, les enfants…

— Il le dit ça. Un ménage-manège de mésanges à travers la meurtrière. Au lieu de regarder les flammes de Berlin au fond, vous faites le point sur les oiseaux de devant. C'est écrit.

Lucette se pencha pour ouvrir la boîte à gants et en sortit un paquet de Kleenex…

— Je travaillais mes castagnettes toute la journée. Je mettais des peaux de chamois que j'avais cousues pour pas faire de bruit, et je jouais tout le temps en lisant, en me promenant… Les castagnettes, c'est un entraînement comme pour le piano, il faut en faire quatre cinq heures par jour pour être virtuose sinon on reste amateur. Je m'exerçais machinalement comme ça, comme on tricote… Elles étaient en ébène noire, si chaudes et si vivantes, que mes doigts s'étaient imprimés dedans comme dans du beurre. Elles étaient reliées par un cordon rouge. La gauche, c'est le mâle sombre, et la droite c'est la femelle, tout en trilles gais…

— Louis oublie de le dire ça : il vivait avec une femme à castagnettes, une femme qui lui faisait « trrr ! ter ! tac », toute la journée dans les oreilles. C'était sa musique naturelle. Pas étonnant que vous ayez bluffé les gitans. Qu'est-ce qu'ils foutaient là ?

— Ils faisaient un petit spectacle pour gagner un peu leur vie sans doute.

— « La Force par la joie ! »

— On les avait parqués là avec d'autres paumés… Ça avait un côté dépotoir organisé. Ils vivaient dans une roulotte…

— L'énorme monumentale à la Dubout machin ?

— Moi ça m'attirait beaucoup, ils avaient un cheval qu'ils cachaient le soir dans les bosquets pour pas que les Allemands viennent le réquisitionner. Ce qui m'a le plus touchée, c'est ce cheval blanc. On le voyait bien, mais la nuit, ils allaient le cacher. Ça faisait comme un symbole…

— Ce qui est bizarre, c'est que ces Tziganes étaient acceptés…

— Oui mais dans la cour. Ils étaient pas beaucoup. Ils voulaient m'acheter ma bague en diamants. Ils perdaient pas le nord. Ils avaient un campement mais ils étaient mélangés avec les libérateurs de conscience.

— « Objecteurs », Lucie ! Les objecteurs de conscience… *Bibelforscher*…

— Bref, ceux qui étaient en rayures ! Zèbres gras… Ils avaient tous un gros ventre, c'étaient les seuls, ils construisaient des baraquements pour eux, pour se loger, et pour loger les étrangers, tout ceux qui venaient. On rôdait un peu par là parce qu'ils faisaient une très bonne soupe, je ne sais pas où ils trouvaient ce qu'ils trouvaient. Ils devaient chaparder un peu. Je crois que les Allemands avaient mis là tous ceux dont ils ne savaient pas quoi faire, tous ceux qu'ils ne pouvaient pas classer, qui ne voulaient pas travailler et qui n'étaient pas non plus des gens à tuer tout de suite…

— Vous mangiez chez les Kretzer…

— Oui, c'était la famille du paralysé. Ils avaient une très belle salle à manger avec au mur une immense reproduction du *Radeau de la Méduse*, Louis le regardait avec Le Vigan : « Tu vois, y a plus malheureux que nous. »

— Encore un machin qu'il ne dit pas dans le bouquin, le cochon !

— Non. Ça aurait fait trop « littéraire », pourtant c'est vrai… Il a gommé le radeau au-dessus de la grande table aux belles nappes et aux beaux couverts et aux bons vins… On se mettait deux fois par jour à table pour ne pas manger ! Je n'ai jamais vu faire tant de cérémonie pour manger rien ! C'était de l'eau, trois quatre rutabagas qui flottaient et c'était absolument tout. La petite pomme de terre, on la pêchait comme un objet rare et je la gardais pour Bébert.

— Oui ! La soupe ridée tremblait sous les vibrations, comme le portrait du Führer !…

— Ah, bon ?

— Mais oui ! C'est là où Madame Kretzer s'est mise debout sur sa chaise en vous hurlant la mort de ses deux fils, brandissant leurs dolmans ensanglantés, se faisant des petites moustaches à l'Adolf avec les caillots ?…

— Comment le savez-vous ?

— Mais c'est dans *Nord*, Lucie ! C'est le *Skandal* du *mahlzeit*, une scène à la von Strohcim… C'est à cette table, un autre jour, que le Landrat Simmer menace de tuer Bébert parce qu'il était improductif… Vous sortez de table, Lucie.

– C'est ça, ils ont remis à Louis son permis d'exercer et ils ont eu le culot en plus de me dire : « Voulez-vous nous prêter Bébert pour le mettre dans la cave parce qu'il y a des souris ? » Sur le moment, Louis m'a dit « Va avec ». Moi je ne voulais pas mais j'y suis allée et je suis tombée sur une cave remplie de jambons pendus, de saucissons partout, de viandes froides… Ils ne nous donnaient rien et ils voulaient que mon chat défende leurs provisions ? Non ! J'ai repris Bébert sous le bras et j'ai dit : « C'est pas un chasseur de rats… » On avait droit à un demi-rond de faux saucisson par semaine. Je mettais de côté celui de Louis et le mien pour Bébert, il bouffait ça mais il était plus maigre que jamais.

— Ça, ça me donne une idée : si on doit faire le film, on prendra plusieurs chats pour jouer Bébert. Des doublures ! Parce qu'il faut qu'il fasse cinq kilos à Paris, et puis après qu'il maigrisse au fur et à mesure du périple…

— Si on avait laissé Bébert dans la nature, on ne l'aurait pas retrouvé : il aurait été bouffé par le premier venu, tout de suite, même maigre. Même moi, on aurait pu me bouffer… Je furetais un peu, de mon côté, je faisais des petites balades à droite, à gauche. Vous savez, on vivait dans une grande anxiété mais il fallait quand même regarder les choses. J'avais aucun contact avec les gens, d'abord ils parlaient tous allemand et moi je ne disais pas un mot. D'ailleurs on n'avait pas le droit… Et puis les mômes du pays, quand ils nous rencontraient, ils nous jetaient des pierres, j'en ai reçu une sur le sein… C'est de ça que Louis avait peur, il craignait qu'ils m'assomment dans un coin. On était très mal vus ! Surtout quand on allait à Neureppin. Il y avait 4 km à faire à pied, on ne devait pas sortir du périmètre mais Neureppin en faisait partie… C'était une petite route de sable qui donnait l'impression de l'infini. Louis me disait en marchant : « Tu vois là, on pourrait partir au bout du monde. » On allait chercher des petites choses chez le pharmacien mais y avait rien à voir, y avait rien à faire. Je ne sais pas pourquoi on est allés là-bas…

— C'est le gros Hauboldt qui vous a emmenés, non ? Reichsgesunheitsführer !

— Absolument. Il a été très gentil pour commencer mais c'était vraiment le genre nazi… C'est lui qui nous a placés à Kränzlin. C'était l'amant de la femme du paralysé. C'était son amant, alors il venait avec de grandes valises vides et il repartait avec un porc en morceaux dedans, il croyait qu'on le savait pas, mais on le savait. Il est venu nous voir après : deux trois fois, mais c'était ambigu. Il voulait convaincre Louis que les Allemands étaient un grand peuple, il voyait grand, Hauboldt, il était persuadé que l'Allemagne ça existait alors que Louis lui disait que ça n'existait pas, et en même temps il était littéraire. En principe, tous ceux qui approchaient Louis avaient une petite idée de littérature dans la nénette…

« Hauboldt, on a eu un mal fou à le trouver, il était dans un endroit aux environs de Berlin, complètement en ruine. Y avait rien et tout d'un coup, on a vu des petits bonshommes sortir de terre et puis aller plonger tout nus dans une sorte de piscine. Hauboldt avait tout organisé, c'était un système ingénieux de souterrains. Il était chirurgien et il avait bricolé un hôpital sous terre, avec des infirmières et tout… Dans des coins, il y avait encore des gens soufflés par les bombes, on n'avait pas eu le temps de les ramasser. Les cadavres étaient debout, pétrifiés comme à Pompéi, dans des positions incroyables de statues brûlées… On est restés là-dessous une semaine. Berlin sans arrêt bombardé, c'était de la grande musique. Wagner, c'était peut-être le Reich florissant, mais l'Allemagne en feu que nous avons connue, c'était du Beethoven. Wagner n'existait plus. C'était une merveille tellement c'était une horreur ! Une symphonie de bombes, des vrombissements majestueux ! J'étais fascinée. Je regardais ça, j'écoutais, je disais “C'est du Beethoven… C'est du Beethoven…”.

— Vous n'avez pas sommeil ?

— Non, ça va mieux même. Grâce à vous ! Parler me fait du bien. Je me revois encore à Baden-Baden, épanouie, pas intoxiquée du tout ! J'étais jeune il faut dire.

— Ça vous faisait quel âge à ce moment-là ?…

— Attendez… Louis venait d'avoir cinquante ans… Moi je suis née… Attendez… Je n'ai vraiment aucun sens des dates…

— Vous êtes de 12, non ? Juillet ?

— Oui ! C'est ça : le 20… Donc en 44, à

Baden-Baden… C'est facile… Le 20 juillet 44, j'avais trente-deux ans…

— Mais Lucie ! Le 20 juillet 1944 ! C'est l'attentat contre Hitler ! La valise ! Boum ! Stauffenberg !

— Ah, bon ? Vous êtes sûr ?

— Certain ! J'ai assez potassé le truc… Adolf en Grominet fumant, la moustache en pétard, le futal en lambeaux montré le soir même au gros Musso !… Le miracle absolu… Dans *Nord*, Louis vous fait arriver à ce moment-là, le livre commence, on vient d'apprendre l'attentat, on sait qu'après qu'il est raté… En fait ça faisait un bon mois que vous étiez là. Il ne dit même pas que ça correspondait à votre anniversaire…

— Il ne faisait pas attention à ces choses-là. Et moi non plus. On ne s'est jamais rien souhaité.

— Oui mais là ! Quel gâteau ! Pour les trente-deux ans de l'Almanzor, l'Adolf explose… C'est trop beau. Personne n'a fait le rapprochement jusqu'ici ?

— Non, y a que vous… Mes trente-deux ans, même si je les avais fêtés, ils seraient passés à l'as, dans tout ce fouillis crémeux qu'était « Bains-Bains » comme disait Louis. Avant le guignol de Kränzlin et le cirque de Sigmaringen, Baden-Baden, c'était Luna Park ! Quelle foire… Chacun faisait son numéro, entre l'arrogance et l'inconscience. Ils étaient tous en rivalité d'attractions.

Persuadés d'avoir encore quelque chose à gagner. La plupart se croyaient en vacances.

— Au bord de la piscine du Brenner's Hotel. C'est raconté dans *Nord*, Mademoiselle de Chamarande en naïade collabo…

— Elle, c'était Maud de Belleroche, elle était avec les Luchaire… Y avait des têtes pires. Constantin, Paquis, Cousteau, Soupault, je ne sais plus. Et puis les Rebatet aussi déjà je crois… Tout ça au milieu d'Allemands saouls ou de blessés, des unijambistes surtout qui sautillaient comme s'ils jouaient à la marelle. Ciel ou enfer. Ils perdaient leurs bandages, se prenaient le seul pied qui leur restait dedans. Ils tombaient, se relevaient. Certains jouaient même au football. C'était comique… Louis ne les décrit pas tous dans le livre, c'est dommage : cette ambiance de fausse fête était incroyable. Les proscrits regardaient Céline comme une bête sauvage qu'il ne fallait pas approcher sinon elle mordait. Il faut dire qu'il ne leur disait pas des choses agréables. Il traitait Alphonse de Châteaubriant d'idiot. Moi j'aimais bien son cocker. Il démoralisait Brinon, Déat, tous les pontes déglingués comme ça. Je n'ai jamais vu Louis aimable. On formait une bande à part avec Bébert…

— Le Vigan est arrivé assez vite ?

— Il est arrivé — ça je m'en souviens — pour le quinze août… Drôle d'Assomption. On aurait dit qu'il tombait du ciel. Il était tellement mal habillé ! Je crois qu'il avait gardé son costume de « chand d'habits » qu'il jouait, vous savez, dans *Les Enfants du Paradis*, et qu'il avait pris le train comme ça, directement des studios, en clochard de cinéma. Il avait peur depuis trop longtemps… Il a débarqué dans les flonflons très agité. Il s'est mis tout de suite avec nous. Au bout de trois jours, il engueulait Louis. Il le trouvait trop mou…

— Le Vigan trouvait Céline mou ?

— Oui, mou de ne pas assez profiter de son nom. Il se trouvait déjà lui-même très important en tant que « Le Vigan-Coquillaud », alors « Céline-Destouches » ! Il pensait qu'on ne pouvait rien nous refuser. Si on l'avait écouté, Louis serait allé demander à Hitler en personne de nous sortir de là ! Il prenait Céline pour un magicien mais un magicien qui trouvait plus sa baguette, ou plutôt qui l'avait cassée exprès. Ça le révoltait ce côté « sorcier en grève » que Louis avait à Baden-Baden. Il nous faisait des scènes terribles, mais Louis ne l'écoutait pas, il ne répondait même pas, il lisait Ronsard, imperturbable…

— Il travaillait un peu dans un coin ?

— Non, à partir de là, il n'a plus écrit. Juste quelques corrections sur *Guignol's band II*. Il était dans un autre film : la vie… Il faisait le plein en somme. Il devait sentir qu'il lui fallait vivre d'abord tout ça avant de l'écrire.

— Et vous qu'est-ce que vous faisiez toute la journée ?

— Mes exercices. Toujours. Danse et castagnettes. Tac, clac, tac. J'étais discrète. Je me foutais dans un coin. Pour danser, j'avais trouvé une grande salle vide dans l'hôtel. J'y passais mes journées. Quelquefois la Delforge venait me voir. Elle voulait que je lui donne des leçons. Drôle d'idée, dans l'incertitude où on était tous, de vouloir apprendre à danser… Elle jouait un air au piano et puis je lui montrais le pas à faire dessus. Elle essayait, mais elle était très maladroite, pas danseuse du tout. Dans le hall, on croisait des marchands de tapis en transit avec leurs tapis sous le bras. C'était des Juifs riches qui avaient réussi à fuir, et qui voulaient passer en Suisse, en Amérique, n'importe où. On les aurait vus dérouler leurs tapis et monter dessus pour s'envoler, on n'aurait pas été étonnés outre mesure ! Tout était tellement décalé, désaxé, déboîté… Il y avait eu avant et maintenant, c'était après. Ça je l'ai très bien senti. Ce départ et tout ce qui allait suivre a coupé ma vie en deux. Ça a créé un fossé entre les vivants « normaux » qui étaient restés en France et les autres passés de l'autre côté. Se sentir condamnés à mort, ça vous rend abstrait, vous comprenez ?

Une pluie neigeuse commençait à tomber. Stévenin mit les essuie-glaces et ralentit un tout petit peu l'allure.

— Oui, oui, Lucie. Votre vie privée s'est soudain cognée contre l'Histoire. D'où choc. Vous deveniez historique. Votre avenir appartenait déjà au passé. Y a un machin de temps très fort là…

— Quand on a quitté Paris, on était déjà plus les mêmes. On avait même changé de noms. Sur mon passeport, je m'étais fait naître à Pondichéry, et je m'appelais « Lucile Alcante ». Louis s'appelait « Louis-François Deletang », il avait une petite barbiche et c'était un représentant de commerce canadien qui habitait rue de la Convention !

— Vous êtes partis précipitamment de Montmartre ?

— J'ai eu un mauvais pressentiment. On recevait tous les jours des petits cercueils, mais Louis ne se voyait pas du tout dedans découpé en morceaux ! Il ne bougeait pas. Il se disait protégé par l'armure de haines que les autres lui avaient construite. C'est à peine s'il avait décidé d'un code pour ceux qui frappaient à la porte : *J'ai du bon tabac dans ma tabatière* en rythme sinon on n'ouvrait pas. Louis, si lucide sur tout, ne sentait pas le danger. Il me disait : « Pourquoi on partirait ? Qu'est-ce que j'ai fait de mal ? Personne n'a rien à me reprocher… » Une nuit, j'ai fait un rêve. Ça se passait à Montmartre, il y avait un groupe d'hommes alignés contre un mur et un peloton d'exécution devant. Pan ! Pan ! Pan ! Les uns après les autres, tous nos amis étaient fusillés : Marcel Aymé, Creixam, Gen Paul, Le Vigan, Daragnès… Arrivé au tour de Louis, une place vide… « Où est Céline ? » disait le chef du peloton. Hop ! Plus de Céline ! Envolé !... Le matin, j'ai dit à Louis : « On part ! » Louis a mis sur l'armoire ses deux manuscrits en chantier *Casse-Pipe* et *La Volonté du Roi Krogold* alors qu'il aurait très bien pu les confier à mon père ou aller les enterrer dans un jardin quelque part. Heureusement, il a emporté la suite de *Guignol's* sur laquelle il travaillait. J'ai réussi à le convaincre. Lui, il pensait revenir un mois après... Moi j'aurais préféré aller en Espagne, mais il voulait à tout prix récupérer son or au Danemark. J'ai ramassé ma théière en argent, mes castagnettes, mes clochettes, mes cymbalettes et mes costumes de danseuse hindoue. Comme ça, si ça se prolongeait, je pourrais gagner ma vie. Et puis aussi mon petit appareil photo, une minuscule boîte noire. C'est avec ça que j'ai fait toutes les photos de Louis qui existent depuis que je le connaissais. Je m'en suis servie partout, de Baden-Baden à Korsør. Sauf à Sigmaringen, hélas je n'avais plus de pellicule... Ça faisait des photos grandes comme des timbres. C'est tout. Louis a mis Bébert dans une sacoche à petits trous et autour du cou, en sautoir en somme, on s'est pendu deux ampoules de cyanure scellées à la cire dans des petites pochettes en chamois... On a dit « au revoir » à tous et on a couru gare de l'Est. La locomotive tremblait d'impatience. Il faisait beau. Les rails avaient l'air de rayons. Le soleil était splendide.

On est montés. Le train a quitté doucement la gare. J'ai regardé. Paris disparaissait.

Paris apparaissait. La Mercedes bleue, comme en sueur sous les perles de rosée qui nappait sa carrosserie, entra dans la ville emmatinée. Stévenin avait conduit non pas toute une nuit, mais toute une vie.

Maintenant, ils se taisaient, Meudon était là, l'Azzurro grimpait la route des Gardes. Il y avait dans leur silence quelque chose de religieux.

Encorbeauté dans sa noire robe moirée, François, à la buvette du Palais de justice, venait de révéler à deux confrères qu'il y avait cent ans jour pour jour naissait à Courbevoie Louis-Ferdinand Céline.

— Que fais-tu pour cet anniversaire ? interrogea un des avocats.

— Je pensais à une cérémonie druidique au cimetière de Meudon, avec du gui et du houx… sourit François. Finalement j'offre juste un cocktail chez moi après le traditionnel colloque annuel. Tous les crabes célinistes dans le même panier !

— Sa veuve sera là ? demanda l'autre.

— Oh non ! répondit François, elle les fuit…

— Vous me fuyez, Rex ! lança Germaine Pustul quelques heures plus tard dans le superbe appartement de Maître François rue Monsieur…

Le monsieur ne broncha pas. Non seulement il connaissait la Pustul mais il se trouvait bien inattaquable dans sa position de directeur de *La*

Feuille ferdinandienne, le seul périodique mensuel au monde consacré exclusivement à L.-F. Céline, dirigé par le célèbre cerveau de Bruxelles, Rex Lourdomou !

— Votre feuille, c'est du caca ! assurait Germaine.

— Vous dites ça parce qu'on ne vous a pas publié votre lettre ouverte à Stanislas-Ignace Minablas…

— Minablas ? grimaça-t-elle. Ce rabaisseur professoral ! À la première page de sa biographie il fait naître Céline un 28 mai, et à la dernière, il dit qu'il n'y a pas de croix sur sa tombe, vous voyez le sérieux du démystificateur ! Ça fait vingt ans que je le hais par lettres, ouvertes ou fermées, ça m'est égal.

— Lui aussi, ça lui est égal, dit Lourdomou.

Rex avait touché juste. Plus aigrie que Germaine, c'était difficile à trouver dans le milieu. *La Feuille ferdinandienne* avait bien voulu lui imprimer ses articles venimeux contre Vitoux, Bardèche, Muray, Dauphin et les autres pendant quelques années, mais trop c'était trop. Hystérique depuis toujours, cette vieille rate attifée comme une gitane d'opérette avec un grand chapeau tordu, et tirant en permanence sur une longue pipe, s'incrustait dans toutes les réunions, s'agrippait à tous les débats, se glissait sous toutes les tables rondes. On l'aurait bien chassée chaque fois à coup de balai, malheureusement, en bonne sorcière, elle l'avait enfourché. Son titre de gloire, c'était d'avoir écrit le tout premier livre sur Céline, en 1962, « Avant l'Hanrez ! » comme elle disait. Pour la Pustul, non seulement, Céline était son mari, son homme, son amant, mais elle-même se considérait comme la seule femme de Céline. Suzanne, Édith, Elizabeth, Karen, Lucienne, Évelyne ? Enterrées ! Seulement voilà : il y en avait une qu'il lui était difficile d'enterrer, c'était Lucette et qu'elle soit encore si vivante n'arrangeait pas les affaires de Germaine Pustul. Alors, pour lui faire croire qu'elle ne la préférerait pas morte, la « nymphomane posthume », comme l'appelait François, téléphonait sans arrêt à l'Almanzor et la bombardait de lettres et de poèmes, espérant qu'elle la recevrait un jour au château bleu.

— Encore un peu de champagne, Blablaglia ? demanda François à un barbu tout gris qui tendait sa coupe.

Blaise-Arsène Blablaglia était un des obscurs qui aidait le Professeur Godard dans ses travaux pléiadeux. Également prosterné vingt-quatre heures sur vingt-quatre au pied du Totem tabou, il faisait partie de ces céliniens qui se vantent de ne rien lire depuis 1961, pour bien prouver leur intransigeante lucidité. Comme si la littérature s'arrêtait avec Céline ! C'était l'erreur de tous ces sectaires : croire que Céline était le dernier écrivain alors qu'il avait dans son temps ouvert les portes de l'avenir, aussi généreusement que Rimbaud l'avait fait dans le sien.

Celui qui discutait avec Lourdomou s'appelait Hubert des Moulineaux, un des piliers de *La Feuille.* Il avait fini par lui ressembler : il était aussi triste, gris et maigre que le mensuel photocopié. La passion maniaque et susceptible de Moulineaux pour Céline était presque constamment déviée sur le peintre Henri Mahé sur qui Hubert faisait une véritable fixation. Personne n'osait trop dire au pauvre Moulineaux que Mahé était un exécrable artiste qu'il fallait absolument qu'il arrête de comparer à Céline.

Finalement, il y avait pas mal de monde chez François, ce soir-là. Depuis des années que le colloque existait, on avait rarement vu autant de céliniens patentés réunis sous le toit de l'œcuménique avocat. Ils devaient tous plus ou moins quelque chose à François. C'était le meilleur ami intime de Lucette, personne ne l'oubliait, et, depuis des lustres, chaque fois qu'ils désiraient obtenir la permission de lire ou de publier une demi-ligne inédite ou interdite, en bons lapins ils montraient tous patte blanche.

La Feuille ferdinandienne n'était pas le seul fanzine existant. Il y avait aussi *Le Putois songeur*, un autre opuscule régulièrement ronéotypé par un certain Paul-Paul Paul, typique obsessionnel qui s'était installé en Charente sans doute en hommage aux charentaises bien-aimées de son héros. Lui, ce n'était pas du côté de Mahé qu'il fallait chercher son incompréhension célinienne, mais plutôt du côté de Paraz. C'était l'écriture à la bonne franquette, « façon anar », qui lui plaisait. Comme tous les petits éditeurs, il tenait l'édition institutionnelle dans un mépris total. Sûr de son indépendance et de son intégrité morale, Paul-Paul Paul ne démontrait que sa navrante incompétence, doublée d'une servilité à l'égard de l'université d'autant plus désagréable qu'elle était croissante.

Enfin, il y avait Adolphe Gluviard ! Quel honneur pour François de recevoir le grand Adolphe Gluviard !… Centenaire oblige ! Gluviard était, tout bonnement, celui qui avait retrouvé Elizabeth Craig, le premier grand amour de Céline. En détective privé, ce jovial universitaire parcourut pendant des années l'Amérique tout entière persuadé que l'Inspiratrice était toujours vivante, et elle l'était, et elle l'avait reçu, et elle lui avait parlé de Destouches, et on pouvait désormais, dans un livre d'entretiens mal foutu, lire les souvenirs sans intérêt de la pauvre Craig. Il fallait être bête comme un Gluviard pour ne pas se rendre à l'évidence : l'Impératrice n'était qu'une vieille petite Yankee idiote et sans poésie.

— Toutes les danseuses pensent avec leurs pieds, hurla Pustul. Il n'y a qu'une femme qui puisse parler de Céline, c'est moi ! Céline, en fait, n'aimait pas la danse. Quand je lis *Mort à crédit*, je sens toute la culpabilité qui accompagne chez lui tout plaisir, je suis à peu près sûre qu'il souffrait de ce que l'on appelle « éjaculation précoce »…

— Comment le savez-vous ? demanda Rex.

— Lisez-le ! dit Pustul en glissant sa tête de souris ridée sous le menton belge du directeur de *La Feuille ferdinandienne. BP 70. Bruxelles.*

— On dit plutôt, intervint Blablaglia, que Céline était impuissant…

— Elizabeth dit qu'elle aurait parfois préféré qu'il le fût ! dit Gluviard.

— En tout cas, il avait quelque chose de féminin, conclut François en sortant de son salon.

La connerie profita de son absence pour monter encore d'un cran.

— À propos, dit P.-P. Paul, vous avez entendu l'intervention du jeune Zagdanski tout à l'heure au colloque ? Il a dit qu'il allait écrire un livre sur Céline…

— Sur « la verge de Céline », précisa Gluviard.

— Non, dit Moulineaux, il a dit sur « la queue »…

— Ah, non ! dit Lourdomou. Je suis désolé, vous avez mal compris. C'est un livre sur le « gland » de Céline.

— Vous êtes sûr que c'est bien le mot qu'il a employé ? demanda Blaise-Arsène.

— Je suis formel, dit Rex. J'étais à côté d'un journaliste de *Rivarol*, il l'a entendu comme moi.

— Qu'il garde ses fantasmes pour lui ! dit Moulineaux.

— Ce pitre ambitieux ! dit Gluviard.

— Ce bouffon talmudique ! dit Blablaglia.

— Ce…

— Ce youpin ! gueula Pustul plus ignoble que jamais. N'ayez pas peur de le dire, imbéciles ! Livrer la sexualité de Céline aux Juifs, il ne manquait plus que cela ! Je vais tout faire pour empêcher ça. Je ne vois pas pourquoi je m'évertue à écrire des choses justes sur Céline alors qu'un petit youpin va broder des ragots et gagner son beurre. Cela me fiche en rogne. La barbe !

Écœurée, Germaine, pipe fumante à la gueule, s'éloigna dans un nuage noir du petit groupe et s'affala dans un énorme fauteuil. Les cuistres étaient à présent chauffés à blanc.

— Zagdanski a dit, continua Paul-Paul Paul, qu'il connaissait personnellement Lucette !… D'ici à ce qu'elle lui révèle des secrets d'alcôve, il n'y a pas loin !

— On serait beaux, dit Blaise-Arsène Blablaglia. Ça foutrait en l'air toutes nos théories !

— « Fouterait » en l'air !, dit Gluviard. Quand on est célinien, on fait la faute exprès ! Si Godard vous entendait, il ne serait pas content, Blaise-Arsène. Ici on dit « d'une chose l'autre » et on « voyage au bout de tout ».

— À propos de titres, dit Paul-Paul, savez-vous comment Céline voulait d'abord appeler *L'Église* ?…

— *Le Bordel* ! hurla Pustul de son fauteuil.

— Bravo, Pipe-en-bois ! Ça m'étonne d'autant plus que dans vos travaux vous dites souvent n'importe quoi. *Tout doucement* n'a jamais été le premier titre de *Mort à crédit.*

— Ah bon, et qu'est-ce que c'était ? demanda Gluviard.

— Lorsque Denoël, après le *Voyage*, présenta à Céline la feuille « du même auteur », expliqua Hubert, il y répondit comme à un questionnaire. En préparation ? « Tout doucement », dans le sens de « rien ne presse »…

— Et *Honny soit,* demanda Blablaglia, c'est quoi comme premier titre ?

— Tout le monde sait ça ! dit Lourdomou. C'est *Guignol's band…*

— Vous êtes sûr ? dit Blaise-Arsène. Ça serait mieux allé à *Mea Culpa* ou à *Bagatelles*, je trouve. J'avais toujours cru que c'était *English Bar* le premier titre de *Guignol's band.*

— En tout cas, dit Moulineaux, je suis persuadé que personne ici ne peut dire de quelle façon Céline s'est tout de même servi de *Honny soit…*

— Bande de guignols ! s'exclama Pustul ! *Honni soit*, c'est la bande de *Nord* !

— J'ai découvert, conclut Rex, que « coup de cœur », c'était une trouvaille de Céline. Quel génie !

— Non, non, Rex, tu te trompes, dit Paul-Paul… Ce n'est pas toi qui as trouvé que « coup de cœur », c'était de Céline, c'est Godard !

— Toi, avec ton Godard…

— Touche pas à Godard, Rex. Si tu l'attaques dans ta *Feuille*, je te répondrai dans mon *Putois* !

François revint de sa cuisine avec de nouveaux plateaux de canapés au saumon et de toasts au foie gras. Qu'est-ce qu'ils bâfraient les adorateurs de l'Ascète ! Et ce champagne ! Dixième magnum depuis 20 heures !

Certains céliniens de la deuxième ou troisième génération, en général des élèves du Professeur Godard qui cherchaient pour lui certains mots illisibles le dimanche, s'en allèrent visiter le cabinet spacieux du bon Maître François. Peut-être espéraient-ils tomber sur un manuscrit ou une photo inconnus… Hélas, leurs yeux de blaireaux ne tombaient que sur des tableaux de Dubuffet. Qu'est-ce qu'il y en avait ! Un vrai musée ! En les accompagnant dans leur errance enchampagnée, Hubert des Moulineaux se cogna violemment le pied contre un énorme paquet de bronze qui se trouvait sur le plancher. Il poussa un juron terrible, avant de s'apercevoir qu'il s'agissait du masque mortuaire de Céline que François, on ne savait pas très bien pourquoi, avait placé par terre, depuis que Marcel Aymé le lui avait offert…

Germaine Pustul — qui était en train de lire à deux jeunes rouquins acnéiques son dernier poème, « Hommage à Camus » — accourut, aussitôt, auprès de son protégé qui se tenait le pied.

— C'est rien, c'est rien..., grimaça Hubert.

— Mais non, c'est pas rien ! dit-elle. Où est François ?

— J'arrive ! dit l'avocat. Qu'est-ce qui se passe ?

— Il se passe que Moulineaux s'est cassé le pied sur votre saloperie de bronze !

— J'ai buté sur son nez, précisa Hubert tout pâle, qu'on soutenait par les bras. C'est idiot.

— C'est vrai qu'il a un trop grand nez..., dit Gluviard.

— Ça vient de sa mère..., souligna Blablaglia.

Germaine Pustul ôta la sandale de Hubert : le pied était tout bleu. Il hurla de douleur lorsque son amie le lui palpa. On supputa une fracture du métatarse. Paul-Paul Paul prescrivit un bain de pied glacé. On dirigea Hubert des Moulineaux à cloche-patte vers la salle de bains. « Si Mahé me voyait... », murmura t il. Germaine fit couler l'eau dans la baignoire de François et le célinien blessé plongea son pied gauche dans l'eau froide.

— Hou, c'est chaud !... se dit Lucette qui, au même instant à Meudon, plongeait le sien dans sa baignoire.

Elle entra bientôt tout entière dans ce tombeau d'eau. Par la fenêtre, elle pouvait voir un arbre d'Éden qui respirait d'oiseaux. Ses moments aquatiques, Lucette se les était réservés toute sa vie. C'était là, seule la tête hors de l'eau, qu'elle se dégageait vraiment du monde. Face à son lutrin en Plexiglas comme une prêtresse en chaire, elle prêchait en silence pour sa propre paix intérieure. Loin des hommes en hystérie, Lucette Destouches, la Bienheureuse, prenait son bain.

Aujourd'hui, Céline avait cent ans et elle ne fêterait ça avec personne.

La danseuse était en pleine forme. C'était l'été. Dans quelques jours, elle allait atteindre ses quatre-vingts ans et elle avait émis le désir d'aller à Saint-Malo annoncer la bonne nouvelle aux vagues.

On avait parlé de Paris, de New York, de Londres, d'Anvers, même de Meudon, mais la vraie ville célinienne, c'est Saint-Malo. La « Célinegrad » que Céline aimait le plus, celle qu'il avait délicatement enfermée dans son cœur comme on enfonce peu à peu par le goulot tout un bateau dans une bouteille.

— Sens-moi cet air ! dit Lucette à Sergine en l'entraînant sur le balcon.

L'immeuble où ils résidaient, le fameux « Franklin », était un ancien hôtel balnéaire dont la mère de Sergine, Maria Le Bannier, possédait plusieurs étages. Elle les avait hérités de son amant, Athanase Follet, père de la première femme de Céline. C'était une histoire de famille compliquée (l'histoire et la famille). Dans ce massif et blanchâtre

Franklin, miraculeusement épargné par les bombes de 44, Céline et Lucette séjournaient. La maman de Sergine leur louait une chambre sous les toits et de là ils regardaient et écoutaient « le grand-père rouler sa bosse ».

Pour faire des vagues, il en faisait l'océan ! Et en face, au Franklin, un autre « grand-père », furieusement vivant et écumeux, éclaboussait de pages la littérature française. De 1936 à 1944, la mer malouine avait mêlé ses remous à la houle tumultueuse de la vaste âme de Louis-Ferdinand Céline, elle avait gardé dans son roulement puissant l'empreinte de l'écriture bouillonneuse qui s'était déchaînée sans repos dans cette chambre de bonne.

C'est ici, principalement, que Louis-Ferdinand Céline écrivit les « pamphlets » qui ont fait de lui un « écrivain maudit ». Séducteur de la mer jusqu'à finir par lui imprimer son propre style, Céline a puisé tout autant en elle une violence à laquelle seule sa douleur pouvait se démesurer. Céline, c'est la mer. Il « pense » comme un océan. Il vit par vagues. Il écrit par lames. Il bouillonne, roule, mousse, éclabousse et noie tout.

Céline, c'est la mer. C'est la mer avec son flux fou de flots flous, c'est la mer avec ses écumes de sang vert et ses baves de sperme d'or. C'est la mer qui morve mille niagaras par page, c'est la mer qui vomit du blanc sur le bleu de Dieu, c'est la mer qui éjacule de la rage à chaque fois qu'elle jouit dans le ventre de la nuit. Céline, c'est la mer des saccades de l'amour qui paye en liquide son désir de haïr. Céline, c'est la mer profonde et bruyante, symphonisante, chuchotrice. C'est la mer où gémissent et rigolent tous les animaux du Néant. Céline, c'est la mer du large, du long et des travers. C'est la mer des soupirs après les cris, à la crête des plaintes, aux courants des secrets d'abysses, c'est la mer. Céline, c'est la mer du fond des choses et de la surface des êtres, c'est la mer qui ramène du fond des êtres à la surface des choses au fond. C'est la mer qui se noie dans un verre d'eau, c'est celle que les naufragés boivent cul sec, une sardine dans chaque narine. Céline, c'est la mer où chaque coquillage a la vague à l'âme, c'est la mer en un mot et trois poissons de suspension, c'est la mer d'exclamation qui se prend le point dans les algues de l'émotion, c'est la mer où chaque virgule sort de l'eau pour prendre votre respiration...

— Ouf ! fit François, surgissant sur le balcon. J'ai réussi à trouver une place pour la voiture. Il y a toujours autant de monde à Saint-Malo ?

— L'été, c'est une horreur ! dit Lucette. Même pendant l'Occupation, c'était plein. Pendant notre dernier séjour, Louis restait là-haut à travailler, juste sous le haut-parleur fixé sur le toit qui gueulait « Achtung ! » Tu te souviens, Sergine ?

— Achtung ! Achtung ! hurla Sergine.

— « Achtung » ou pas, dit François, de toute façon, il ne sortait pas beaucoup.

— C'est vrai, confirma Lucette. Les seuls moments de détente, c'était une demi-heure, une heure, à l'hôtel Duchesse Anne. Il s'asseyait dans le hall. On diffusait sur un gramophone du Beethoven, tous les soirs. Il prenait un café crème et trois croissants. Ce sont les seuls moments où j'ai vu Louis quitter un peu son anxiété, dans un fauteuil la tête rejetée en arrière, il écoutait la musique, le visage transformé, plus du tout dans la tension. Les sonates, les quatuors surtout l'apaisaient entre deux pages, il ressentait très bien le style de Beethoven, c'était un grand artiste lyrique tragique comme lui, une force en transe, une pitié à l'œuvre aussi…

« Louis travaillait tout le temps… Moi je m'entraînais dans la pièce d'à côté, ou j'allais prendre des bains ou me balader. J'étais jeune et il y avait toujours des jeunes gens qui venaient me faire la cour. Forcément, une fille qui se promène toute seule… J'aimais beaucoup marcher sous la pluie, il pleuvait beaucoup à Saint-Malo et je faisais toujours les remparts, c'était ma promenade favorite, et j'avais toujours un ou deux amoureux qui me suivaient et qui me disaient « mais pourquoi vous êtes seule, vous voulez pas venir prendre un café ?… » Certains étaient très gentils mais je leur disais non, Louis pouvait être tranquille, ça ne me disait rien du tout. Un jour, il y en a eu un qui avait repéré où j'habitais, il croyait que Louis était mon père et il est allé lui demander s'il pouvait me fréquenter... Louis était furieux. Le lendemain, on a fait nos valises...

— Écourter ses vacances pour ça, c'est idiot ! dit François.

— Surtout qu'il adorait Saint-Malo ! hurla Sergine, ses remparts, ses tours, ses portes, son casino...

Ô casino ! Il aurait dû rester détruit, le casino... En décombres pour toujours... C'était bien l'avis de Lucette. Le nouveau n'était même pas regardable alors que l'ancien était une drôle de bâtisse mi-baroque mi-chinoise. Encore un château ! Décidément ! Certains commentateurs pensent que dans l'imagination de Céline, il n'a existé que deux châteaux : celui de Sigmaringen et celui de la Verstre Fängsel... Et Kränzlin, et Meudon, et les autres ? Tout est château pour Céline, de la plus déglinguée bicoque au palais des mille cent quarante-deux nuits... Même ses livres sont des châteaux pour lui, tous. De sable, de cartes en Espagne ! L'image du château est partout parce que Céline est un esprit enchanté par les contes de fées. Comment ne pas considérer tout ce qui s'habite comme un endroit à hanter ? Sinon, pas moyen de devenir soi-même le fantôme que tout écrivain se rêve d'être. Plus tard, en cellule, lorsque Céline repensera, un petit crayon mal taillé à la main, à son cher casino de Saint-Malo, ses petits toits sur lesquels il épiait de sa fenêtre les évolutions d'un vieux goéland, c'est comme un fantôme qu'il le revisitera. Il n'en manquait pas de petits toits, avec son faux air de pagode 1900, le casino de Saint-Malo, détruit par les Alliés puis reconstruit par Céline dans le sortilège de la littérature mise en féerie ! Les joueurs venaient y accélérer leur rythme cardiaque. Musiques et attractions. Lucette y avait même dansé avant guerre. On y arrivait par T.I.V., ces tramways d'Ille-et-Vilaine surnommés « Transports Incertains des Voyageurs », couverts de pubs en grosses lettres pour l'*Amer Picon*, le *Suprême Pernot* ou le *Chocolat Menier*. « Ruine ou fortune ! Tout le monde descend ! »

— La gare est si près que ça ? demanda soudain François.

— Pas vraiment…, s'étonna Sergine. Pourquoi ?

— Parce que je viens d'entendre quelqu'un hurler : « Tout le monde descend ! »

— Tu as des voix, François ! rigola Sergine. Personne n'a rien crié… Tu as entendu quelque chose, ma petite Lucette ?

— Non, répondit l'interrogée. François s'amuse, je le connais : c'est tout ce qu'il a trouvé pour qu'on se décide à aller se promener !

Dingo en tête, le mini-cortège lucettien avançait sur la plage. C'était marée basse. La mer s'était retirée au loin. Ses verts foncés s'enfonçaient dans l'horizon pâle. Le son des vagues aussi s'était éloigné. L'océan avait chuinté son roulis gris. Sur le sable humide comme du baba au rhum, les empreintes de chaussures de François, de Sergine et de Lucette dessinaient des serpents... Autrefois, cette plage avait été minée. Les Allemands, craignant un débarquement, restaient postés là avec leurs chiens. Toujours désobéissante, Lucette descendait par le petit escalier et s'en allait dans la mer... Une fois, on a mitraillé autour d'elle dans l'eau pour la faire revenir. Une autre fois, elle nageait assez loin, quand soudain elle se vit encerclée par des espèces de gueules de requin qui à cinq ou six tournaient autour d'elle... C'était les bergers allemands des Allemands ! Sans mordre la danseuse, ils la poussèrent vers le rivage.

— Ils m'ont ramenée par le maillot, j'ai trouvé ça magnifique. Délicatement. J'ai attendu un moment et je suis retournée dans la mer ! Rien ne pourra jamais m'empêcher de nager...

— Ça t'a joué des tours, dit Sergine. Souviens-toi, l'histoire du rocher...

— Ah, oui ! J'avais été prise par la marée. Je me suis assise sur un rocher et la mer déferlait de tous les côtés, j'avais nagé jusque-là en me faisant tout un tas de petites coupures contre les petits écueils mais je ne pouvais pas aller plus loin et je ne pouvais plus revenir... Heureusement, j'avais sympathisé quelques jours avant avec des gamins, des petits voleurs. Ils étaient si petits qu'ils passaient entre les jambes des gens dans les boutiques. Moi je les voyais chiper un tas de trucs, on leur courait après mais ils couraient plus vite que tout le monde. Ça les amusait cette bonne femme qui était tout le temps dans l'eau, toute seule. Ils me suivaient toujours. C'est eux qui ont été dire à Louis que je me noyais… « Ta femme se noie ! » Comment ils savaient que Louis travaillait là ? Je vois Louis arriver de loin sur la baie avec les secours… C'était touchant quand même… Je crois bien qu'une fois tirée d'affaire il m'a foutu une claque en me voyant couverte de sang, de peur. Exactement, comme le jour où je me suis coupée en décortiquant un pamplemousse… Clac ! La vue du sang le rendait brutal. La souffrance des autres lui était insupportable.

Ils longeaient depuis un moment la rangée interminable des hauts brise-lames noueux, ils s'arrêtèrent un instant. François ôta sa veste et, sur le sable, se livra à une contorsion tout à fait spectaculaire.

— Tu vas finir par te fendre en deux ! l'avertit Lucette. C'est ton gourou d'Afrique qui t'apprend ça ?

— C'est pas un gourou ! s'insurgea l'avocat dont la tête à l'envers était comme enchâssée dans sa jambe droite repliée alors que son bras gauche partait en arrière récupérer son autre pied… Et il n'est pas africain, il est des îles !

— Bref, c'est un dangereux charlatan ! conclut-elle.

— Un jour, je vous apporterai une cassette de son spectacle, dit encore François avant de se dénouer. Vous verrez ce qu'il arrive à faire, c'est étonnant ! Il se fout tout entier dans un aquarium ! C'est un yogi épatant et il lit dans les lignes de la main, entre les lignes de la main même !...

— Moi, dit Sergine, ça me rappelle la photo prise ici exactement en 1938 où l'on me voit ramper dans le sable à côté de Lucette. Elle faisait à peu près ce que tu fais aujourd'hui François...

— Elle en serait encore capable ! dit l'avocat contorsionniste.

— Oh, non mon tout petit...

— Je ne sais pas si tu te souviens bien de cette photo, ma petite Lucette, dit Sergine, mais jamais on n'a vu Céline aussi amoureux ! Il jette sur sa belle acrobate un regard aimant incroyable.

— C'est pas là-dessus qu'il est en maillot de bain ? demanda Lucette. Avec le Docteur Camus et Henri Mahé ?...

— Si ! hurla Sergine.

— Quand Mahé arrivait à Saint-Malo, il avait le nez sur les balises pour se retrouver entre les bouées, pour toucher le port. Il restait là tout l'été pendant que Louis écrivait. Il l'excitait d'ailleurs. Je n'aimais pas beaucoup ça. C'était des réunions peu sympathiques. Avec le Docteur Camus. Lui, c'était un médecin colonel qui travaillait sur un livre sur la frigidité. Il interrogeait toutes les femmes pour savoir si elles jouissaient, si elles jouissaient pas, comment elles jouissaient, comment elles jouissaient pas… Conclusion : « 90 % des femmes sont frigides ! » Je crois qu'il était un peu homosexuel.

« On dit que c'est Louis qui a poussé ses amis à se perdre, mais moi j'ai toujours vu le contraire ! Ils racontaient tous des trucs effrayants à Louis que lui n'avait pas toujours le temps de vérifier. Ils se servaient de son écriture pour assouvir leurs instincts antisémites. Louis se laissait trop prendre par leurs histoires, ça devenait une obsession. Quand il m'a lu ses pages, je lui ai dit : "Tu te fous un pavé sur la tête." Il m'a traitée d'idiote naturellement en me disant : "Tu ne sais pas ce que tu dis, tu vois pas qu'ils vont se massacrer les uns les autres ?" Et c'était vrai, c'est ce qui est arrivé, mais moi ce que je voyais, c'était l'effet que ça allait faire quand les gens allaient lire son livre. Il a écrit les pamphlets comme des lettres. Il a fait ça pour prévenir. Si on avait eu le téléphone, il les aurait téléphonés, ses "pamphlets". Chacun était une une sonnette d'alarme qu'il a tirée. Aujourd'hui, ça n'a plus aucun sens, ça ne veut rien dire. C'était fait pour empêcher la catastrophe, la catastrophe a eu lieu hélas, mais ce n'est pas parce qu'il y a un prophète qui dit qu'il va y avoir quelque chose d'affreux qu'on doit le tuer pour ça, c'est pas de sa faute, il annonce c'est tout. Tu m'arrêtes si je dis des bêtises, François…

— C'est bon, dit l'avocat en ramassant un coquillage.

— Si on avait le manuscrit de *Bagatelles*, dit Sergine, ce serait plus facile à faire comprendre. Où est-il passé ?

— C'est toute une histoire, dit Lucette. Je crois ne l'avoir jamais racontée. À la fin de la rédaction, il a offert à sa secrétaire une somme importante pour qu'elle achète une petite maison et qu'elle y mure le manuscrit ! Il n'a jamais voulu me dire où… Oui ! Il existe quelque part une cheminée en briques dans laquelle dorment les *Bagatelles* !

— Absurde ! fit François.

— C'est peut-être dans la région…, dit Sergine.

— En tout cas, c'est ici qu'il les a commencées, poursuivit Lucette. Il a utilisé les premiers congés payés pour écrire son premier pamphlet ! Pendant les vacances que Blum lui offrait, il tapait sur Blum ! Il a mis sa plume de romancier en vacances en somme… Quand il écrivait ailleurs qu'à Paris, il gardait toute la journée son manuscrit dans une sacoche d'écolier attachée à son poignet, comme le portefeuille, les clés, la montre, le mouchoir, les gants. Ça s'emmêlait tout ça, comme les fils d'une marionnette qui essaie de se libérer de son manipulateur. Il a écrit *Bagatelles* à Saint-Malo, puis *L'École des cadavres* au Havre l'année d'après… C'était le Moyen Âge Le Havre à cette époque… Le soir, on allait regarder les remorqueurs « abeilles », qui ramenaient les grands bateaux au port. Parfois, on allait au restaurant *La Grosse Tonne*, ça c'était vraiment un décor pour *Scandale aux Abysses*, des marins, des maquerelles au milieu des filets de poissons, des tridents… Il ne manquait plus que Neptune…

« J'y suis retournée après la mort de Louis, tout avait disparu, alors j'ai disparu aussi. J'ai repris le premier train, je n'ai même pas pu dormir une nuit… Avec Louis, on descendait au Frascati, un grand hôtel tout en bois. Moi je faisais mes exercices sur le palier de la chambre, je me servais de la rampe d'escalier comme barre. Tout le hall et toutes les chambres étaient décorés par des gravures de Daumier. Y avait des Daumier partout… Des milliers de Daumier…

— Ça je ne le savais pas, Lucette ! s'écria François. C'est maintenant que vous nous le dites ? Céline a écrit *L'École des cadavres* entouré de Daumier comme il a écrit *Bagatelles pour un massacre* en écoutant du Beethoven ! C'est toujours pareil, depuis que ma biographie est sortie, vous n'arrêtez pas de me raconter de nouvelles choses. C'est cruel !

— Ne râle pas, mon tout mignon, dit Lucette. J'y peux rien si les choses me reviennent comme ça, en vrac et petit à petit… Tu sais bien que ta biographie de Louis est la meilleure.

Une mouette passa, poignardée par son propre cri. Deux nuages moussaient au ralenti.

Par la Grande Porte, on tombait sur la place du Poids du Roi, et là, on était « intra-muros ». La ville reconstruite, curieusement, n'en avait pas l'air. À Saint-Malo, on ne pouvait pas s'attendrir sur les vieilles pierres mais sur les pierres neuves qui reproduisaient si fidèlement les anciennes. Lorsque le colonel Andreas Van Aulock, Prussien monocle, gouverneur de Saint-Malo, est intervenu auprès de Hitler pour qu'il épargne la cité corsaire, le Führer furieux du débarquement des Alliés aurait répondu : « Il n'y a pas de ville historique ! »

Qu'est-ce qu'elle a dégusté ! Et pas seulement par les obus allemands. Ce sont les Anglais surtout qui ont tout phosphoré. Le pilonnage et la canonnade n'ont jamais été plus violents ! Brasiers sur brasiers ! Le Fort national rougeoie ! Même les rochers sont en feu ! La mer brûle ! Saint-Malo, en quelques heures, n'existe plus.

— Vous n'avez pas envie d'une crêpe ? demanda Lucette.

— Quelle bonne idée ! dirent ensemble Sergine et François.

Par de petites rues qui montent, on arrivait à la cathédrale. Les crêperies pullulaient autour de la copie parfaite de l'édifice massacré. « Le Surcouf saoul ». « Au Tambour crevé ». Par là, les sept — en fait neuf — sœurs Le Coz avaient tenu leur petit mastroquet crêpeur : le « Breiz Y Zel ». Seule Andrée était encore vivante, relogée rue

Sainte-Anne, après la dévastation. Elle gardait quelques lettres de Céline la remerciant pour ses marmelades, et de Lucette, aussi, brossant en quelques mots légers le lourd climat parisien : la dernière datait du 31 mai 1944, soit quinze jours avant le grand départ.

« Le Grand Départ », drôle de nom pour une crêperie à Saint-Malo. C'était pourtant là que Lucette, Sergine et François, avec Dingo et Bonhomme, s'installèrent. Deux galettes au jambon fromage et une crêpe au miel de noix. Les trois bolées de cidre, c'est Sergine qui les avala. Quand donc l'avocat et la danseuse se décideraient à boire une goutte, une seule goutte d'alcool ?

— Je ne peux pas jouir un tout petit peu, dit Lucette. Je préfère ne pas boire du tout plutôt que de ne pas boire comme un trou ! Je supporte très bien d'être dans un excès, c'est le seul moyen de ne pas tomber dans l'autre.

— Il paraît que Stévenin boit moins…, dit Sergine en commandant une autre bolée à la patronne du Grand Départ.

— C'est l'empoisonnement de Lucette qui l'a dessaoulé ! dit François…

— Pauvre petit bonhomme ! dit Lucette.

— Pauvre petit bonhomme, pauvre petit bonhomme, reprit-il. Il a bien failli vous tuer, et toute la famille de Serge avec !

— Il ne faudrait pas qu'il se sente en quarantaine…, dit Sergine. S'il apprend qu'on est ici pour les quatre-vingts ans de Lucette et qu'on ne l'a pas prévenu, il va être très triste…

— Pauvre petit bonhomme…

— Bon j'ai compris, vous voulez que je l'appelle, c'est ça ? dit François en finissant sa crêpe.

— Ça lui ferait drôlement plaisir…, dit Sergine.

François sortit de la poche intérieure de son veston un téléphone portable « Itinéris ».

— Tu as ça toi ? s'extasia Sergine.

— J'essaye la péniche !… dit François. Zut, c'est son répondeur.

« Cui, cui… Mercredi, vous êtes bien chez le gros Stévenin, je suis encore dans mon Jura… Nous chez les Bettoun, on est toujours parti ! Ach ! Je reviens très bientôt, patience ! Vous entendez le “bip” et vous me dites un petit mot, O.K. ? Attention, ça va être à vous… »

— Tenez, dit François à Lucette en lui passant l'appareil. Laissez-lui un message…

« Bonjour Stévenin, c'est Lucette ! Figurez-vous que je suis à Saint-Malo, au Franklin, avec Toto François et Toto Sergine, c'est rigolo non ? Ils disent que je vais avoir quatre-vingts ans demain... Pour souffler les bougies, il nous faudrait un homme fort. Ça vous tente ? Je vous embrasse... »

Stévenin débarquait à peine du Jura. Il écouta le message de Lucette, de sa Lucette si fraîche et si chaude à la fois. Il était heureux qu'un garçon comme lui existe pour ressentir ce qu'il ressentait pour une fille comme elle.

Il coiffa aussitôt son casque et enfourcha sa grosse moto...

Trois heures trois quarts plus tard, il arriva à Saint-Malo. Il se dirigea vers la plage de l'Éventail. La nuit sentait bon. La lune était obèse. Il respira l'air noir de la mer. Le phare du cap Fréhel clignotait au loin.

Il obliqua vers la place Vauban. Il vit une enseigne verte.

Aquarium ? Stévenin entra.

C'était un long couloir, sombre comme ceux des catacombes et où, à la lumière de faibles loupiotes, des bêtes étranges tremblaient.

« Stèv » croyait être seul mais il y avait là-bas, près des homards bleus, une belle femme à la chevelure rousse, grande et musclée. Il alla vers elle.

— Je m'appelle Carolle, dit-elle.

— Sortons d'ici ! dit « Stèv ».

Ils parlèrent sous la lune : elle était de mère bretonne et de père américain, elle avait les yeux verts, elle avait habité avec ses parents la maison juste à côté de celle des Céline, route des Gardes, à Meudon ! Et, dans l'incroyable, il y avait mieux encore : Carolle avait pris des cours de danse chez Lucette ! En descendant de la salle du premier étage, la fillette ne manquait jamais de tirer sa révérence au vieux pirate houppelande qui trônait dans le vestibule. Carolle était une de ses danseuses préférées et il lui raconta un jour l'histoire d'Ulysse. Il amusait la petite fille et exerçait sa mémoire. Calypso, Nausicaa, le bois sacré d'Athéna, la caverne du Cyclope, la Grotte des nymphes… Tout le feuilleton grec revenait à l'esprit de l'auteur de *Nord*, tout sauf le nom du chien ! Le chien d'Ulysse ! Au cœur plein d'endurance ! La magnifique bête, depuis le départ du roi d'Ithaque, gît sur les vermines d'un mulet et d'un bœuf, et meurt en reconnaissant son maître qui se cache pour pleurer !... C'est l'un des plus beaux passages chez Homère, ça vaut la mort de Bessie dans *D'un château l'autre*... Céline se frappait le crâne, mais seule la balle qu'il faisait semblant d'avoir encore dedans était secouée : le nom du chien ne lui revint pas plus que le mot de passe aux soldats du maréchal des logis Rancotte dans *Casse-Pipe*. C'est seulement le lendemain que Carolle trouva dans sa boîte aux lettres un mot énergiquement balafré sur un bout de papier : *Argos*.

Lorsque Céline mourut, Carolle resta près de Lucette, dansant, riant, pleurant avec elle. La petite danseuse refusa de s'éloigner de la déesse qui lui avait appris à grandir, à être toujours plus droite et toujours plus souple, à vivre en harmonie avec les accords dissonants du monde... Quelques années encore, et puis ce fut l'adieu à Meudon, l'envol du petit ange américain dans l'existence, l'éloignement mais pas l'oubli...

— Ah dis donc, dis donc, dis donc..., dit Stévenin qui ne pouvait rien dire d'autre à cette femme qu'il connaissait depuis moins de dix minutes et qui, elle, avait connu Céline il y avait plus de trente ans !

À son tour, il raconta peu à peu, péniblement et après une autre bonne cinquantaine de « dis donc », son histoire à lui, sa lucetterie personnelle…

Tout y passa… *Nord*, la rencontre, le projet, les rillettes, *L'Église*, Dieppe, Johnny, *Féerie*, les crevettes, Menton, le Buffalo Grill…

— Ça pourrait faire un film…, hasarda Carolle après avoir bien ri.

— Arrête, dit Stévenin ! C'est pour Godard ça, le film sur le film qui se fait pas… Je connais… *Making off* ou *Road movies.* Il m'a fait le coup un jour, il me téléphone : « On ferait un film, tu t'appellerais Jean-Luc Godard, je serais ton assistant du son et on irait dans une petite ville qui s'appelle Truth and Consequences — regarde sur une carte. De là, on déciderait d'aller voir Orson Welles à Las Vegas pour lui demander de participer entre deux pubs pour le porto à un film de Jean-Luc Godard, c'est-à-dire de toi, et puis le film serait fini. On appellerait ça *Vérités et Conséquences.* Ça t'intéresse ou bien ? »

« J'aime pas ça, et puis pour tourner un film sur nos péripéties, à Lucette et à moi, il faudrait partir d'un livre qui les raconte. Qui va l'écrire ? Je connais que des fainéants. Non, je préfère en rester à *Nord*, c'est assez compliqué comme ça. Les personnages, les décors… T'en connais toi une actrice qui puisse jouer la comtesse Tulff-Tcheppe (quel nom fabuleux !), la vieille Prussienne à perruque avec le face-à-main et la canne à pommeau « Régence », surmaquillée comme dans un film de Werner Schroeter ?... Une scène comme le pique-nique dans la forêt de séquoias par exemple, qui va me la payer ? Comment on fait pour les séquoias gigantesques, le tapis d'épines ? Faut tourner en Californie ! Ou alors dans la bambouseraie d'Enduse, aussi magnifique question microclimat machin... Et le char à bancs aux moyeux grinçants qui avance tiré lentement par des bœufs avec tout le monde dessus !... Céline a peur que les sandwiches soient empoisonnés, il se les fout tous dans les poches. Ça dégouline de mayonnaise dans son pantalon. "Reprenez donc des rillettes !" Comme à Meudon. "Non merci, sans façon, elles sont peut-être au curare les rillettes !..." La Tulff insiste, Céline fait semblant de mâcher, et puis l'Isis l'entraîne à l'écart : "Docteur...". Elle lui fait du gringue, elle l'embrasse, lui fait tâter ses cuisses et lui montre ses seins... Y a un papier ! Tu vois le gros plan, Carolle ?

— Oui, oui...

— Il prend le papier dans le décolleté... Sur le papelard tapé à la machine en français, une liste de commissions : que des poisons ! C'est pour son cul-de-jatte ! Elle supplie Céline d'aller le lendemain chez le pharmacien à Moorsburg. L'ambiance est louche, érotique aussi... La belle Isis, l'autre les jambes poisseuses de mayo au cyanure... Céline regarde partout, il craint les photographes dans les buissons. Céline et Le Vigan vont à Moorsburg chez le pharmacien barbichu par exemple. Apotheke ! Le Wohlmuth Athias qui leur file du rouge à lèvres pour Isis… Là, y a une bonne balade filmable dans la ville aux cinq six places Vendôme avec la statue de l'écrivain Fontane (je pourrais même balancer quelques images d'*Effi Briest* du gros Fassbinder à ce moment-là…), les hitlerjugend qui leur envoient des mottes de terre et les putains qui les chahutent avant qu'ils reviennent à Zornhof, où ils essaient de jeter les deux revolvers Mauser que Léonard et Joseph leur ont refilés dans la mare à purin… Les oies les en empêchent ! Ils assistent ensuite à l'enterrement du chien Iago…

« Je te raconte tout ça mais le livre n'est qu'un tremplin pour moi. *Nord*, ç'a été d'abord une danseuse dans ma tête, jusqu'au jour où j'ai rencontré La danseuse, et là, le projet s'est transformé, il s'est tellement imbibé de vie que ça ne peut plus être une adaptation d'un bouquin de Céline mais une traversée de tous ses bouquins par une lumière qui est justement elle. Sinon on reste dans la littérature, et la littérature c'est infilmable. Je l'ai compris ! Céline a trop laissé sous-entendre leur histoire d'amour, leur façon de s'aimer dans la merde, à deux. Maintenant, c'est à elle qu'il faut donner la parole. Elle est trop belle. Elle a trop raison.

« Toi, ça fait longtemps que tu l'as pas revue mais elle est toujours amoureuse de Céline. Et moi, pour travailler, il faut que je la voie vivre cet amour, c'est ce que ne comprennent pas les céliniens. Même François, Serge, Sergine, Michèle, tous les amis. Je voudrais qu'elle me consacre plus de temps pour que je reconstruise leur histoire autour d'elle... Certains me disent que je suis drôlement présomptueux de vouloir raconter Lucette après ce que Louis en a dit déjà dans ses livres. Mais si tu lis bien, il n'en dit rien, ou trois fois rien. Lili est là, elle est courageuse, elle bondit, sauve le chat, ne dit pas un mot, et basta ! Et puis c'est "Lili" la danseuse, c'est pas vraiment Lucette, ça tout le monde l'oublie. Céline n'a jamais appelé Lucette "Lili" ! Moi c'est Lucette qui m'intéresse, Lucette avant, pendant et après Céline. Plus ça va, plus je suis certain qu'elle est le cœur de toute cette histoire.

Stévenin embrassa brusquement les longues mains de Carolle. Très fort. La mer commençait à remonter. La lune se dégonfla. Ils étaient là, tous les deux, enfantins et bouleversés. À deux pas, le gros Franklin blanc ressemblait à un paquebot amarré depuis trop longtemps pour qu'on puisse espérer le voir naviguer un jour. La nuit, par lambeaux de velours déchirés, tentait de s'accrocher à sa façade massive, mais l'aube, déjà, lui léchait les murs. Une nappe de pâle lueur framboise recouvrit la plage mousseuse. Le sable gris retrouvait ses premiers beiges.

Sergine ouvrit la porte. Elle hurla de joie en voyant Stévenin.

— Lucette, viens voir !

La danseuse, octogénaire depuis quelques heures, accourut dans l'entrée. En effet, Stévenin était là. Il l'embrassa, peut-être un peu plus fort que d'habitude, mais lorsque sa masse de Jurassien émotif révéla la jolie rousse qu'elle cachait derrière lui, Lucette eut une sorte de léger recul. Elle fixa le sourire de cette inconnue qui ne l'était pas et, en une seconde, son visage se colora d'une merveilleuse expression de bonheur rosé.

Seule cette seconde, que les êtres séparés qui s'aiment mettent pour se reconnaître lorsque la vie leur fait la surprise de les faire se retrouver après longtemps, peut donner une idée de l'éternité.

Lucette n'était pas de nature expansive, mais serrer dans ses bras une ex-petite fille comme Carolle pendant cinq bonnes minutes, on ne pouvait pas appeler ça non plus de la froideur. La plus pudique, finalement, c'était Sergine : grâce à elle, toute sentimentalité était automatiquement renvoyée dans ses foyers par l'obsession de propreté dans laquelle elle tenait le sien.

— Mettez les patins, malheureuse ! hurla-t-elle à Carolle qui avait commencé à marcher « normalement ». Et toi aussi Jean-François !…

— Je n'y coupe pas non plus…, sourit Lucette en désignant en effet les deux patins orange auxquels ses pieds nus et tordus semblaient rivés.

Stévenin posa ses pieds sur une autre paire, plus épaisse, et Carolle aussi en lâchant un « Pardon… » ambigu. Sergine avait les siens, des vert pistache.

Elle était assez affolée par les préparatifs du dîner d'anniversaire. Sans vraiment chasser tout le monde, elle n'insista pas pour que quelqu'un restât dans ses patins pendant qu'elle vaquerait ici. On proposa des promenades. François et Stévenin iraient faire des courses, Carolle et Lucette pousseraient jusqu'au Grand Bé, histoire d'aller dire bonjour à « René »…

Partant du principe que seuls des martiens particulièrement mal informés pourraient ignorer que cette croix de granit gironde plantée face à l'océan désignait sa tombe, Chateaubriand, poussant l'humilité jusqu'à la mégalomanie qu'elle a souvent du mal à dissimuler, jugea superflue toute inscription sur la dalle. On était tenu de savoir qui reposait ici. Une plaque, rajoutée près du tombeau bien après le délirant enterrement de 1848 avec foules de fans en pleurs, banderoles tricolores, oriflammes hiérosopolitaines, trompettes bouchées et prêtres en apparat, insistait sur l'incognito de l'homme illustre qui s'enverminait au sommet de ce mini-golgotha malouin. *Un grand écrivain français a voulu reposer ici pour n'y entendre que la mer et le vent. Passant, respecte sa dernière volonté.*

Loin des deux passantes, enfin parvenues à la cime du récif, l'envie de faire plus de bruit que la mer et le vent ! Ces deux-là s'entendaient suffisamment pour redoubler de sons. Le souffle épousait la houle et, en se penchant, Lucette amoureusement stabilisée par Carolle put voir se déchiqueter contre l'îlot mortuaire de bonnes giclées d'écume ajourées comme de la dentelle baveuse.

— Qu'est-ce qu'il doit être bien ici Chateaubriand ! dit-elle.

— Oui, mais il est mort ! dit Carolle en souriant tristement.

— Quelle importance ?

En effet, quelle importance ? Carolle retrouvait intact l'esprit de la lumineuse danseuse de son enfance, celle qui avait tant bravé la mort qu'elle l'avait dégoûtée. La grâce de sa danseuse avait toujours poussé Carolle à l'appeler « Luciole » plutôt que Lucette. L'Almanzor, en effet, était une petite lumière, mais qui se voyait dans la nuit. Elle pouvait briller partout. Ce que Carolle adorait, c'était sa faculté de parler de tout en même temps. Le souci du désordre, toujours. L'horreur du détail historique, le mépris de la chronologie... C'était ça qui l'avait formée, la petite Américaine de Meudon ! Entendre toute sa jeunesse une femme évoquer dans la même phrase un bombardement en Allemagne, un plan d'Ozu, la tarte tatin d'une telle, la sonate n° 6 pour piano préparé de John Cage, une chanson de Mouloudji, l'os laissé par un chien hier soir et le manuscrit « perdu » de *Casse-Pipe*, ça ouvre de grands horizons pour une enfant dont les parents, de leur autre côté, s'escrimaient, en bons Yankees humanistes, à « structurer » sa pensée. « Luciole » n'avait aucun respect de la hiérarchie établie. Pour elle, tout ce qui vivait était important et comme pour elle tout vivait (même Chateaubriand dans sa tombe), tout était digne d'être chanté, sur tous les tons.

— Regarde la mignonne mouette, Carolle ! dit Lucette en relevant sa tête enturbannée fuchsia... Tu sais que ma mère a été assassinée par un dentiste ? Il n'y a plus que huit ours dans les Pyrénées. J'aimerais bien voir les films de Stévenin. Louis aimait beaucoup les petits pois. Non, je n'ai pas peur de la mort.

Ils revinrent tous à l'heure dite pour se serrer autour de la table d'anniversaire.

— D'où tiens-tu ce beau saladier ? demanda Lucette à Sergine... Des mille et une nuits ?

— Non, ma petite Lucette. Du Père Follet. Ma mère l'a sauvé du bombardement. Je la vois encore se balader dans Rennes dévastée avec ce plat bleu sous le bras… Mais tu y es allée à Rennes à ce moment-là, avec Louis !

— Je ne voulais plus passer par là, depuis le cauchemar…

— Quel cauchemar ? demanda Carolle.

— Un jour, Louis et moi, on se promenait sur le bord du halage, c'était le crépuscule, la Vilaine n'avait jamais mieux porté son nom, toute glauque et jaune. On a vu une péniche s'approcher du bord. On a entendu des sortes de pleurs. C'étaient des chevaux pour l'abattoir, ligotés sur le pont. Ils ruisselaient de peur et de pluie. On aurait vraiment dit des fantômes sur une barque venue de l'enfer. En accostant, la péniche a tangué. Un des chevaux s'est détaché et a sauté dans l'eau. Il faisait presque nuit. Il a pataugé dans les herbes trempées et s'est enfui dans la campagne en hennissant de détresse… Les équarrisseurs ont hurlé et l'ont poursuivi. Ils l'ont retrouvé derrière des arbres, épuisé, soufflant, ils l'ont frappé à coups de bâton, ils l'ont fait tomber, ils l'ont attaché et tiré jusqu'à la péniche, les brutes ! En passant devant nous, le cheval rebelle nous a lancé un regard que nous n'avons jamais pu oublier. Louis et moi, on a pleuré pendant deux jours.

« Stèv » soupira.

— Vous comprenez, Rennes, pour nous c'était ça : un regard de cheval battu. On évitait d'y aller. Quelques sauts. De toute façon, il n'y avait plus d'hôtels, c'était très très bombardé. Louis en a profité pour regarder un peu ce qui se passait. On est descendu chez l'habitant et la nuit, on a été réveillés par des chuchotements : c'était des résistants dans l'autre chambre, des décidés qui faisaient couramment dérailler les trains, ils se cachaient partout. On les a entendus dire qu'on était sûrement des espions venus les espionner, et qu'il fallait qu'ils se débarrassent de nous. On est partis en vitesse. Du côté de ceux qui étaient pour les Allemands, c'était pas mieux... Tu te souviens de Mordrel ?

— Mordrel ! hurla Sergine, et comment ! Olier Mordrel ! Le grand chef autonome ! Le Sioux total de la Bretagne « Libre », le manitou des binious !

— C'est ça, continua Lucette. Je sentais le danger avec ce Mordrel que je n'aimais pas du tout. Il aurait voulu enrôler Louis. « Vous êtes des nôtres ! » Louis disait « Pas du tout ! » Il se méfiait de ces gens-là, encore plus ! Mais en même temps, il voulait voir ce qu'ils mijotaient, cette curiosité malgré lui, c'était son travail... C'était très dangereux, on se faisait descendre comme un rien, tout le temps ils tuaient des gens ni vu ni connu...

— Vous étiez inquiète..., dit Stévenin.

— Évidemment. Je voyais qu'il parlait avec

des gens bizarres, mais j'écoutais pas, en plus ça m'intéressait pas beaucoup leurs histoires, des petits trucs d'écolier.

— Les résistants et les collabos, des écoliers ? dit François en reprenant de la salade de crabe.

— Ça me donnait une impression de cache-cache de petits garçons, reprit-elle... Je trouvais ça puéril, j'attendais Louis dans un bistrot.

— En buvant un Van Houten ? dit Stévenin.

— Non un affreux café, c'était pas du café d'ailleurs, c'était de l'orge grillée. Louis me disait : « Je vais là-bas. » S'il est allé à la Kommandantur de Rennes, c'est pour la seule et unique raison que le commandant s'appelait Grimm et Louis voulait savoir s'il était de la famille des frères Grimm. C'est tout. Et en effet c'était un descendant ! Ils ont dû parler un quart d'heure de Cendrillon, de Blanche-Neige, de la Belle au bois dormant... Après on l'a accusé d'être allé donner des renseignements à la Gestapo ! C'est bien mal connaître Louis ! Il détestait les Allemands, il disait qu'il fallait les considérer seulement comme des chiens de garde pour nous défendre contre le communisme. On dirait que la plupart des gens oublient, ou font semblant d'oublier, que Louis était un écrivain. Ils ne savent pas ce que c'est qu'un écrivain. Ils croient que c'est un type qui met son style au service d'une idée ou, pire, d'une idéologie ! Ou alors quelqu'un qui pense à la littérature seulement quand il écrit. Louis ne pensait qu'à ça, toute la journée, il vivait à 100 — disons 99 % dans son écriture, comme quelqu'un qui est dans une baignoire englouti jusqu'au cou, et qui parfois glisse et toute la tête est noyée... Quand je l'ai vu marcher vers la Kommandantur, de la terrasse de mon petit bistrot avec mon petit ersatz de café, je savais ce que Louis risquait mais je savais aussi ce qu'il avait dans la tête. C'est avec tout un tas de nains grimaçants, d'enfants abandonnés dans la forêt et de sorcières ricanantes, d'ogres repus, de cygnes plus sinistres que des corbeaux et de vieux rois dans la lune qu'il avançait dans Rennes bombardé. Il enjambait les décombres, d'un pas très décidé, les cheveux au vent un peu, il n'était plus sur terre, il était dans un conte de fées des frères Grimm qu'il adorait, qui l'ont beaucoup inspiré pour ses ballets et pas que pour ses ballets. Tout ce romantisme enfantin et tragique lui plaisait. C'est très noir, les contes de fées, c'est effrayant, toutes ces histoires de vengeances et de meurtres, c'est toujours la gentillesse qui se fait méchante contre la méchanceté...

— Voici les homards ! hurla Sergine en déposant au milieu de son service un autre énorme plat en porcelaine.

— C'est beau tout ce rose, ces pinces roses..., dit François.

Tout le monde commença à décortiquer sa bestiole. Ceux qui buvaient arrosaient ça de champagne.

— Quel gueuleton ! s'extasia Stévenin.

— Sergine est la plus grande cuisinière de Bretagne ! affirma François en suçant le thorax de son homard. Y a pas mieux.

— Si ! se souvint Lucette. J'ai connu une super-Sergine ! C'était quand Louis faisait des remplacements l'été dans les petits villages. Ça nous permettait de visiter un peu le pays sans avoir à louer quelque chose. Un jour, on arrive chez un confrère, c'était la maison classique du petit médecin de campagne... On sentait qu'on y faisait beaucoup de cuisine, tous les tiroirs étaient remplis de recettes, on pouvait pas ouvrir un tiroir sans voir la cocotte-ceci, la cocotte-cela, Louis m'a dit « On va foutre tout ça en l'air ! » Y avait une bonne qui était là à demeure, que le médecin avait laissée pour soi-disant s'occuper de nous. On supportait mal toutes ses odeurs de sauces et d'oignons cuits et tout et tout... Louis lui a trouvé des boutons partout, évidemment, elle mangeait un kilo de viande par jour ! Elle est partie presque horrifiée parce que nous on mangeait pas. Louis travaillait beaucoup, et pour que je puisse danser, il avait poussé tous les meubles sur une véranda. À la fin du séjour, on n'a pas su les remettre, naturellement. Quand le toubib a retrouvé sa maison comme ça, il a failli devenir fou. On avait ouvert le garage, la porte m'est restée dans les mains ! Il avait recommandé de tondre le gazon, je ne savais pas me servir d'une tondeuse, j'ai enlevé toute la pelouse avec ! Les poissons rouges étaient tous morts ! Dans la chambre à coucher, on aurait vraiment cru qu'il y avait eu un tremblement de terre ! Après un mois, c'était une catastrophe. En fait, ce médecin avait écrit un livre, *Les Cerises* il appelait ça, c'était un bonhomme qui avait avalé une cerise, enfin une histoire idiote. C'est pour ça qu'il avait voulu qu'on vienne ! Il avait laissé son manuscrit en se disant « Céline va me lire ! » mais Louis après y avoir jeté un œil lui a dit à son retour que son livre ne tenait pas plus debout que sa maison !

Carolle fut prise d'un fou rire.

— Alors, vous êtes rentrés à Paris ? demanda Stévenin.

— Arrête de la faire parler ! dit François. Elle ne peut pas manger.

— Elle a jamais rien mangé de sa vie, répondit « Stèv », c'est pas pour ses quatre-vingts ans qu'elle va commencer !

— Ne vous disputez pas, mes amis ! dit Lucette. Vous voir manger me rassasie. Je prendrai un peu de gâteau tout à l'heure… Qu'est-ce qu'on disait ?

Carolle, calmée, se rassit et Stévenin reposa sa question à sa « Luciole » décidément bien en verve.

— Pas du tout ! répondit Lucette. On est allés à Quimper. Directement. Une fois qu'on y était, Louis ne voulait pas quitter la Bretagne. On s'enfonçait dans le pays. Un jour on est tombé sur un village chinois ! Entièrement chinois, comme si on l'avait transporté de Chine. Les Bretons ont beaucoup fricoté avec les Chinois. Ça se voit aux coiffes des Bigoudens, leurs volants de dragonne, leurs épaulettes de mandarins. Louis me disait : « Regarde bien cette Bretonne, elle est jaune. »

« On connaissait un autre médecin, Mondain il s'appelait, il tenait une maison de fous. Il nous a offert de venir passer un mois chez lui dans sa clinique. C'était un très gros bâtiment qui existe toujours, je crois qu'il y avait eu le père du Père Follet, un médecin aussi, qui avait été fondateur de ça, c'est comme ça que Louis avait connu Mondain. C'était toujours des littéraires, mais celui-là, ce Mondain, il était peintre en même temps. Tous les soirs, il partait avec de grandes toiles vierges, dans la nuit sans lune, sans rien, et il revenait le matin avec ses toiles toutes noires. Il en avait fait des centaines. Il ramenait des morceaux de nuit noire... Sa femme, une jolie femme, était devenue dingue, elle s'était jetée par la fenêtre et s'était cassé les deux jambes. C'était lugubre. Louis me disait "il faut toujours faire tes exercices". J'allais dans le préau, j'avais tous les fous qui me regardaient derrière les vitres quand je faisais mes mouvements. Une ambiance affreuse.

« Ils étaient deux médecins chefs, là-dedans. L'autre, sa manie, c'était de jouer du violon toute la nuit pendant que Mondain allait barbouiller la sienne. Ils se détestaient. On dînait tous ensemble, on était obligé même si on n'aimait pas dîner. Ils avaient deux enfants, deux petits enfants de trois quatre ans et c'était un fou qui les gardait, ce fou était là parce qu'il avait coupé sa famille en morceaux, toute sa famille en tout petits bouts. Pour le soigner, Mondain pensait qu'il fallait qu'il continue à faire ce qu'il faisait, alors il l'envoyait à la cave pour couper du bois en petites allumettes, ou alors il lui faisait préparer la soupe et quand il l'apportait sur la table, c'était pareil, on voyait que les légumes avaient été coupés tout petits petits, maniaquement… Je me disais un jour les mômes, il va les mettre dans la soupe… Moi j'aurais eu peur. Mondain était très fier de ses fous, quand il se promenait au milieu d'eux, il recevait une paire de claques, un coup de pied au derrière, il soignait les fous comme ça, en se laissant frapper lui-même. On le voyait revenir de ses visites, un tableau tout noir à vernir sous le bras et des bleus partout sur le visage…

— C'était un antipsychiatre avant la lettre ! dit François.

— Il avait sa méthode, reprit Lucette. Les fous furieux, ceux qui avaient tué une famille entière, Mondain les foutait dans une prison, dans des cellules et il les sortait rarement. Quelquefois quand même, il en faisait venir un au dessert et il lui disait : « Tu vas nous chanter quelque chose. » Alors l'autre nous faisait sa chanson, il chantait pas trop mal et puis tout d'un coup, il s'approchait de Mondain et pof deux paires de claques !... C'était drôle mais malsain. Dans la cour, ils jouaient tous aux boules mais pour eux-mêmes, sans s'occuper de la boule de l'autre, ils s'en foutaient complètement ! Une auto-pétanque en somme...

— Tout ça, c'était pendant l'Occupation ? demanda Carolle.

— Toujours pendant l'Occupation. Louis cherchait des endroits où on pouvait passer un mois l'été au bord de la mer, mais très vite on n'a plus pu approcher de la côte... On est allé à Huelgoat... La petite forêt de Merlin l'Enchanteur. Quand on entrait dedans, on sentait que c'était une forêt à sortilèges. La mousse était plus mousseuse que de la chantilly verte, les arbres, c'était des épées... J'ai dit à Louis : « Y a des fées, ici ! » Dans le petit village, on a trouvé une chambre, c'était pas très gai parce que les gens nous regardaient un peu bizarrement, on connaissait personne. C'était comme chez Mondain, mais sans les fous... Ce sont des mauvais souvenirs. À la fin, on essayait d'avoir un petit morceau de lard par-ci par-là pour ramener à Paris, un petit œuf, un petit peu de ravitaillement, mais l'argent ne comptait pas pour les Bretons, ils voulaient des morceaux de bicyclette. C'était leur troc. Alors on se baladait avec des pneus de vélos autour du corps, cinq ou six pneus chacun, Louis et moi, pour faire des échanges... De vrais bibendums !

« Contre une plaque de chocolat, on donnait un pneu de bicyclette… Une fois, Louis a obtenu un pot de confiture de myrtilles contre un guidon. Il l'a tendu au paysan comme si c'était des cornes de taureau. On allait de ferme en ferme. Un jour, on s'est aperçu que leurs lessiveuses étaient remplies de billets, c'était l'argent des Allemands qui eux venaient leur acheter des provisions en payant le kilo de beurre vingt fois le prix. Les Bretons s'en foutaient, ils entassaient l'argent sans rien en faire. Ils préféraient les pneus, de loin…

— Dites donc, Lucie…, dit Stévenin, ça fait très bucolique ça, l'été, tous les deux en amoureux, balades en vélo machin…

— Ah, on en faisait des kilomètres ! Je ne sais pas si vous connaissez ces coins-là, on était seuls, la Bretagne était à nous, Louis avait encore assez d'énergie pour faire du vélo. Il était très fort des jambes, son bras le gênait beaucoup, mais les jambes étaient encore solides.

— Il nageait ? demanda Carolle.

— Non, il nageait pas…, répondit Lucette.

— Eh bien, nous on nage ! dit François tout exalté en désignant la fenêtre. Regardez la mer ! Elle est merveilleuse à cette heure-ci. Elle nous appelle ! Allons-y ! Allons nous baigner…

— Après le gâteau, alors ! hurla Sergine. Je vais le chercher…

— Tout le monde a son maillot ? demanda François.

Sergine, en patinant élégamment, sortit de la cuisine les bras chargés d'un magnifique gâteau d'anniversaire, si massif et si blanc qu'il ressemblait à s'y méprendre au Franklin où ils étaient. Il y avait bien quatre-vingts bougies plantées dessus. Il fut exigé que l'Almanzor soufflât ces chandelles de l'amitié.

Lucette se leva, et sans que personne n'eût le temps de réagir, elle ouvrit la fenêtre. Le vent pénétra en force dans le salon, éteignit en un seul souffle toutes les bougies d'un coup. Lucette referma la fenêtre, comme si elle rangeait le vent.

Tout le monde applaudit.

François sortit de sa poche un petit paquet doré qu'il tendit à Lucette.

— C'est pour moi ?

— Vous l'ouvrirez à Meudon..., exigea gentiment l'avocat.

— C'est petit, dit Stévenin.

— Un poudrier ? suggéra Sergine. Ça en a la taille.

— Je peux vous dire, dit François, que ça fait exactement 14 cm sur 8 !

— Si c'était plus lourd, dit Stévenin, je dirais un lingot d'or...

— Il a peut-être retrouvé une partie de l'or de Louis ! rigola Carolle.

— Ne rêvez pas, dit François. Personne ne remettra la main sur cet or.

— Il ne pensait qu'à ça ! dit Lucette. Il passait son temps à le retirer, à le rentrer, à le ressortir. L'enterrer, le désenterrer… Les banques comprenaient rien. Je me demande comment il a fait pour pas le perdre son or, Louis. Il l'avait foutu dans une boîte de cacao, mais il ne prenait aucune précaution. Quand on habitait ici, au-dessus, il ouvrait la boîte, sortait les pièces et les lingots et les laissait traîner par terre en vue comme des pommes de terre. Il y avait une femme de ménage complètement abrutie qui venait faire une heure de nettoyage, et qui est tombée un jour sur cet or : il paraît qu'elle s'en est presque trouvée mal, elle l'a répété à tout le pays, tout le monde a su que Louis avait plein de lingots et de louis, elle avait mis ça au centuple. Ça faisait bien ! Il aurait tout de même pu cacher un peu son or. Je ne sais pas, inconsciemment, il avait envie de l'exhiber…

— Moi, c'est moi que j'ai envie d'exhiber ! s'écria François. On va se baigner ! Maintenant !

Vers minuit, toute la troupe était dans les flots. Lucette en tête, ils nageaient tous dans la nuit liquide. Ils explosaient de bonheur en roulant dans l'écume obscure.

LA VIE

DU ROY

ALMANZOR,

Écrite par le vertueux

Capitaine

ALY ABENCUFIAN

Viceroy & Gouverneur des Provinces de Deuque en Arabie

SECONDE ÉDITION

Reveüe & Corrigée

M. DCC II

Elle avait tenu parole ! C'est à Meudon qu'elle ouvrit son cadeau. Serge vit apparaître dans ses mains un précieux petit ouvrage relié de cuir rouge qu'elle ouvrit à la première page…

Ce qu'il y a de grand, d'extraordinaire & de merveilleux dans la vie du Roy Almanfor, pourroit faire croire à ceux qui fe donneront la peine de la lire, que c'eſt plutôt un Roman, qu'une véritable hiſtoire : je ſuis donc obligé de les avertir que j'ay examiné avec beaucoup de ſoin, & juſques au ſcrupule, tous les témoignages qui m'ont pû donner quelque éclairciſſement ſur une matière qui eſt ſi délicate ; car enfin je n'aime pas à donner dans le fabuleux.

— C'est la vie de mon ancêtre ! se réjouit-elle… Quel mignon ce François !… Ça aurait beaucoup plu à Louis : il a toujours été intrigué par mon nom. Il disait que mon goût pour l'Orient venait bien de quelque part. L'Espagne, les Maures. « Tu sais sans avoir appris ! » Il pensait que j'étais un peu arabe… L'affreux Constantini m'avait même dénoncée comme juive ! Louis disait : « C'est possible… » J'ai toujours eu de l'instinct pour les danses les plus orientales. Ça vient de mon nom, non ?

— « Almansor », c'est « Al Mansour », ça veut dire « le Victorieux » !

— Tu vois ! Et sans le savoir, j'ai rétabli le « z ». « Almanzor » pour une danseuse, je trouvais ça mieux qu'« Almansor ». Serge, emporte le livre, lis-le, tu me raconteras.

Serge glissa dans sa poche la minuscule biographie du Grand Roy des Arabies…

« Dring ! Drring ! »

— Allô ? Comment « y a Robert sur Arte » ? La télé ? Serge, mon tout petit, allume la télé. Stévenin me dit qu'il y a Robert qui passe…

Serge manipula la télécommande. Robert, c'était Le Vigan ! Surgi d'Outre-Tombe ! Qu'est-ce qu'il foutait là, à Meudon en somme ?

— La Vigue ! hurla Serge.

C'était un reportage de 1969 sur Le Vigan à Tandil, en Argentine, avec sa femme Edmée qui lui replace amoureusement son écharpe avant la promenade. « Ne prends pas froid ! » Il sortait de son petit pavillon en souriant par petits soupirs...

— Oh, le cochon ! s'exclama Lucette. Il refait Louis ! Regarde-le : la canne, la cape... Il a même le chien !

Ça faisait une éternité qu'elle n'avait pas revu Le Vigan. Depuis Sigmaringen ! Et elle le retrouvait là cinquante ans plus tard sur le petit écran, méconnaissable. Tête penchée, lunettes, cheveux en brosse tout blancs. Lui qui avait les cheveux si noirs, noirs jais, le voilà à soixante-neuf ans, c'était à peu près l'âge auquel Céline était mort. Emmitouflé dans une houppelande marron toute klarskovgaardienne, l'avant-bras en écharpe à cause d'un poignet cassé, Le Vigan ressemblait à un doux lézard ensoleillé. Avec sa facilité légendaire, il s'était mis dans la peau de Céline. Son dernier rôle... Le journaliste était allé le chercher dans sa Pampa petit-bourgeois sur une route des Gardes au fin fond de l'Argentine. Il répondait aux questions du type de la « télèv » de sa belle voix inchangée...

— Vous me houspillez pour retrouver des souvenirs et je fais un travail mental extraordinaire pour retrouver des bribes de mémoire. Je ne vais jamais au cinéma. Non. Je ne peux pas. Ça me fait trop souffrir. Ça me rappelle ce que je fus. J'ai eu du plaisir à être un acteur. Parfois, j'ai fait des choses qui m'ont plu. Et puis… lorsque la politique a brisé ma carrière, alors… je suis devenu rien du tout n'est-ce pas… Je vis très petitement, mais je vis. Pendant quatre années de taule, j'ai acquis, pour ne pas souffrir, la suppression presque de la mémoire, et c'est la condition pour laquelle je n'ai pas trop souffert. Et depuis je ne fais rien… absolument rien.

— Vous êtes catholique ?

— Je suis catholique, oui.

— Céline, lui, était ?…

— Céline ?!… Je crois qu'il était libre-penseur. Il ne croyait pas… Il était médecin, et pour lui n'est-ce pas… Il disait une chose : « Oh, toutes vos idées sont bien jolies mais quatre degrés ou cinq degrés de fièvre de plus et vous m'en direz des nouvelles de vos belles idées », n'est-ce pas… C'est fini.

« Enfin… Lui aussi a beaucoup souffert avant de mourir, beaucoup souffert.

« Et puis, ce qui pourrait m'intéresser, c'est de reprendre mon métier, l'âge ne le permettrait plus… alors ? Que faire ? Lire ? Méditer, se promener, penser un peu peut-être à l'Au-delà aussi. Enfin, attendre la mort. Elle vient. Hé ! Elle vient.

« C'est une bonne chose.

— Vous entendez ça, Lucie ? hurla Stévenin dans le téléphone de *L'Ali Baba.* Magnifique ! Mais pourquoi il se foutait pas un dentier ?

— C'était depuis le Christ…, répondit-elle. Il s'était fait scier les dents pour mieux lui ressembler. Elles n'avaient évidemment pas repoussé, il était édenté en permanence. Se mutiler comme ça au point d'avoir l'air d'un vieillard à partir de trente-cinq ans, c'était complètement idiot ! Avec ses petits yeux vifs, il faisait presque arabe. Il avait déjà pas de bouche, une bouche très mince et torturée qui faisait des plis comme une vague, avec le menton qui remontait tout ça se rejoignait, ça le faisait bafouiller un peu, il avait un zozotement, un sifflement, on l'entend encore là…

« Dommage, il ricane plus. Ce qu'il pouvait ricaner ! Il avait un ricanement terrible, les babines retroussées, ses ex-dents en crocs de chacal. En principe, il murmurait plutôt qu'il ne parlait, et soudain il poussait des cris stridents. Le Vigan ricanait comme une bête à tout bout de champ, toujours le même rire qui partait de l'arrière-gorge… Très hyène en fait, rien à voir avec le rire de Louis qui était une sorte de rigolade d'amertume dégoûtée du monde.

— Ça me fait de la peine, dit Serge, de voir

Le Vigan comme ça… Lui qui était si remuant à Montmartre !

— Agité toute la journée, reprit Lucette. Transpirant d'effort pour sortir d'un rôle ou pour entrer dans un autre. Il était toujours entre deux peaux, on aurait dit un serpent aux prises avec des problèmes de mue déréglée. Il pouvait tout faire. Louis disait : « Vous le foutez sur un cheval, en armure, avec une bannière à la main et il vous fait Jeanne d'Arc mieux qu'elle. » Il était tellement dans le personnage que ça le mettait hors de lui-même. Voilà pourquoi il a parlé à la radio pro-allemande, Louis essayait de le dissuader de se mouiller comme ça pour rien, mais rien à faire. À la fin, il avait fait des sacs de sable dans son studio, il dormait avec une hache et un vélo, entre les deux, comme un petit enfant entre papa et maman. On y est allé avec Louis. Il nous a montré la couverture de son lit. Tellement encroûtée de sperme qu'il la soulevait comme un morceau de plâtre !…

« Stèv » éclata de rire. La chienne Roxane vint renifler le combiné téléphonique et aboya. De l'autre côté, Caramel, étonnée d'entendre Roxane sans qu'elle eût montré le bout du museau sur la péniche de son maître, aboya aussi.

— Elles se parlent ! cria Lucette dans le téléphone.

— Comme nous ! dit Serge par le haut-parleur.

— Il était marié à ce moment-là, le Robert ? demanda Stévenin.

— À ce moment-là, il était encore marié avec Tinou, mais ça marchait plus, elle était coquette, elle trouvait que Le Vigan était plus intéressant du tout, elle avait pris comme amant l'aviateur personnel de Pétain. Ils ont été vivre rue Washington, Le Vigan les avait suivis un moment : ils vivaient à trois, Le Vigan était tout à fait d'accord, ça le gênait pas du moment qu'il mangeait bien, au contraire ça l'amusait. Et puis, cet aviateur a eu un accident, son avion a pris feu, il est resté paralysé, il était très beau garçon mais dans une chaise roulante. On les a un peu perdus de vue. Je suis allée la voir deux trois fois, elle couchait avec toute la rue Washington, avec le boucher, avec l'épicier, avec le fromager comme ça elle avait toujours un peu de beurre, un peu de tout… J'ai raconté ça je ne sais plus à qui, à Vitoux qui l'a répété, alors cette Tinou m'a téléphoné : « Lucette, comment vous pouvez parler ainsi de moi ? » mais c'était la vérité… Et puis au moment où le ménage a éclaté, c'était fini, je crois qu'elle est repartie avec son aviateur sur son fauteuil… Le Vigan est remonté à la Butte. À ce moment-là, Bébert est resté tout seul. C'est ça l'histoire du chat Bébert. Ça avait été l'enfant du bonheur, c'était devenu l'enfant du malheur. J'ai pensé tout de suite moi au chat, mais Louis m'a dit « Si on doit partir, un chat, qu'est-ce qu'on va en faire ? » Alors, on l'a vu aller chez les uns, chez les autres et chaque fois Bébert se retrouvait dans la rue parce que les gens n'en voulaient plus. Finalement, un jour, je l'ai amené et puis j'ai dit à Louis : « Il est là ! »

« C'était un énorme chat de gouttière, un caractère très gâté. Il parlait humain et Robert parlait chat. J'ai vu des scènes extraordinaires, des sérieuses. Le Vigan lui parlait en chat, et l'autre comprenait très bien, c'était des discussions, il faisait des phrases : "Agnagnagnaouïou miaoïa..." Ils s'engueulaient beaucoup, le chat montait au plafond de colère, il insultait Le Vigan. Robert lui répondait. Il se mettait très bien dans la peau d'un chat, aussi facilement que dans celle d'un homme. Bébert pouvait être comme un petit tigre quand il n'était pas content, avec moi il a toujours été mignon, mais avec Le Vigan, ils se disputaient comme des chiffonniers. Il lui avait attaché une petite pelle à la queue pour l'empêcher d'aller se battre, mais il allait se battre quand même. "Cling, cling, cling !" On l'entendait revenir la nuit avenue Junot avec la pelle accrochée derrière, toute tordue et lui aussi, pauvre petit bonhomme.

Le Vigan s'éloignait de dos, au fin fond de la télévision...

— Piteux gaucho..., dit Serge pas loin d'essuyer une larme. Il n'était pas si méchant...

— Ah, mais si, Serge, bondit Lucette. Le Vigan était méchant, merveilleusement méchant. C'est drôle comme le génie va souvent avec la méchanceté, vous avez remarqué ?

— Faux ! objecta Stévenin. Regardez : vous !

— Mais je n'ai pas de génie, mon ami... Et je ne suis pas gentille non plus !

— Allons donc, Lucie ! Vous n'allez pas vous comparer à cette bande de grands monstres !

— C'est vrai que je faisais toute petite au milieu d'eux. J'étais la lutine parmi les géants méchants. Le Vigan appelait Gen Paul « le gène pollué », Gen Paul appelait Louis « le saladier » et Louis appelait Marcel Aymé « petit plumaillon »... Vous voyez le genre... Ils râlaient tous, c'était des rouspéteurs continuels. J'ai vécu dans leurs colères. Louis ne s'intéressait qu'aux affreux, aux fous, aux cas. Il les regardait comme un peintre.

— Ses amis étaient ses couleurs, dit Serge. Quand il avait besoin de rouge pour son tableau, il les faisait saigner. Céline n'avait pas besoin de copains ! Il ne faut pas l'imaginer avec une bande à la Brassens... Il passait cinq minutes chez Gen Paul. Jamais il restait. Il les allumait tous, c'était un pyromane d'âmes. Son passage était fulgurant, ça laissait une traînée. Comme une Formule 1 quand elle quitte le stand. Ce genre d'homme n'est pas là pour aimer les gens mais pour les écrire. Tu passes pas de la vie à l'art comme ça... « Ha ! Ha ! Je rigole et j'écris trois mots ! Ha, ha, ha, encore trois mots... »

— Quand sa tête ne le faisait pas souffrir à en hurler il descendait et il parlait une demi-heure et puis c'était fini, il fallait qu'il fasse son monologue, il s'en foutait de ce que les autres disaient. Le Vigan, Gen Paul, Mahé, c'était pareil. Gen Paul était un vrai artiste, Mahé était un contreplaqué. Faux-mari, faux-marin, faux-marrant. C'était surtout un fort en gueule, froussard et jaloux. Et mauvais peintre ! Céline le savait bien mais il aimait son côté breton. Les fresques du Balajo, vous savez, rue de Lappe, c'est de Mahé aussi. C'est là que j'ai vu débuter Édith Piaf, debout sur une table. Louis avait présenté Mahé à Abel Gance pour faire des décors et Mahé l'a escroqué, il lui a volé son invention de cartes postales et l'a revendue ailleurs. Tiens, voilà une idée pour votre film, Stévenin : ce sont des décors dessinés sur des petits cartons qu'on place entre les acteurs et la caméra. Ça fait grandiose. On peut faire ce qu'on veut avec ça.

« Louis aimait le milieu des voyous. Il connaissait les plus grands entremetteurs, notamment les Corses. Grâce à lui, Mahé a fait le portrait de tous les patrons de bordels de Paris… Autant Gen Paul était un peu comme son frère, autant Mahé était un peu son fils. Il est venu à Korsør, Mahé… Et Louis lui avait dit "Non, non pas de portrait, tu sais bien que j'ai horreur de ça !…". Il a réussi quand même à faire un portrait raté de Louis. Il est revenu et il a enrobé tout ça en disant que nous étions très bien là-bas. C'est pour ça qu'en rentrant à Paris, Louis l'a plus revu. Plus tard, il a sorti un livre très mauvais où il imite l'écriture de Louis, non seulement le style mais aussi l'écriture même puisqu'il a publié une lettre où on lisait que Céline lui permettait soi-disant d'utiliser sa correspondance… Même les graphologues n'ont rien vu, moi j'ai identifié le faux tout de suite. François lui a fait un procès. En plus, c'était des bribes sans importance, des mots rapides pour lui donner rendez-vous. Mahé présentait ça comme des "inédits de Céline". J'appelle pas ça un ami.

— Arletty était une amie ! dit Serge.

— Si on veut, précisa Lucette. Encore une qui se considérait comme la vraie Madame Céline. Florence Gould, Marie Bell, toutes ces bonnes femmes-là me haïssaient au fond. Arletty n'en est jamais revenue que Louis lui propose de nous suivre en Allemagne. Elle croyait que c'était arrivé ! Lui, il voulait seulement un personnage pittoresque de plus dans son aventure… Elle m'appelait « le Petit Vermeer » parce que je me maquillais beaucoup. Elle avait une fausse franchise et une vraie méchanceté. Un jour, elle m'a demandé d'aller remettre son bonjour à un homme dont la femme s'était suicidée pour elle. Ça l'amusait d'imaginer ma tête enfarinée et celle toute noire du veuf dont j'ignorais le malheur…

— Marcel Aymé était plus sympa, non ? demanda « Stèv ».

— Marcel Aymé, on l'aimait bien. Il n'était pas lourd. Louis trouvait qu'il avait une façon séduisante de raconter des histoires. Il disait : « Je serais incapable d'écrire des nouvelles comme Marcel ! » Il appréciait son aisance, son savoir-faire. Il avait du talent et Louis aimait le talent…

— Le génie admire toujours le talent, dit Serge.

— Qui a dit ça ? demanda Lucette.

— Mais c'est moi ! dit Serge presque offusqué.

— Louis pensait que les écrivains manquaient de force de travail. Ils ne s'étaient pas donné assez de mal, lui avait creusé plus que les autres. Et il était toujours insatisfait. Il ne pouvait pas ouvrir un de ses livres sans le jeter : « J'aurais pu faire mieux ! » Une fois publié, il refusait de se relire, sinon ça lui donnait envie de continuer à travailler. Pour lui, le livre c'était toujours un manuscrit, le manuscrit perpétuel d'un même livre.

— Finalement, fit Serge, il n'ouvrait jamais de livres, ceux des autres il les trouvait morts, et les siens il les trouvait éternellement inachevés…

— Et Gen Paul ? lança Stévenin.

— Gen Paul, on ne peut en parler que sur son banc…, répondit Serge.

— Quel banc ?

— Tu ne connais pas le banc de l'avenue Junot ? Tu n'es donc jamais allé là-haut ?

— Non.

Vroum ! La moto du gros Stévenin montait la butte. Elle se gara devant le Studio 13 de Claude Lelouch. Voilà un bon cinéma où projeter ses deux films. Ce serait touchant que Lucette vît enfin *Passe-Montagne* et *Double Messieurs* à deux pas de leur ancien appartement…

— Ne rêve pas, mon petit Jean-François, dit Serge qui venait de l'embrasser tendrement, Lucette ne veut plus jamais revenir ici. C'est mort pour elle.

Elle avait raison, comme toujours. La place sacrée avait été tellement chargée d'ondes que ça la pétrifiait dans l'histoire. Sur ce morceau de bitume montmartrois l'immeuble de Céline et la maison de Gen Paul avaient vogué comme deux vaisseaux corsaires. De même qu'il ne reste plus grand-chose d'une base spatiale lorsqu'une fusée s'élance dans le ciel en flambant tout autour d'elle, de même le carrefour Junot/Girardon restait, cinquante ans plus tard, comme dévasté. Tout un monde y avait vécu si fort que la vie avait fini par imploser.

Bien avant Céline et sa « bande », il y en avait eu du génie au mètre carré ! Léon Bloy et Vincent Van Gogh ont dû se croiser, mais depuis, même si on avait vu une fois le pianiste Thelonious Monk passer devant le 4, rue Girardon en sortant du bistrot la Civette du Moulin, où il venait d'avaler un cognac et un coca, après avoir enregistré une émission de télévision au studio du Moulin de la Galette, le lieu n'était plus du tout hanté par de tels fantômes…

L.-F. Céline, écrivain et médecin, a vécu ici de 1940 à 1944.

— C'est le cinquième graffiti sur l'immeuble de Louis ! dit Serge. Ils ont tous été effacés au fur et à mesure. Puis recouverts, gribouillés. Avec des rajouts, des ratures… Regarde en face, Gen Paul a la sienne, et pas depuis longtemps, mais pour Céline, la mairie refuse de poser une plaque.

— Normal, dit « Stèv », il est implacable.

Serge entraîna Jean-François chez « Gégène ». Juste en face. Au 2, avenue Junot. C'était une maison d'ouvrier mal blanchie, avec courette et grille d'entrée. Jadis, elle faisait maisonnette de village, à la Vlaminck, puis elle s'était peu à peu utrillosée avec le temps. Au rez-de-chaussée, on tombait sur l'atelier du peintre…

— Là ! dit Serge en collant la tête de « Stèv » contre la vitre.

Oui, c'était là que tout se passait. L'anti-existentialisme avant la lettre et le néant ! Le contre-salon mondain des années 30-40 ! Ici, les dimanches matin, une poignée de véritables artistes détruisaient le monde que les couillons de la rive gauche croyaient refaire le samedi soir dans leurs cafés à la mode.

Aujourd'hui, dans ce petit atelier vide, il ne restait qu'un chevalet de guingois et une palette-guéridon sur laquelle Gen Paul avait dû tripatouiller bien des pâtes ! Ce guéridon, énorme cratère encroûté par mille moussakas coagulées de couleurs compactes, était le seul vestige des cataclysmes expressionnistes. Un météore multicolore tombé d'une planète inconnue. La sienne étant devenue trop lourde, Gen Paul usait de tout comme palette : murs, fenêtres, chaises, tables, fauteuils... Les visiteurs eux-mêmes repartaient couverts de peinture. Gen Paul les « repeignait ». Quand ils prenaient congé, ils semblaient sortir d'un de ses tableaux plutôt que de son atelier.

Serge raconta à Stévenin qu'il avait dormi là, caché par Gen Paul, pendant trois semaines en 44 pour échapper au STO, au milieu des clowns dégoulinants, des violonistes gicleurs, des cyclistes hystériques : ça lui faisait peur la nuit, avec les lumières des phares qui passaient dehors et qui venaient éclairer ces monstres encore humides...

Serge l'a vu vivre : pour Gen Paul, vivre c'était d'abord peindre, debout, avançant et reculant de sa toile au fond de l'atelier, comme la marée monte et descend, pinceau au clair… Clopinant-clopantant avec sa jambe en bois pour mieux voir concrètement de loin ce qui semblait si abstrait de près. Personne n'a jamais placé, dans un portrait ou dans un paysage, avec autant de précision et de violence à la fois, une roue de vélo, la bretelle d'un accordéon, deux doigts sur un manche de guitare, une narine… Ce n'était plus de la peinture, c'était de la boxe, et de la meilleure, de la boxe dansée.

— Tu sais, mon petit Jean-François, déclara Serge, Gen Paul était l'artiste le plus proche de Céline. C'est pas pour rien qu'ils ont été frères en bisbille. C'était vraiment l'ours et le gorille… Moi je les ai vus s'engueuler. Un peu avant que Louis et Lucette ne s'enfuient. Ici, exactement au coin Girardon. Gen Paul voit Céline prêt à partir à moto à son boulot à Bezons. Il commence à l'agresser, Louis répond et l'accuse de le renier sur toute la Butte, de préparer ses arrières, sentant venir le vent mauvais. C'était une déferlante de haine amicale ou d'amitié hainante, comme tu veux. On aurait dit que leurs phrases à tous les deux se matérialisaient dans l'espace, comme des bulles de bandes dessinées. Quand Céline et Gen Paul se parlaient, leurs mots se voyaient ! Soudain, brusquement, Louis est monté sur sa moto, comme un cow-boy sur son cheval, il a jeté un « Salut ! » agacé et il a démarré en trombe. La moto a dévalé l'avenue, à toute vitesse. Gen Paul est resté dans le nuage blanc, ahuri sur son pilon, avec sa gueule à la Lee Marvin comme après un duel… Il n'avait même pas eu le temps de dégainer son colt : il ne savait plus quoi dire alors il a dit « Ah, ma vache ! » et il l'a répété et répété des centaines de fois, toute la journée, en peignant, en mangeant, en allant pisser « Ah, ma vache ! » En revenant peindre. À chaque coup de pinceau « Ah ma vache ! » En allumant une cigarette « Ah ma vache ! » Si l'anecdote peut te servir pour ton film, je te la donne…

— Merci, Serge, dit Stévenin. Je veux faire déborder *Nord.* L'ambiance juste avant le départ, le brouillard menaçant qui flottait… Ou même faire partir tout le film de là, des derniers jours où Céline, de migraine en migraine, voit par avance tout ce qui va lui arriver ! Je le montrerai tournant en rond, dans ses insomnies, il a non pas des flash-back, mais des flash-forward : il visionne Baden-Baden, Kränzlin, Sigmaringen, etc. Ce serait tout en prémonition si tu veux…

— Bonne idée, mais c'est compliqué. Finalement, ce serait *Maudits soupirs* que tu adapterais alors ! Il a tout raconté là-dedans sur Montmartre… La place serait facile à reconstituer, ça fait déjà décor de cinéma. Les maisons n'ont pas changé du tout, il faut juste rendre tout ça campagnard… Le soir, on se baladait en pyjama et en mules. Y avait pas de voitures, c'était que du silence et de l'amitié. On s'asseyait sur le banc…

— Ah oui, le banc ! Alors, où il est ton banc ?

— T'as le pied dessus ! Il a été rogné, c'est plus rien maintenant… Avant, c'était une vraie protubérance en vieille pierre qui sortait de la baraque comme une hernie ! Louis et Gégène se foutaient là, ils discutaient. Céline avec sa cana et ses moufles, Gen Paul en salopette raclée de peinture et chandail écarlate… Imagine ce qu'ils ont pu se dire ici… Les derniers temps, Louis ne voulait voir que lui. Aller s'asseoir sur le banc en pierre de Gen Paul, c'était sa seule sortie. Ils étaient toujours ensemble. On raconte que Gen Paul s'est fâché après *Bagatelles* quand il a vu ce que Céline lui faisait dire sur les Juifs, mais il ne s'est pas fâché assez pour se fâcher vraiment ! Ça ne l'a pas empêché en 42 d'illustrer les rééditions du *Voyage* et de *Mort à crédit.* Et puis c'est avec Gen Paul qu'il est allé s'occuper de son or à Berlin et c'est avec lui que Louis est allé chez Abetz où il a piqué une telle crise qu'on a dû le ramener rue Girardon comme un malade, tu connais l'histoire…

— Mais non ! dit Stévenin en s'asseyant comme il pouvait sur ce vestige de banc.

Serge raconta le dîner chez Otto Abetz, ambassadeur d'Allemagne en France qui essayait de rassembler tous les sympathisants. Il avait invité

Céline qui avait refusé, mais Abetz avait tellement insisté que l'écrivain avait fini par accepter, se promettant de bien les titiller dans leur bêtise... Ce soir de février 44, rue de Lille il y avait donc Céline, Gen Paul, Drieu La Rochelle et Jacques Benoist-Méchin qui a très bien narré l'épisode dans son journal. Comme toujours, Céline, d'abord, ne dit rien de tout le repas : il laissa parler Drieu, entweedé dans sa désillusion, dandy foutu monocordant sur la situation critique, cherchant en fait, à travers une épaisse jungle d'arguments chics, un bon prétexte pour, enfin, se suicider. Abetz l'écoutait tour à tour allumer et éteindre des lueurs d'espoir, lorsque Céline prit la parole, à la gorge, pour ne pas la lâcher. « Conneries ! » Il attaqua si nerveusement que l'ambassadeur fit aussitôt sortir les larbins. Gen Paul continuait à déguster son gâteau, mais le demi-optimisme de ses convives avait mis Céline hors de lui, et c'était hors de lui qu'il se sentait vraiment lui-même. Personne n'a détesté l'optimisme comme Céline. Il commença à prophétiser sur les Chinois à Paris, puis face aux Allemands encore guindés de certitude, face au dépit confiant de Drieu, il les accusa tous de n'être que des nullités qui ne s'apercevaient de rien. Non seulement les Nazis, ces demeurés dégueulasses, allaient à coup sûr perdre la guerre, mais, justice était faite, ils s'étaient tous bien fait baiser par les Juifs. Il fallait être abruti comme un nazi pour croire que les Juifs ne seraient pas, très bientôt, les grands vainqueurs ! Et pour la bonne raison qu'ils avaient mis à la tête du Reich un des leurs !

Drieu regarda Abetz qui regarda Benoist-Méchin : ils se repassaient la consternation. Seul Gen Paul n'avait pas levé son nez en trompette de son gâteau au chocolat. Pour les éclairer, Céline poursuivit, plus hargneux encore. Ça crevait les yeux ! C'était évident ! Les Juifs, depuis la nuit des temps un peu moins cons que les autres, avaient tué Hitler et l'avaient remplacé par un sosie qui était en train de perdre sciemment la guerre. Ni vu ni connu. Sinon, comment expliquer que le Chancelier multipliait les conneries depuis une bonne année ? Les nazis auraient-ils été assez débiles pour choisir un bon à rien ? C'était un coup classique dans les dictatures de substituer le singe au pouvoir. Les Russes avaient de l'avance. Ils en étaient à leur septième Staline ! Avec le nouveau Führer, la défaite était sûre. Ou c'est un con ou c'est un Juif. Il faut choisir. Ce n'était pas possible autrement : Hitler n'était plus Hitler : un Juif espion infiltré menait peu à peu l'Allemagne à sa perte pour préparer le triomphe universel du peuple élu. D'ailleurs, personne n'est plus facile à imiter que « le moustachu ». Pour en persuader son auditoire, Céline demanda à Gen Paul d'en faire la démonstration. Son gâteau enfin achevé, le peintre unijambiste monta sans se faire aider sur la table, poussa les verres de cristal du bout de son pilon et sortit de sa poche quelques brins de tabac à priser Scarferlati qu'il se colla sur le philtrum avec un peu de salive. Il se rabattit sa mèche sur le front, prit un air sombre, et borborygma des bocheries stentorisantes à rendre jaloux Charlie Chaplin lui-même ! « Raus ! Raus ! » Était-ce Le Vigan, spécialisé, lui, dans l'imitation de Churchill, qui lui avait appris à entrer si fort dans la peau du personnage ? Céline scandait de ricanements la pitrerie adolfine du meilleur peintre expressionniste français, et les interrompait pour déverser encore des insultes contre les Allemands dans les assiettes d'ambassade. Gen Paul, au crescendo de son hystérie hitlérienne, finit par se cogner la tête contre le lustre et sa fausse moustache en tabac sombra dans le verre de Madame Abetz. Drieu sourit.

Stévenin, lui, éclata franchement de rire. Il avait tout entendu sur l'histoire des sosies de Hitler mais décidément, c'était Céline qui, trente ans avant *Les Producteurs* de Mel Brooks, avait atteint le sommet du burlesque.

Serge confirma à Stévenin que son numéro de faux Hitler, Gen Paul le faisait encore dans les années 60, à la demande.

— Moi, je le lui ai vu faire, dit le danseur. Lucette lui a dit : « Fais Hitler pour Serge. » Et il me l'a fait. C'était tordant.

— Il s'est mis la moustache en Scarferlati ? demanda « Stèv ».

— Non, il a sorti un bout de crayon noir de sa poche et il s'est barbouillé…

— Dans le film, dit Stévenin, je le ferai plutôt tremper deux doigts dans de l'encre de Chine, ça dégoulinera un peu… Comme dans *Nord* déjà, la scène où la Kretzer dans sa crise imite Hitler en se faisant la petite moustache avec le sang qu'elle prend sur les tuniques de ses fils morts… À mon avis, Céline a pensé à Gen Paul en l'écrivant… Il faut que ça fasse bien fausse moustache, à la Groucho Marx… L'autre est déjà tellement faux en soi. Ça te fait pas ça à toi ? Quand je vois Hitler, que ce soit sur les photos d'Hoffmann ou dans les films de Leni Riefenstahl, il me paraît déjà sosie de lui-même ! Je sais pas, sa peau d'otarie, ses yeux de manchot marteau sur sa banquise… Il est dressé, dodu, luisant, pincé… Je comprends pas comment il a pu faire peur. On pouvait très bien lui fermer sa gueule. On le tirait par la moustache jusqu'au piquet et puis c'était fini. Toute cette bande, c'était quand même des nases fondamentaux. C'est *Les Affranchis* de Scorsese ! « Wiseguys » ! La tache de Himmler qui passait ses journées dans son poulailler à étudier la merde de ses volailles, le gros Goering qui se faisait une ligne de cocaïne toutes les dix minutes, ce porc de Bormann, queutard fini qui picolait tellement qu'il n'arrivait plus à trouver sa bite même avec un plan. C'est que des nuls je te dis, à part peut-être Albert Speer qui, à trente ans, était le plus grand architecte du monde, ou bien von Braun le champion du V2 qui était si bon qu'à la Libération, les Américains l'ont récupéré pour que vingt ans plus tard, il les shoote sur la Lune… Tiens, sur le Speer, tu sais comment il est devenu ministre des armées ?

— Non.

— Ach ! Cher Serge. Pour une fois que je connais une histoire que tu connais pas ! Encore un machin de traînerie de nuit… Le Speer va au « Wolfsschanze » ! Le Repaire du Loup ! Au fin fond de la forêt, en Prusse-Orientale… L'Autre l'avait convoqué, y avait rien de plus urgent que ça. Il fait venir Speer et Todt dans son bureau ! Salle de 800 m^2, table de vingt mètres de long en marbre, et derrière l'Adolf qui déplie ses cartes. Il se passionne pour ses projets, il est fou de joie, il rit comme une femme, y a sa nuque comme du blanc de poulet qui luit sous la lampe. On a presque envie de mordre dedans. Toute la nuit y passe. Speer est trop épuisé pour reprendre l'avion. Il laisse le Docteur Todt repartir tout seul. Dodo. Le matin, on apprend que le zinc de Todt s'est crashé ! Hitler regarde Speer dans les yeux : « Tu étais architecte, tu vas être ministre de l'armement ! »

« Dix mille armées convergent pour lui mettre le doigt dans le cul et lui il continue ! Le truc est planté, il s'en fout. Le Débarquement, les Amerloques, les Russkoffs, les résistants, tout sur la gueule. T'as envie de lui dire "Adolf, Stop ! Maintenant tu te calmes !" Et non, sosie ou pas, il insiste, et lourdement : "Si l'Allemagne ne s'en sort pas, c'est qu'elle ne méritait pas de survivre." Tu vas pas me dire que c'est pas du masochisme ça ? Il bouffait peut-être des étrons au petit déjeuner, il faisait sans doute des aquarelles avec les règles d'Eva Braun, il n'est pas impossible qu'il sodomisait son chien avec une carotte, mais c'était avant tout un maso de première ! Ça se voyait putain ! Quand on l'a vu toucher aux Juifs, on aurait dû comprendre. Y avait plus du tout de doute sur son côté dingo. Hitler se voulait logique : "Les Juifs se considèrent plus juifs qu'humains, alors je vais procéder à l'ablation de leur part humaine. Quelle importance ? Je ne fais que détruire leur humanité, mais je ne touche pas à leur judéité. C'est plutôt sympa !" Voilà le genre de raisonnement débile de l'Adolf. Alors que les Juifs allemands, ils étaient prêts à avoir mille idées par jour pour défendre l'Allemagne, c'était des patriotes vengeurs de 18 comme les autres boches. Les Juifs c'étaient pas des mecs qui restaient entre eux dans des ghettos à se tisser les tresses, qu'est ce que c'est que ces conneries ? Y avait plein de jeunes cerveaux brillants qui n'auraient pas demandé mieux que de suivre Hitler dans son pangermanisme. Et lui, il se les fout à dos, d'emblée, ce con ! Pour rien ! Tout ça parce que trois marchands de tableaux, très justement, n'ont pas aimé ses peintures ! Comme le Goebbels qui a eu la haine parce qu'un éditeur juif lui avait refusé, encore plus justement, un manuscrit ! Qu'est-ce que tu veux faire avec des gens aussi susceptibles !

Stévenin se tut soudain pour allumer une nouvelle cigarette. En recrachant un nuage de fumée, il continua.

— Moi y a un truc que je comprends pas, Céline attaque les Juifs sous Blum, d'accord, c'est logique dans son système d'opposition à tout pouvoir en place, mais pourquoi sous les Allemands il a pas attaqué Hitler ? Comme il l'a fait chez Abetz ? Noir sur blanc ! T'imagines ? Au lieu des *Beaux Draps*, il aurait écrit en 41 un pamphlet contre le pouvoir des boches. Ce n'était pas renier ses pamphlets anti-juifs d'avant-guerre, mais au contraire bien les replacer dans leur contexte. C'est les *Beaux Draps* qui ont tout foutu par terre. En 41, dans la collection antisémite de Denoël, ça ne pouvait pas passer. Céline aurait pu écrire le plus violent pamphlet contre les nazis jamais écrit, terrible et génial, enfin le portrait du Führer que personne n'a su faire. Même pas le gros Bernanos moustachu ! Il en aurait fait là de la résistance, le Louis ! Il brouillait les pistes pour toujours en restant lui-même. Après, il lui suffisait d'éviter la Gestapo comme il a évité les FFI, et s'il fallait absolument qu'il se casse, autant que ce soit à Londres où il aurait pu finir *Guignol's*

Band peinard plutôt que d'aller foutre son nez dans la merde à Sigmaringen... Pourquoi il a pas fait ça, bordel ?

— Mon petit Jean-François, Céline n'aurait pas été Céline... La perspective d'une nouvelle guerre, lui qui avait été aux trois quarts détruit par la précédente, ça l'a rendu violent. *La guerre n'est jamais fatale, mais elle est toujours perdue*, disait Gertrude Stein. Céline n'était pas un calculateur. C'était un homme souffrant. Il était en permanence dans une douleur excruciante. Lucette te le dira mieux que moi, c'était un type qui a élevé sa sensibilité dans une fièvre permanente qui lui permettait de ressentir tout ce qui lui arrivait, à lui et aux autres avec une violence terrible, presque pathétique. Tout le poignait si tu veux, il avait toujours les larmes aux yeux, toutes sortes de larmes, de rage, de rire ou de pitié... Homme blessé, homme en colère. Dès qu'il commençait à parler, à vivre, Céline était comme un volcan ! Tout ce côté exagéré, ce côté peut-être affabulateur qu'il a, ça fait partie de son génie. Il multipliait toujours tout par mille, au moins.

— Sur la butte, j'imagine un toubib couvert de cambouis qui arrive avec sa moto, l'air bien agité...

— Non non, il était pas couvert de cambouis, il avait sa canadienne, il était tout à fait correct. Il avait un peu une tenue sportive, mais il ne donnait pas du tout une impression de négligé ni d'agitation. Il avait un tel charme, moi-même je suis pas pédé mais quand je l'ai vu pour la première fois, il m'a ébloui.

— À ce point-là ?

— Il avait 45 ans… C'était un homme fort, beau avec un corps un peu massif.

— Un peu pesant.

— Pas pesant, imposant.

— Et la démarche, on imagine mal sa démarche…

— Il marchait assez lentement. Avec élégance, une certaine décontraction mais sans exubérance physique… Il remplissait bien son espace.

— *Slow motion !*

— Quoi ?

— C'est le même ralenti qu'Hendrix ! Je suis sûr. Plus ça va, plus Louis me fait penser à Hendrix, cette même fulgurance insensée qui part d'un ralentissement du mouvement… Ce sont des tigres féminins, ces types-là. Même dans la violence, ils sont doux. Quand l'Hendrix balance sa gratte contre les baffles dans une gerbe d'étincelles, il ne le fait pas brutalement. C'est chorégraphique, même quand il la brûle, c'est de l'amour. Tout en douceur, en lenteur désintégrée… On ne peut pas croire que cette musique si rageusement rapide sorte de ce corps presque alangui…

— Louis aussi avait beaucoup d'allure, une distinction pas apprêtée, entre George Sanders et Louis Jouvet, tu vois ? Souple et sexy.

— Et avec Lucette, il avait pas de gestes particuliers, des petits frôlements, des gestes amoureux ?…

— Non, non. Jamais. Je crois que le corps de Lucette, c'était pour lui un idéal. C'était le corps qu'il aurait voulu avoir… Il était le verbe, elle était le geste…

— Est-ce que tu voyais une espèce d'harmonie entre leurs deux corps, celui de Céline et le sien ? On a du mal, y a pas de film, y a rien, comment ils étaient quand ils étaient ensemble ? Je voudrais un œil de danseur sur ça…

— Lucette incarnait l'âme de Céline, elle sortait de lui et elle revenait en lui, avec elle il se dédoublait… Il projetait son âme dans son corps à elle. D'ailleurs, il disait « Lucette c'est un corps », mais il chargeait ce corps des plus grandes vertus.

— Sa peau…

— C'était une très jolie peau blanche nacrée, laiteuse, très fine, peau d'Anglaise, rose très pâle, très lumineuse, une fraîcheur qui prend bien la lumière… Comme sa mère, elle était très pin-up sa mère, elle avait des formes, un côté pulpeux… Lucette aussi. Si tu la voyais maintenant encore, tu verrais comment elle est…

— Ah, je sais, j'ai vu à la mer…

— Elle a des seins superbes. Y a des gamines de trente ans qui n'ont pas ça !

— Est-ce que Céline a été son premier homme ?

— Quand elle rencontre Céline, c'était une

sorte de nonne. Elle s'investissait entièrement dans sa danse, dans la sensualité de la danse, mais c'est tout. Lucette arrive à une période où Céline se détache progressivement… Ce n'était pas une grande passion charnelle, c'était quelque chose de très poétique… Il l'aime purement… Simone Weil disait : *Posséder, c'est souiller ; aimer purement, c'est consentir à la distance entre soi et ce qu'on aime…*

Les merguez n'étaient pas terribles. Au soleil d'Afrique était situé en plein virage sur la route des Gardes, à deux pas de chez Lucette. De là, l'acteur-cinéaste épiait les allées et venues des voitures. Il attendait que tout le monde soit bien redescendu du château bleu pour y monter. Les « Rillettes parties » du saloon Almansor lui pesaient parfois trop. Il préférait y aller « ayant dîné ». Les Arabes du virage l'appelait « Tennessee » parce que Stévenin faisait cracher au juke-box tous les tubes de Johnny.

— Alors, « Tennessee », qu'est-ce que tu racontes ? lui demanda Rachid, le patron, un Kabyle costaud.

— Ça gaze..., dit « Stèv » en attaquant son couscous. Elles sont assez bonnes tes boulettes dis donc, on dirait du cheval... Ça me rappelle une histoire que j'ai lue... Ça se passe en Allemagne près de Kyritz pendant la guerre. Y a un vieux comte prussien Rittmeister parti sur son cheval

Bleuette combattre les soviets machins. Tout le monde le recherche, on le retrouve finalement dans une sorte de crevasse boueuse avec son Revizor, ils ont été tabassés à coups de pioche par des putains folles qui se font griller des gros steaks taillés dans le cadavre du cheval… Au fond du gouffre, les putes obligent le vieux à bouffer un bout de boyau de sa Bleuette au barbecue, tu vois le genre ?

— Merde ! C'est dégueulasse ! dit Rachid.

— Je l'adore ton couscous, Rachid, dit Stévenin. Tiens, file-moi une mirabelle avant que je monte voir ma fiancée…

Laura, je n'attendais rien de toi.
Ô Laura, une raison d'être là.

Stévenin avala sa liqueur, à la von Stroheim. Il reposa le petit verre sur le comptoir, paya Rachid. Par la vitre un peu embuée de la fenêtre du Soleil d'Afrique, il repérait un à un tous les almansoriens qui repartaient de chez Lucette. Quand la dernière voiture quitta les lieux, il alla pousser la porte du château. Les chiens fondirent sur lui, Jean-François distribua les caresses. Une bizarroïde chanson orientale s'entremêlait à un épatant enregistrement de brames de cerfs en rut. À peine dans le salon, un cri d'oiseau martien spirala de la cuisine : « Si tard, ça ne peut être que vous, Stévenin ! J'arrive ! »

Stupéfait, l'acteur ne vit pas sortir Lucette mais… Carolle !

— Oui ! dit Lucette surgissant à son tour dans un grand rire… Carolle est venue retrouver son enfance. On papotait entre femmes quand un homme survint !…

— Je peux repartir ! dit Stévenin en embrassant la grande rousse douce.

— Pas question ! dit Carolle.

— Je vous ai cassé votre soirée ! s'excusa Jean-François. De quoi parliez-vous avant que j'arrive ?

— J'ai oublié, dit Lucette.

— Moi je n'ai pas oublié, dit Carolle. Luciole me racontait son mariage…

— Surtout continuez ! dit Stévenin en s'affalant sur un fauteuil.

— Je lui disais, dit Lucette, que Louis s'est marié sans me le dire…

— Il s'est marié sans vous le dire ?

— Un beau matin, Louis m'a prise par le bras. On est descendu chez Gen Paul. Il l'a pris par l'autre bras et nous voilà à la mairie du XVIIIe… Il a demandé à un employé d'être mon témoin, Gen Paul était le sien. On s'est marié. Il avait tout préparé, les papiers, tout, j'ai dû signer un tas de trucs. Louis était déjà dans la rue, il n'avait même pas attendu que j'aie fini de dire « oui ». On est remontés, Gen Paul loin derrière béquillait, Louis était dans l'urgence de retrouver son manuscrit, *Guignol's* je crois, ses histoires avec Virginie... Sans un mot, il s'est enfermé dans sa chambre. Gen Paul était hors de lui. D'en bas, il l'insultait. « Même pas un coup à boire ! » Il fulminait le poing levé vers la fenêtre de Louis, et puis il a fini par rentrer dans son atelier, reprendre son travail lui aussi...

— Et voilà tout ?

— Et voilà tout. Y a que Denoël qui l'a su. Il a envoyé aussitôt un bouquet de fleurs monumental mais il était furieux après moi, ça lui plaisait pas du tout que Céline soit marié, il m'aimait pas, et moi je l'aimais pas non plus, Denoël.

— Il pensait que son poulain lui échappait d'un seul coup..., dit Carolle.

— Peut-être... Il aimait vraiment Louis, comme une femme... C'était bizarre... Un autre jour, Louis a voulu aussi faire une séparation de biens, je savais même pas ce que ça voulait dire. Il avait un notaire à Bougival, un jour, il me dit « rendez-vous chez le notaire » et il fout le camp avec sa moto qui était pas trop grosse mais qui allait plus vite que ma bicyclette quand même ! Il arrive à Bougival tout seul, « Vite vite les papiers. — Oui, dit le notaire, mais je voudrais bien voir votre femme, il faut qu'elle signe aussi. — Elle arrive, elle arrive. » Moi je venais à bicyclette, de la butte Montmartre, toute seule, et je suis arrivée une heure après évidemment... Louis était déjà reparti… Le notaire m'a fait signer en rigolant, il n'avait jamais vu une chose pareille…

— Vous vous déplaciez toujours à vélo ?

— Toujours à vélo. Quatre fois par jour je montais sur la butte, c'était la jeunesse ! Louis a connu Pélissier, le coureur, qui l'aimait bien, qui l'avait lu, on est allé chez lui, et il m'a donné son vélo, Pélissier, son vélo de course ! Il était fin, pour l'époque ça semblait extraordinaire, la légèreté du vélo : une libellule… Je le montais tous les soirs dans ma chambre rue Girardon parce que Louis me disait « On va te le voler. » L'ascenseur se coinçait entre les étages alors je prenais l'escalier avec le vélo sur les épaules. Lui garait sa motocyclette en bas (c'était une cyclozéphyr) mais il pendait son propre vélo à côté du mien, à un gros fil. Dans l'appartement, y avait des fils partout, pour le linge, pour ses manuscrits, pour les bécanes, d'une chambre à l'autre, comme des câbles de tramway !

— Comment c'était ce fameux appartement ? demanda Stévenin.

— Assez petit. Chacun sa chambre. De sa fenêtre, Louis aurait pu toucher les ailes du Moulin de la Galette. À la Don Quichotte ! Y avait de tout, un chérubin doré pendu au plafond qui balançait, des masques africains, des tapis, les quelques victuailles qu'on trouvait… On avait rempli la baignoire de pommes de terre. Sur les murs, Louis avait recopié des citations de Shakespeare et de Baudelaire. Sur son bureau, des cartes de Londres encore plus détaillées que celle de Champfleury et des résistants de l'étage du dessous qu'il soignait. Aux murs, on avait une locomotive peinte par Gen Paul et deux danseuses au fusain par Degas que Denoël m'avait offertes. Tout a disparu bien sûr… C'était bourré de trucs, ses manuscrits, mes costumes. Le salon, on en avait fait un débarras, puisqu'on ne recevait personne. Il ne voulait pas.

— Vous téléphoniez tout de même ? demanda Carolle.

— La première chose que Louis faisait quand il allait quelque part, c'était de couper le fil du téléphone avec des ciseaux. Après il me reprochait de ne jamais lui dire où j'étais : « T'aurais pu me téléphoner ! »

— Il était toujours comme ça ?

— Toujours, mais j'en ai jamais souffert. Dans ses gestes brusques, il compressait les énergies des sentiments comme l'amour et l'amitié. Vous comprenez ? Gen Paul n'arrêtait pas de le saquer méchamment, de le débiner auprès de tout le monde, même de moi. « Tu sais, la Pipe, il se fout de toi, tu lui es fidèle mais lui, il s'envoie toutes les filles… » Il m'appelait « la Pipe », sans doute parce que j'avais le menton haut. Ou alors, il me sortait son moignon variqueux en me disant : « Tu es sûre que tu veux pas coucher avec moi ? » On aurait pu avoir pitié de Gen Paul mais il était trop méchant. Louis était extraordinaire avec lui, il l'empêchait de boire, il le soignait, il le traitait en frère, en frère siamois…

« Le Vigan, pareil. Sitôt que Louis partait, vers huit neuf heures, tous les matins, Robert attendait que sa petite moto pétarade bien au loin, et il grattait à ma porte. "Miaou… c'est Bébert…", c'était Le Vigan… La première fois, j'ai ouvert : "Louis vient de partir… — Je sais, c'est pas lui que je viens voir, c'est toi !" Il était comme ça, peloteur, il me courait après, finalement je le foutais dehors. C'est lui qui m'a sauté dessus un jour au rond-point des Champs-Élysées, les bosquets le soir, c'était pas allumé, un type bondit d'une haie sombre, il m'avait pas reconnue, c'était Le Vigan ! Il devait faire ça tout le temps. Un jour, il amène sa femme, il relève ses jupes, il voulait qu'on fasse des partouzes ensemble. Moi je lui ai dit "Robert, ça ne m'intéresse pas". Je ne le disais pas à Louis, ça aurait brouillé les choses. Le plus acharné, c'était Perez, vous voyez celui qui faisait les sergents de ville dans tous les films de l'époque, avec un gros nez rouge. Ça les énervait tous que je sois la seule. Même Marcel Aymé, en beaucoup plus gentil, beaucoup plus timide. Il me disait "Lucette, vous ne me regardez jamais". C'était touchant parce que ce pauvre Marcel, il avait l'air d'une tortue. C'est vrai que j'étais funambule… Dès que j'ai connu Louis, je ne voyais plus personne : il y avait mon travail d'un côté et Céline de l'autre. Toute la réalité m'apparaissait un peu dangereuse autour mais rien de vraiment précis. Sans Louis, je n'aurais pas existé, parce que la vie ne m'intéressait pas. J'étais pas dedans. Pas par principe, parce que ça ne me disait rien. Du moment que j'étais avec lui, j'étais contente. Ça me semblait normal, mais je n'ai jamais pensé que c'était un sacrifice ou une chose exceptionnelle. Beaucoup de filles autour de moi me disaient : "Mais comment vous pouvez vivre avec lui ?"

— Est-ce que vous aviez des copines ? demanda Carolle.

— J'avais mes élèves, je les faisais venir de temps en temps à la maison, mais jamais il n'aurait conçu que je puisse aller prendre un thé ou aller au théâtre avec une copine… Je lui aurais dit « Je vais dîner chez ma mère, ou chez mon père », il se serait dit « Mais elle est folle ! Pas question ! »… Il m'avait dit : « J'ai plus de famille et tu n'en as plus non plus !… » Louis avait un côté moyenâgeux, c'était un homme d'autrefois…

Stévenin se leva d'un bond, comme si le fauteuil le brûlait.

— Jamais il ne vous emmenait en vacances ?

— Il nous arrivait de faire des petits sauts. À La Haye, je me souviens, uniquement pour voir les trois autoportraits de Rembrandt. Ça fascinait

Louis. Il restait devant cette tête aux trois âges : la jeunesse, la maturité et la vieillesse. Le temps qui passe en peinture sur le même visage… Après, il rentrait écrire…

— Écrire, toujours…

— Il était obsédé par son boulot, par moments j'avais même l'impression qu'il oubliait que j'existais… Il voulait que je sois là mais sans s'occuper de moi, j'ai toujours eu cette impression, il voulait que je reste dans un petit coin, comme un petit cœur qui palpite. Heureusement, j'avais ma danse…

« Pendant toute l'Occupation, je ne pouvais pas partir en tournées, alors je dansais dans les boîtes de nuit. Chez Le Doyen par exemple. Ou chez Laurent… Mon programme, c'était : danses anciennes (brande, chacogne) ; hindoues (avec des crotales) ; cambodgiennes (en absaras bien lentement) ; balinaises (seins nus et colonne vertébrale en serpent) ; mexicaines (avec une jupe à fleurs) ; javanaises quelquefois et aussi hongroises, et tziganes ! Chaque danse mettait en valeur une partie du corps. Un pays par membre ! J'apportais mes musiques pour l'orchestre, les gens soupaient très chic, je me produisais toutes les heures entre les chanteurs, les chansonniers, les illusionnistes… Louis lisait consciencieusement mes contrats, dans le bas il y avait en tout petit “l'artiste s'engage à satisfaire le client”, juste une petite ligne toute minuscule. Louis grimaçait, alors l'imprésario devait rectifier… Je refusais toujours de boire un verre de champagne même avec des ambassadeurs… Moi je dansais habillée mais je n'avais que des filles nues et pleines de bleus autour de moi… J'avais mis au point un numéro de danse médiévale qui plaisait bien. Je portais un costume en or ballonné avec un faux faucon à la main.

« C'est en remontant une nuit de chez Ève avec Louis qu'on est tombés sur deux ivrognes qui se battaient à coups de couteau. Rue Tholozé à quatre heures du matin. Carrément Louis est allé les séparer. Il a pas eu une seconde d'hésitation. Il n'était pas très fort en plus, il avait un bras dont il ne pouvait plus se servir. Je ne l'ai jamais vu reculer devant un danger quelconque. Il venait souvent me chercher après avoir travaillé toute la nuit ou bien en sortant d'un dîner où il avait fait un scandale rapide chez les Allemands. Il y allait exprès pour les provoquer, les démoraliser. Même à Berlin, quand il y est allé pour donner la clé de son coffre à Karen avec Gen Paul, il les a déprimés avec ses petites prophéties… Comme un chrétien qui descend dans l'arène des lions et qui rugit plus fort qu'eux. Il se déplaçait toujours, physiquement, au centre même de tous les dispositifs. Il ne connaissait pas la prudence ! Un jour, il est sorti sans vouloir me dire où il allait. Ça m'a intriguée. Je l'ai suivi, de loin. Je l'ai vu s'engouffrer dans un drôle d'immeuble, c'était là où se réunissaient secrètement les Hassidims ! Je me suis dit : “Il est fou ! Si on le reconnaît, il va se faire assassiner !” J'avais emporté un couteau de cuisine. Je me suis cachée derrière un arbre, prête à tout. J'ai attendu deux heures, il a fini par sortir, je suis remontée en vitesse à Montmartre. Il l'a jamais su.

« Si Louis ne comprenait pas pourquoi il fallait qu'on quitte Paris, c'est parce qu'il n'arrivait pas à s'intéresser à son sort personnel. Il s'en foutait de mourir. Il se serait volontiers suicidé plutôt que de partir. Il me l'a souvent dit : “Tu n'aurais pas été là, pan !” Pas par culpabilité, non, au contraire, parce qu'il ne supportait pas qu'on veuille punir un innocent…

« Je suis un monstre à côté de lui. Je suis grossière. C'était plus qu'un tendre, on s'enfonçait dans sa tendresse mais il fallait d'abord casser l'armure. Il suffisait de voir sa figure. Son visage était un ciel. Du bleu, du noir, des nuages, des rayons… Tout se lisait dessus. C'était la météo de l'âme. Il ne pouvait rien cacher. Et en même temps, il ne voulait rien montrer. Ça se voyait encore plus. Je n'ai jamais vu une face changer si vite d'expression. J'étais toujours étonnée que les autres qui le blessaient continuellement par leurs gaffes et leurs bêtises ne s'aperçoivent pas que la tête de Louis se modifiait au fur et à mesure. Avec les Juifs, c'est pareil, c'est une histoire de sensibilité. Ça s'est pas fait d'un seul coup, par foucade de sa part. Il n'avait jamais de foucade, tout venait toujours de quelque part. Je vous dis ça parce qu'il y en a qui croient que ça s'est réveillé soudainement. À partir du moment où j'entre dans sa vie, il se clochardise, il mange plus, il voit plus personne, il se met à aimer les animaux et à écrire des horreurs !

— On dit ça ? s'étonna Carolle.

— Mais oui, ma chérie ! On a tout dit sur moi, petite danseuse, oiselle écervelée stupide et j'en passe.

— L'écervelée, précisa « Stèv », elle le pousse à partir, elle l'empêche de rentrer ! C'est l'écervelée qui a tout fait pour qu'il n'aille pas à Sigmaringen et c'est l'écervelée qui a essayé de le dissuader de publier les pamphlets…

— Quand il a écrit ça, c'était comme un bonze qui se fout le feu à lui-même.

— On dirait que pour lui, dit Stévenin, le seul moyen d'être juif quand on ne l'est pas, c'est d'être antisémite !

— Y a de ça…

— À l'époque, vous ne saviez rien des persécutions ? demanda Carolle.

— Non. Une fois, Louis et moi en 42-43, on a vu dans la rue un camion à bâches avec des vieillards et des enfants juifs tout misérables que les Allemands enfournaient là-dedans. C'était terrible. Je suis rentrée dans un état… Je pleurais et

Louis aussi pleurait avec moi. On nous a associés à ça ! Louis détestait le nazisme, et moi aussi ! Les Allemands, pour moi ce sont des bêtes sauvages, des Huns, des espèces de brutes qui veulent bouffer mon chat. *Achtung !* c'est tout ce que j'ai retenu. *Achtung !* Partout *Achtung*...

« Son antisémitisme n'avait rien à voir avec celui des autres. Rien. Ça venait de Ludwig Rajchmann, son patron à la SDN en 1924. Tous les deux, ils étaient comme père et fils, et ce n'est pas Rajchmann qui a été déçu par Louis mais Louis qui a été déçu par Rajchmann : quand on a compris ça, on a tout compris de l'antisémitisme de Céline. Louis fait lire à Rajchmann *L'Église*, dans son esprit une pièce bien anodine, bien innocente : il s'aperçoit que Rajchmann tique. Juste un sourcil, un nerf dans la joue, un petit rictus. Tout est parti de là. Sa réaction l'a blessé profondément : il pensait que son père spirituel allait rire avec lui de cette farce. Il a été vexé. Louis, c'était l'homme vexé.

« Louis ne comprenait pas pourquoi ses amis et ses ennemis se formalisaient de sa sévérité envers eux. Ce qu'il voulait, c'était être libre de penser ce qu'il voulait, c'est-à-dire le pire et son contraire, des clowns touchants qui s'approchaient de lui, comme attirés par sa puissance de pitié. Le monde ne comptait pas pour Louis, ce qui comptait c'était l'essentiel : dire la vérité pour être utile aux gens. Ce qu'il voulait, c'était ne pas existersante. Sa vie lui semblait absolument inintéressante. Il disait : “Je donnerais ma vie pour une petite bête qui va mourir, ou un enfant. Facilement”.

— C’est dur à écrire dans les bouquins…, dit Stévenin.

— Il était spécialisé dans les maladies infantiles, continua Lucette. Il engueulait les mères : « Foutez-lui la paix. Donnez-lui de l’eau pendant trois jours et tout ira bien. » C’était simple mais efficace. On lui en voulait tellement c’était simple. Lui qui était impatient, qui était nerveux, il parlait aux enfants, les amusait et d’une manière si naturelle ! Aussitôt qu’il voyait un enfant, il fondait. Partout où on allait, on restait des heures à regarder les enfants jouer. Louis les observait avec attention comme s’il assistait à un ballet rare. Moi si j’avais eu un enfant, j’aurais été comme une lionne, le môme je ne l’aurais pas quitté une minute, j’aurais été ignoble, infecte, épouvantable… Vous imaginez notre enfant coincé dans la gibecière de Bébert ? Quelle est l’idiote qui m’a dit l’autre jour : « Lucette, pourquoi vous n’avez pas eu d’enfant ? » Que les gens sont bêtes !… C’est drôle, je lui demandais rien, mais Louis me le répétait, en m’engueulant : « Tu vois, heureusement qu’on n’a pas eu d’enfant ! Avec tout ce qui s’est passé ! » Moi je ne lui en parlais pas du tout. Jamais je ne lui ai fait le moindre reproche. Ça ne m’est pas venu à l’idée.

C'est lui que ça travaillait. C'est vrai que ça aurait été la catastrophe. Il serait sans doute mort notre enfant.

« Si vous saviez les gosses en danger que j'ai vus ! Quand on a fait l'exode ! De Sartrouville à La Rochelle, dans cette petite ambulance, il y avait une mémé alcoolique et deux bébés !... C'était deux filles, on en avait trouvé une au bord de la route, sa mère avait dû la perdre dans sa précipitation à emporter tous ses bardas... Je m'en suis occupée comme j'ai pu, parce qu'il fallait pas compter sur la grand-mère, ni sur le chauffeur qui pensait qu'à me peloter quand c'est moi qui conduisais. Ils étaient rouges, les mômes. Au fur et à mesure du voyage, ils vieillissaient ! Quelle épopée pour eux sous les bombes ! On traversait la marée des gens en cohue... Tout le monde ressemblait à des gitans à ce moment-là. Les militaires couraient affolés. Pour moi, c'est ça la guerre : des soldats qui jettent leurs fusils dans des champs de poireaux. Le soir, on dormait dans un cinéma occupé par des malades mentaux ou bien dans une grange avec un grand cheval noir... On a failli laisser les bébés à la crèche d'Issoudun mais Louis a continué jusqu'à La Rochelle. Là, il n'a pas voulu embarquer pour l'Angleterre. Pourtant, il en avait envie, il commençait *Guignol's Band*, il avait la tête pleine de Londres, il voulait pas lâcher sa France, la capitulation nous a surpris. Louis a voulu remonter absolument les gosses et la vieille. Je le vois encore arrivant à Sartrouville en blouse blanche, le brassard tordu rouge, poussiéreux, les deux fillettes dans le bras, souriant…

— Lui aussi avait une fillette…, dit Carolle.

— Oui, il l'a aimée, la petite Colette jusqu'à ce qu'elle se marie. Elle était, déjà, intensément jalouse de moi, j'ai tout fait pour être bien avec elle, mais ça n'a pas marché, peut-être elle aimait trop son père, ça c'est possible, mais drôlement puisqu'elle ne l'avait jamais lu. Elle avait accepté Elizabeth, elle avait accepté Karen, elle avait accepté toutes les autres bonnes femmes que Louis avait eues mais moi elle m'a pas acceptée… La mère de Louis, qui était donc la grand-mère de Colette, me disait avec son air idiot de Bretonne butée : « Si vous n'étiez pas là, Colette viendrait me voir, mais elle ne vient pas me voir parce que vous êtes là. »

— Vous l'avez bien connue, Madame Destouches… enfin sa mère ? demanda Carolle.

— Et comment ! On a vécu chez elle. Louis a voulu revenir chez sa mère, c'est bizarre, comme s'il n'y avait que là qu'il pouvait se sentir loin des Allemands. Il pensait qu'ils comprendraient ainsi qu'il ne serait jamais à leurs bottes. Pour lui, rentrer dans le ventre de sa mère, c'était un acte de résistance si j'ose dire…

— Jusqu'à vous y engouffrer aussi ! dit « Stèv ».

— Il faut dire que sa mère était un peu bête mais elle ressemblait vraiment à Louis surtout de profil… Je me disais « Dire que c'est la mère de Céline… » C'est moi qui la recevais quand elle venait nous voir. Louis disait « J'ai du travail, maman… » et il refermait sa porte et moi je la supportais, mais je ne me plaisais pas avec elle… Sa mère, c'était une bonne sœur qui riait jamais. Elle allait à la messe à l'église Saint-Roch tous les matins. Elle était faite en rocher. Elle est passée à côté de tout.

« La guerre a éclaté. On a vu partout une petite affiche avec des drapeaux français croisés en dessous. Tous les jeunes soldats montaient dans des gros wagons qui étaient tout rouges laqués… La guerre, on l'imagine kaki, mais c'était tout rouge, les camions aussi, astiqués comme des pommes d'amour… Louis s'est engagé sur le bateau *Chella*, vous savez, celui qui a coulé un torpilleur anglais sans le faire exprès… Il ne savait pas quoi faire de moi, il voulait pas que je bouge… Alors j'ai habité chez sa mère rue Marsollier, un appartement avec un parquet glissant comme une patinoire et des tableaux du père de Louis partout, des bateaux surtout, la nuit elle s'occupait de la salamandre qui chauffait mal. La mère vivait accrochée à son lustre. Elle dormait jamais, à trois heures du matin, je la retrouvais debout au pied de mon lit comme un spectre, elle me racontait tout le *Mort à crédit* mais à sa manière bien repassée, fade, d'une voix basse monocorde. Drôle d'effet, tout était plat mais exact, d'autant plus exact qu'elle n'avait jamais lu le livre, Louis le lui avait défendu…

« Un jour, il est revenu de son naufrage, son manuscrit tout mouillé, c'était *Le Roi Krogold* je crois bien… Il faisait nuit, et tout d'un coup la porte s'ouvre et Louis apparaît ! J'ai manifesté une telle joie de le voir qu'il en a été étonné, vous savez un bonheur excessif… Il est revenu juste au moment où ma patience était un peu à bout. J'avais décidé de vivre autrement. Je l'aurais attendu volontiers ailleurs mais pas avec sa mère !

« Heureusement, pendant l'absence de Louis, j'avais été engagée dans un dancing très chic. J'allais faire mes numéros orientaux, et la mère me suivait. Elle me lâchait pas. Elle m'attendait dans la loge, en dame tout en noir très sérieuse, au milieu des bouquets de fleurs que des admirateurs me faisaient apporter : "Pour votre fille !". "C'est pas ma fille !" elle disait, avec un air très réprobateur. Si un vieux marquis insistait absolument pour m'inviter à boire un verre, elle venait avec moi, je préférais d'ailleurs, comme ça le marquis était un peu refroidi, il la regardait à travers son monocle bleuté, en chaisière, toute triste. "C'est pas ma fille !"

Stévenin alluma une cigarette.

— Vous étiez déjà très branchée danse hindoue machin alors ?

— Une passion… J'avais repéré les bas-reliefs du temple d'Angkor, en photos, et je me suis débrouillée pour trouver des enregistrements au Musée Guimet. À l'époque, c'était très rare. Partant de la position des gens sculptés sur les bas-reliefs et de la musique, j'ai inventé des danses à moi. Sans rien savoir. D'instinct. Je faisais bouger les statues ! Un jour je vais voir le danseur Shandra Kali pour prendre quand même quelques cours. Il me dit « Vous en savez autant que moi, je vous engage comme partenaire ! » Il m'a mise en authentique hindoue, le gros point au milieu du front, cheveux rouges et peinte en noir. Personne pouvait croire que j'étais née rue Monge ! Je disais des mots indiens que je ne comprenais pas. Il voulait que je reste en sari toute la journée, comme Le Vigan dans ses costumes ! À Montmartre, ça faisait bizarre… Kali ne pouvait pas se passer de moi. Il voulait absolument que je le suive en Amérique du Sud, il m'avait piqué mon passeport. Louis est allé le bousculer un peu. Il lui a dit que ça suffisait comme ça. On était déjà partis en tournée à la pire époque. Ça bouillait de partout. La guerre était sur le feu. Je me souviens en Lituanie, j'avais une chambre, il fallait que je me barricade la nuit, les soldats russes ivres morts tapaient pendant des heures pour voir la jeune hindoue… Un soir, pendant le spectacle, il y en a eu un qui a été un peu trop exubérant, un officier — tout aussi saoul — a sorti son revolver et l'a abattu sous mes yeux, il est tombé tout près de la scène où je dansais, on l'a sorti par les pieds, comme dans un western.

« Louis m'écrivait tous les jours : "Rentre ! Rentre !" Au début, je croyais qu'il avait peur que je lui ramène des petits hindous, mais coucher avec Shandra Kali, c'était impossible, c'était une femme ! Très distingué, connaissant sept ou huit langues, il devait faire de l'espionnage. Il rencontrait des ambassadeurs, je voyais bien qu'il y avait un petit trafic là-dessous. En fait, Louis voulait que je rentre parce qu'il entendait le roulement de tambour qui commençait à gronder. Kovno, la ville la plus pauvre que j'aie vue : les gens étaient faits en chiffons, ils habitaient tous dans des poêles comme si c'était leurs maisons. Puis Katowitz, Cracovie, Varsovie dont j'ai visité le ghetto tout en ciment avec un jeune Juif... C'était des pays étranglés, on contournait les frontières, on n'y comprenait rien.

« Un jour, en Pologne, je suis allée me balader en forêt.

« On m'avait dit qu'il y avait un temple rose. C'est là que Napoléon avait laissé tous ses chevaux. Il neigeait. Je suis partie en bottes rouges. Personne. Perdue. Pas de temple rose. J'allais mourir. Un officier très beau, très russe, m'a trouvée là, évanouie avec mes bottes rouges... Ça pardonnait pas, quelques heures de plus et j'y passais. Il faisait 33 en dessous de zéro et du vent. Il m'a prise sur son dos et m'a emmenée dans une hutte de paysan. Avec son couteau, il a éventré les bottes, il ne m'a pas mise près du feu, il m'a malaxé les jambes qui étaient comme du bois. Mes pieds ont mis six jours pour revenir... Mon hindou était fou, je ne pouvais plus danser, je tombais. On a cru que j'avais les pieds morts, bons à couper, et puis peu à peu, j'ai fait des mouvements, ça m'a fait mal, le retour de la circulation, c'est une sensation horrible.

— Vous en faisiez beaucoup de tournées ? demanda Stévenin.

— Sans arrêt ! Avant-guerre, je n'ai jamais passé une journée sans travailler. Je ne restais pas longtemps rue Lepic. Louis disait toujours qu'il allait me rejoindre mais il n'avait jamais le temps. Il prenait la vie si vite... Il ramenait tout sur son travail... Il n'avait pas besoin de s'occuper de moi. Sauf dans les lettres, là il se laissait aller... Elles ont toutes disparu. Il m'a écrit en Italie, en Suisse, en Tunisie, en Hollande, partout où j'allais.

— Vous vous souvenez de ce qu'il vous racontait ? demanda Carolle.

— Oh, ça partait dans tous les sens... Érotique, philosophique, politique... Je me souviens même d'une lettre étrange qui disait je crois quelque chose du genre : « Je n'aurais pas dû m'accorder le droit de dire publiquement ce que je pensais. Ça me rend fou que les hommes aient le droit de me juger, alors qu'ils n'ont pas la moindre qualité d'amour, de compréhension et d'intelligence pour le faire. Je m'occuperai donc de ça moi-même. Et je me passerai de leur pardon et du mien. »

— Au fait ! dit Stévenin en sortant de son sac une cassette vidéo qu'il brandit. J'ai là quelque chose de rare que je voulais vous montrer ce soir. Deux minutes et demie d'un bout d'interview inédite filmée ici même à la fin des années 50 où Céline dit autrement ce que vous venez de nous dire !

— Mettez vite ça dans le magnétoscope, mon ami, dit Lucette.

Il s'installa soudain dans le salon un drôle de silence. Toute la maison se tenait coite. Céline apparut sur l'écran. De retour chez lui en somme. Trente ans plus tard. Plus léonin et plus vif que dans les émissions de Dumayet et de Pauwels que tout le monde connaissait. Lucette trahit son émotion de revoir son mari apparaître par l'impassibilité surnaturelle de son visage. La célèbre tête renfrognée dans ses hardes laineuses ouvrit la bouche :

— Ah, je me méprise pas du tout, je me trouve, je me trouve très honnête, très valeureux, très sacrificiel, ayant bien donné, beaucoup donné aux hommes et eux qui m'ont répondu par des vacheries, c'est surtout ce que je vois. Oh, Nom de Dieu, non ! On est venu me demander si j'avais des complexes, mais j'ai dit : c'est tous les autres qui doivent avoir des complexes à mon égard mais moi je n'en ai pas du tout au leur. J'ai fait tout ce que je pouvais pour eux, j'ai essayé de leur épargner la guerre, et puis j'ai essayé de débrouiller ce petit machin littéraire là, bon, et…

— Vous êtes heureux ? demanda l'interviewer.

— Heureux, non. Parce que je suis malheureux, parce que je me considère victime des vacheries, voilà, c'est tout, et que c'est pas juste, et je le dis et je crèverai en disant que j'ai été injustement traité. J'ai été dépouillé, dévalisé, pillé, salopé, ignominié de tous côtés pour des gens qui n'en valent pas la peine, voilà exactement ce que j'en pense, et pas du tout aucun complexe d'infériorité, aucun complexe de culpabilité. Je trouve que tous les autres sont coupables. Pas moi. Voilà comment je pense.

Céline regagna ses limbes. L'écran se brouilla. Tout le monde était frappé de mutisme. Carolle réussit à le rompre.

— Luciole, je vais préparer la tisane… Surtout, continuez à raconter vos tournées de danseuse…

— Oui, dit Stévenin, vous disiez que vous étiez indépendante…

— J'avais un numéro réglé et improvisé à la fois, reprit Lucette. À Amsterdam, on m'avait donné un orchestre de superbes nègres mais qui ne savaient pas lire la musique. Vous savez, la musique balinaise, c'est difficile à déchiffrer et puis il faut les instruments, eux étaient jazz, archijazz, alors je leur ai dit : « Jouez votre jazz, je danserai dessus. » Ils ont attaqué des rythmes magnifiques à coups de trompette et de saxo, c'était bouillant !

— Vous faisiez déjà des danses balinaises ? demanda Carolle.

— Oui, à ma façon... Les balinaises, je les dansais les seins nus. Je stylisais. C'était antifolklorique. Je me documentais et puis j'interprétais. Je mélangeais tout. Toutes les danses typiques passaient par ma petite moulinette.

— Vous les almanzorisiez..., lança « Stèv ».

— Gen Paul m'avait aidée à dessiner mes costumes, je lui expliquais ce que je voulais. Lui qui prenait toujours un malin plaisir à déchirer mon portrait chaque fois qu'il en terminait un s'est pris d'intérêt pour mes danses. Je lui apportais des échantillons de tissus que je piquais chez Patou où travaillait mon père et Gen Paul les montait sur moi, avec du fil de fer, il les cousait lui-même, il s'inspirait de documents que je lui apportais sur les danseuses orientales et il mélangeait les étoffes, les repeignait même directement à coups de pinceau. Il composait tout ça sur moi.

Il me dessinait même la mouche sur la joue ! Tak ! Il avait le coup d'œil, il bondissait du fond de son fauteuil auquel il manquait aussi un pied… Il me faisait des flammes, des ailes… C'était somptueux de couleurs. J'avais des broderies biscornues, des brandebourgs bizarres, pour les danses hongroises de Liszt, et des saris merveilleux bricolés tout à la main. Je réglais mes danses moi-même sur des partitions que j'avais trouvées et que le violoncelliste Nocetti, un excellent musicien, m'aidait à retranscrire. Il fallait que j'apporte une musique lisible pour des Occidentaux. Je ne pouvais pas traîner avec moi un orchestre hindou partout ! J'allais donc répéter chez Nocetti qui habitait rue Lepic en haut de chez nous. Un petit pavillon affreux avec un tout petit jardin rococo… Je montais tout un tas de gongs, de cloches, un xylophone, des crotales, des cymbales, des claves, un tambour que j'avais acheté exprès et je me faisais accompagner par mon petit orchestre… Gen Paul jouait de la flûte, Le Vigan du tambour, le xylophone c'était Nocetti, et même Louis quelquefois venait marquer la mesure avec un bout de bois !

— Guignol's Band ! rit Carolle.

— Ah ! regretta Stévenin, si on avait pu vous filmer dans ces moments ! La télé n'existait pas encore hélas…

— Mais on m'a filmée ! En 37, la télévision existait ! C'est même moi qui ai fait la première télé au monde !... Y avait deux cents postes en tout et pour tout. La télévision, c'était expérimental... Un jour, un type qui m'avait vue danser au cabaret me demanda si ça m'intéressait de participer à la première émission française... Je dis oui. Rendez-vous le lendemain matin très tôt. Je me vois encore descendre la rue Lepic avec ma valise pleine de costumes, dans l'aube froide... Ça se passait déjà à Cognacq-Jay. Comme ils étaient pas très sûrs du son, le technicien voulait des numéros plutôt visuels. Y avait un magicien, puis un jongleur. On m'a choisie pour passer en premier ! Je me prépare, on me maquille mais en archioutrance exprès parce que c'était en noir et blanc bien entendu et il fallait que ça se voie. Je fais mes danses hindoues sur le plateau encombré d'énormes appareils effrayants qui fumaient presque. Je me voyais dans un écran de contrôle complètement déformée : toute petite avec une tête de géante et maquillée en violet comme un clown. C'était pas très au point. C'était du direct bien sûr, sans trace. Il paraît que des gens m'ont vue, ceux qui avaient chez eux ce mastodonte de forme ovale, une sorte d'œuf compliqué. Je préférais quand même danser au cabaret...

— Vous aimiez danser en public ? demanda Carolle.

— En public, oui, mais pas pour le public. Je faisais pas « carrière ». J'aimais danser, j'avais besoin de danser mais sans vouloir devenir une grande danseuse vedette. Je m'en foutais. Je ne voulais même pas qu'on me fasse des photos pour des affiches. Les imprésarios m'en réclamaient. « Il faut montrer votre tête ! », « Mais j'ai pas de tête ! » Un jour, Louis et Gen Paul m'ont forcée, ils m'ont escortée chez Zucca le photographe. Je gigotais comme une langoustine.

« Je ne voulais pas être star, je voulais être une révolutionnaire. J'ai appris l'orthographe de la danse mais je trouvais ça ennuyeux au possible, j'ai eu tort certainement, parce que pour faire une grande danseuse, il faut se plier à cette règle. Danser *Gisèle* m'intéressait pas du tout. Je vois la réflexion idiote de Nicole Vitoux : "Lucette, vous auriez bien voulu être première danseuse de l'Opéra !" Elle n'a pas compris que la danse en soi était tout pour moi. Les applaudissements, je m'en foutais complètement. Comme Louis d'ailleurs dans son genre. Il aimait mieux qu'on lui dise des sottises plutôt que des compliments. On était deux moines. Lui dans ses monuments, moi dans ma danse, et c'est tout. On avait ça en commun, très fort, un détachement des plaisirs de l'existence, comme des dangers. Louis se jetait dans les bagarres. C'était son côté kamikaze.

— Vous aussi, vous avez ce truc japonais ! dit Stévenin.

— Lucette, c'est un samouraï plutôt, dit Carolle.

— C'est ça, dit Stévenin… « Le kamikaze et la samouraï. » Joli couple…

— À propos, bondit Carolle. Attendez-moi, je vais chercher quelque chose…

La Yanko-malouine monta à l'étage, dans cette grande pièce qu'elle avait quittée « salle de danse » et qu'elle avait retrouvée vingt ans plus tard « bibliothèque ». Bibliothèque, c'était beaucoup dire : Lucette avait installé un de ces fameux lits sur pilotis duquel allongé, on voyait tout Paris en tapis gris… C'est là que Carolle dormirait ce soir, entourée de toutes les éditions possibles et imaginables des œuvres de Céline. Les traductions surtout s'y empoussiéraient. Du *Voyage* jusqu'à *Rigodon.* Elle choisit un grand livre noir et redescendit avec dans le salon. Les chants orientaux s'étaient entre-temps tus. Lucette était descendue à la cave pour sortir son linge de « la sauna ». Carolle tendit le livre à Stévenin qui, pour le prendre, posa sa tasse de café sur la table.

L＝F・セリーヌ……高坂和彦＝訳

— Qu'est-ce que c'est que ça ?
— *Nord* en japonais ! dit Carolle.

« Stèv » feuilleta le livre et s'arrêta sur une page au hasard…

じゃないよ、動くんじゃない……二人がちゃんと息してるかどうか、見て、聴いてておくれ……もしシャックリ
したり呼んだりしたら……私を呼びにくるんだ！……どこだか分かってるね、Tanzhalle だ！》
　これで良し！……庭には人影なし！……通りに女房どもが何人か……おしゃべりの最中だ……私たちのことを
識ってる……だがこっちを見ない……鵞鳥どもも私たちを識ってる……連中沼の底を掻きまわし、へどろを掻き
たて、私たちを嘲りに道まで上がって来ようともしない、羽ばたきもしない、無関心を装ってる、私たちは通り
過ぎる……さあ Tanzhalle だ……まずはおまんまと！……炊事伍長に訊いてみる、《明日の用意をしてるのかね？》
……見たとこそうらしい！……中は bibelforscher がいっぱいで、黙々と働いてる！……大掃除だ……箱だの、道
具類だの、フライス盤だの、なにからなにまでをせっせと持ち出し！……掻き集め、掃き出し、そのまたごみの
凄いこと！　何年もの塵あくたが積み重なって、つまり何年間もダンスなんかしなかったわけだ……！この Tanz-
halle はその間あらゆる用を弁じてきたわけだ、兵舎、主計部、射撃場、製材所、球戯場……がらくたを片つけ
るだけで少なくても二日はかかるだろう……
《明日に間に合うかい？
　——明日ですって？……なに言ってんです！　今晩でさあ！》
なるほど……ま、好きにやるが良い！……連中一言も口にしない、検査官のことも、槍騎兵フォン・ライデン
のことも……その辯知っちゃいるんだ、きまってるさ！……こっちから言い出すこたあない！　行こう……
《guten tag！じゃ！》も一度女房たちの前を通る……同じ顔だ、そっぽ向いて……こっちを見ようとしない……
　館に着くと、真直ぐ病人とこへ！　悪化はしてない……それにしても意識を取り戻しても良いわけだが、その
気配もない……いくら叩かれたからって、《カルディアゾル》を打ったらせめて目ぐらい開くはずだが……寝返
りを打つとか……リリに訊いてみる……ノンだ！……二人ともおしっこを洩らしただけだ……スプーン一杯水を
飲んだが、食べることは拒んだ……私も自分でやってみる、スープを見せる……ノン！　拒む……拗ねてるわけ
じゃあるまい！……受けつけないようだ……じゃ、放っとくしかない！……こっちにもやることがある、私たち
にも、彼らの世話ばかりじゃない……気紛れのがらくたどもめ！……mahlzeit の heil！がある……それより先に
家畜小屋だ、あのうさんくさいろくでなしども、掻っ払いの田吾作ども奴……息つく暇もありゃしない、まった
くの話が！……あのころの自分と較べると、私も今じゃこんなていたらく、老フォン・ライデン、あのよいよい

147 | 北

— Si ça se trouve, dit « Stèv », c'est le passage où Céline avec La Vigue va faire bouillir ses seringues dans l'étable de Joseph et Léonard ! Ils leur apportent des sacs de bouffe et de boisson, qui sait ? Je me demande comment ça sonne en japonais, le *mahlzeit* et le « cardiazol », tu sais le truc qu'il injecte au Rittmeister et au Revizor… Et « la Force par la joie "méthode Goebbels" » !

— Pour une fois, vous ne pouvez pas lire une page de Céline ! s'esclaffa Lucette en remontant. On aurait dû vous garder le traducteur en otage, prisonnier à la cave, dans mon sauna ! On l'aurait sorti quand on en aurait eu besoin, de temps en temps. Il est venu ici, avec François… Il ne parlait pas un mot de français, je me demande comment il a pu faire… Louis en japonais… Lui qui redoutait tellement les jaunes !… C'est pourtant la langue qui ressemble le plus à la sienne. Regardez dans les films de Kurosawa, les gens se parlent en saccades, ça me rappelle l'écriture de Céline.

« C'était pas la France que Louis aimait, et encore moins les Français. C'était le français. S'il était à ce point patriote c'était pour défendre la langue française. Il disait : "Si je n'avais pas été écrivain, je ne me serais jamais intéressé au sort de ces cons de Français." Seule son écriture le rattachait à son pays. Il le regrettait. Un peintre ou un musicien n'a pas de patrie, un écrivain si : c'est sa langue. Pour Louis, chaque Français était un mot.

Sagamore lança son « Zippo » à Natacha. La jeune fille rattrapa le briquet et alluma sa cigarette.

— Tu connais le Jimi Hendrix Experience de 68 recorded Live at the New Year's Eve at Fillmore East in N Y ?, lui demanda le fils de Stévenin.

— Non.

— Attends, je vais te faire écouter une version de *Machine Gun*… Ça brûle bien. Où est mon magnéto ?… Mon magnéto… Merde ! Il me l'a piqué, ce salaud ! Je suis sûr qu'il me l'a embarqué sans me le dire à Meudon !…

— O.K., TC Sound…, disait « Stèv » chez Lucette, au même moment, tout près du micro.

— Ça marche ? lui demanda la Reine Almanzor allongée sur son divan noir.

— Je crois. Le voyant s'allume.

— Qu'est-ce que vous allez en faire de vos cassettes ?

— Je vais les donner à transcrire…

— Vous avez trouvé une secrétaire ?

— Je crois bien. C'est une gentille. Elle sort d'un tableau de Renoir. J'ai besoin de vous enregistrer en ce moment, Lucie. Ça me rend dingue que tout ça puisse être oublié. Et puis vous lire noir sur blanc le soir avant de m'endormir, ça va m'aider pour mon film…

Une énorme vague gicla. Lucette avait encore acheté un « Nature CD »…

— Voulez-vous qu'on baisse le son ? demanda-t-elle.

— Je dis pas non. J'ai peur que la tempête soufflant dans les mâts des voiliers de Douarnenez nous gêne plus qu'autre chose.

Lucette se leva et alla couper le vent dans le studio.

— Un petit roulis de Manche à Étretat alors ? cria-t-elle de là-bas à son ami.

— Non, Lucie, rien…

— Oh ! Juste un fond calme. C'est marqué : *Vaguelettes étendant leur chapelet de bulles à la surface de l'eau…*

Elle regagna le salon.

— Qu'est-ce que vous voulez que je vous raconte ?

— Louis et les femmes…

— Il disait : « Moi, les femmes, ça m'intéresse jusqu'à la ceinture. » Mais on ne savait pas dans quel sens ! Il butinait comme un papillon, il prenait son pollen et puis il s'envolait. Il mettait un petit feu sous une femme et il l'éteignait aussitôt. Il n'allait jamais au bout d'une femme. Une femme, c'était comme un livre, ou un film : cinq minutes lui suffisaient pour tout comprendre.

— À votre avis, qu'est-ce qui lui plaisait en vous ?

— J'étais le contraire d'Elizabeth Craig, qui était la femme-femme droguée ivre noçarde bagarreuse. Moi, j'étais la femme-fille timide renfermée nonne pas coquette. À un moment donné, il est allé voir en Amérique une dernière fois s'il retrouvait Elizabeth. Il est parti un mois. Il m'avait demandé de l'attendre au Havre à son arrivée. J'y suis allée, bien sagement, j'ai attendu. Je savais qu'il reviendrait. Il aurait aimé seulement savoir ce qu'elle était devenue. Au fond, il savait la vérité puisqu'elle s'était mariée, mais il voulait vraiment être sûr. À ce moment-là, on habitait chez sa mère. Ça a été un retour assez triste. Il m'en a rien dit naturellement.

— Attendez, Lucie... Je crois que j'ai un problème avec le magnéto... Merde ! Ça n'a pas enregistré ! Attendez, j'appuie là...

— Ne vous énervez pas, mon ami. C'est pas grave. Je vais vous le redire mais différemment, je suis incapable de dire deux fois la même chose.

— On va voir si ça a marché... Je reviens en arrière...

« … incapable de dire deux fois la même chose… »

— C'est bon, Lucie !

— Où j'en étais ?

— Vous parliez d'amour.

— Jamais !

— Je vous assure, Lucie !

— Ah ! Je croyais que vous me demandiez si Louis et moi on parlait d'amour… Là je peux vous répondre : on ne s'est jamais dit qu'on s'aimait. Je savais ce qu'il pensait, il savait ce que je pensais, on était arrivé à ça… On avait une énorme confiance l'un en l'autre, c'est surtout ça. Jamais je ne lui ai fait le moindre petit truc moche, et lui non plus, je ne parle pas de fidélité. Si Louis préférait regarder une autre fille, je ne vois pas pourquoi je l'en aurais empêché… Même dans les pires moments, même dans ses pires colères, tout de suite quand il me disait quelque chose de désagréable, il pleurait pendant deux jours pour me demander pardon, il savait plus quoi faire…

— Déjà à l'époque, vous étiez toujours ensemble ?

— Oh, non ! J'avais décidé que je voyagerais toute ma vie comme une bohémienne, j'étais sûre que mes danses, ça plairait partout où j'irais, je ne voyais pas pourquoi je me serais embêtée dans une compagnie ou dans un théâtre. Je prenais un mois, deux mois. Ils sont vicieux les impresarios, ils vous disent « je vous envoie à Rome » mais là-bas y avait un autre contrat pour un petit peu plus loin et puis encore un plus loin et ça vous entraînait dans des grosses tournées. J'ai fait toutes les villes d'Italie comme ça… Louis m'envoyait lettre sur lettre, furieuse sur furieuse. Il voulait que je revienne tout le temps, c'était trop long pour lui. Il me disait toujours qu'il viendrait me retrouver mais il n'avait jamais le temps, parce qu'il avait son dispensaire. Il pouvait pas, et puis moi j'avais plus tellement envie de le quitter même si on vivait à l'étroit dans un studio de deux mètres sur un mètre cinquante ! La salle de bains faisait cuisine ! Il y avait tout là-dedans, aussi bien la baignoire que la gazinière… La chambre donnait rue d'Orchampt. Louis avait entassé des totems ramenés d'Afrique, beaucoup de totems. Ça faisait un peu tente de missionnaire. Il ouvrait une boîte de petits pois, m'offrait une tranche de jambon. Il s'apercevait que je ne mangeais pas. J'étais très très maigre à l'époque alors que le principe, pour la danseuse, c'était un gros bifteck avec un verre de vin rouge, il paraît que c'est un truc du sportif mais moi, j'ai toujours eu horreur de la viande. Louis m'emmenait dans un petit bistrot, chez la mère Catherine, là-haut à Montmartre, et là il commandait en vitesse un bifteck pommes frites. Il mangeait en une seconde, « c'est fini mon petit », on partait, j'y avais pas touché à mon bifteck, il ne s'en apercevait même pas !

— Il vous racontait toutes ses petites histoires ?...

— Il me racontait toute sa vie, tout le temps, j'ai tout su, Édith qui avait été dépucelée par Brochard le jour de son mariage, toute son histoire je la savais, Karen, La Pollet hystérique qui voulait se suicider toutes les cinq minutes, Elizabeth, je savais toute la vie d'Elizabeth, tout, tout, tout... Comment elle ramenait des hommes à la maison parce qu'elle avait du mal à jouir pendant que lui, il regardait par la serrure, c'était des machins intimes qui moi me bluffaient un peu. Je connaissais tous les détails, c'était même gênant. De Karen par exemple, il me racontait qu'elle était frigide comme tout, qu'il avait essayé tous les maquereaux et tous les Corses de la Butte, aucun ne l'avait fait jouir, enfin des trucs comme ça. Pour une gamine comme moi qui n'était pas du tout émancipée, ça faisait drôle. Je ne dis pas que, par instants, je n'avais pas de jalousie, mais je ne le montrais pas. Jamais. Pourtant les bonnes femmes lui couraient après, et puis lui était attiré par les jolies filles, des filles superbes, pas des riens du tout, des femmes intéressantes... Erika, Cillie, N... C'était le médecin français accueillant les jeunes étrangères égarées. C'était de la camaraderie, c'était gentil. Il rencontrait une bonne femme qui lui plaisait, pof, il remontait rue

Lepic, et puis voilà, pas de fleurs, rien du tout, pof pof un petit truc au restaurant, le lendemain elle n'existait plus. Je me disais que ça ne servirait à rien de lui faire une scène, il valait mieux me taire. Ça, ça l'énervait un tout petit peu quand même…

— Vous n'avez jamais piqué une vraie crise de jalousie ?

— Pas vraiment une crise. On s'est démasqués en même temps… Je venais de temps en temps rue Lepic entre mes tournées. Un jour, j'arrive et je vois deux trois valises dans ma chambre, enfin dans la chambre que j'occupais, alors je dis « Bonjour Louis » et sans faire d'histoire, je repars, j'ai même pas montré une contrariété… En descendant les étages, j'ai vu toutes les valises qui dégringolaient par la cage d'escalier ! Elles sont arrivées en bas avant moi ! Alors, je suis remontée, et sans un mot je suis rentrée dans ma chambre, lui il est retourné travailler dans la sienne et c'est tout. On ne s'est plus jamais quittés.

— Finalement, c'est un double aveu. Lui, il se trahit en foutant l'ex en l'air et vous en partant comme ça, dans une espèce de jalouserie larvée, vous vous dévoilez aussi. C'est très beau !

« Dring ! »

— Téléphone !… Ça doit être François.

— Dommage, on était bien partis…

— Ça dort ? demanda François.

— Non, ça dort pas mon tout petit…, répondit Lucette. Ça dort pas parce qu'il y a un visiteur, un tout petit visiteur qui est passé cinq minutes…

Elle avait branché le haut-parleur du téléphone et « Stèv » entendit :

— Il faut qu'il vous laisse vous coucher maintenant !

— Vingt dieux ! explosa Stévenin, c'est elle qui devrait me laisser dormir ! J'essaie de partir depuis une heure et demie…

— Il fume sa dernière cigarette, comme un condamné ! chantonna Lucette.

— Allez, ciao !

« Clack ! »

— Il est fâché ? demanda Stévenin.

— Il veut que je me couche, dit Lucette. J'ai pas sommeil.

— C'est encore un point commun. On est des marteaux de la nuit.

— Moi je suis nuit. Vous êtes un ami de la nuit. Vous la connaissez, vous vivez chez elle. François ne comprend pas ça.

— Vous le tordez !

— En ce moment, il s'entraîne avec une bande de Yougoslaves. C'est fini le mage contorsionniste noir… Oh, je dis pas que c'est pas mignon cet amour du sport qu'il a mélangé à la jeunesse, mais ça fait quand même patron de secte. Vous savez qu'il fait très bien le Maître ? Ils sont six ou sept mômes. Il les invite chez lui, ils dansent au milieu des Dubuffet. Pourvu qu'il finisse pas comme l'Italien là, Zapolini…

— Pasolini !

— J'ai pas dit que c'était sale. C'est très pur. François est un grand cœur. J'ai seulement peur pour lui. Il veut me les amener ses zigotos, il dit qu'ils me plairont beaucoup !

— Alors, qu'est-ce qu'on fait, Lucie ? On continue ?

— Vous connaissez ma grotte ?

Lucette se leva. Elle se mit du rouge à lèvres, un chapeau étrange mi-fez mi-bonnet de nuit et entraîna son ami dehors. Fun seulement les suivit. Lucette avait à la main une torche, comme dans ce bon vieux *Nord* et Stévenin avait ramassé son matériel vite fait. Il mit des piles neuves, il laissa le micro en marche pour enregistrer le son de leurs pas dans le haut du jardin et l'épaisseur craquante de la nuit. Ils dépassèrent un grillage : ils étaient dans la forêt de Meudon : broussailleuse, inquiétante, enténébrée.

Soudain, en un coup de torche, Lucette fit apparaître un trou caverneux bleuté. Deux colonnes indiquant l'« entrée » intriguèrent fort « Stèv ». Elles étaient travaillées en dur de dur, mi-grecques mi-Empire dans les blanchâtres… Rien ne datait d'hier apparemment. Lucette expliqua à Stévenin que cette grotte devait au XIXe siècle appartenir aux moines verriers de Meudon, célèbre pour ses carrières de craie : on soufflait tout un cristal pour la manufacture de Sèvres. Rien d'impossible à ce que sous le Consulat on jouât ici du Méhul. Trois violes, deux hautbois, une épinette. Un mamelouk enturbanné apportait sans doute sur un plateau d'argent des chocolats fumants à quelques Comtesses songeuses…

— Ça fait décor, Lucie… Stuc en vrai… Opéra d'opérette… Avec cette pleine lune…

— C'est Walt Disney, non ?

— Almanzorland !

Ils s'installèrent sur une grosse pierre, juste au bord de la caverne. Stévenin suivait son idée.

— Donc, vous zigzaguiez avec Louis ?

— C'est ça. J'allais le voir de temps en temps mais je couchais chez mes parents. C'était loin pour aller rue Lepic… Lui il revenait de ses dispensaires, il me disait de le rejoindre en taxi mais moi je prenais l'autobus ou le métro et il ne comprenait pas pourquoi : ma mère m'avait piqué les sous qu'il m'avait mis dans la poche pour le taxi ! C'est là qu'il m'a donné les clés de la rue Lepic en disant du jour au lendemain « tu es chez toi ». Pour moi, c'était impensable de faire une chose pareille mais après une grande scène où ma mère avait pris un bâton et avait cassé toute la maison, je suis partie chez Louis : j'y suis entrée comme dans un gant. Il savait ce que c'était qu'une mère d'enfant unique. Elle m'a toujours emmerdée, parce qu'elle aurait voulu que je sois entretenue par des messieurs très riches, elle avait dit « ma fille c'est mon avenir ». J'étais pas du tout attirée par les hommes, je leur trouvais mille défauts, les jeunes m'ennuyaient, les vieux je les trouvais vieux et pas très malins... À ce moment-là, j'avais assez de succès, je dansais à droite, à gauche, j'avais fait le Conservatoire, j'étais à la Comédie-Française, et on me faisait des propositions évidemment. Elle me poussait pour que je me marie avec un colonel et moi j'en disais rien à Louis. Un jour, Louis a payé sans me le dire mes cours de danse, il savait que j'avais pas beaucoup d'argent de poche. En douce il se documentait. J'ai su qu'il interrogeait les gens du quartier. Un vrai détective. Il croyait par exemple que...

— Attendez, je retourne la cassette...

— Fun ! Où est-il ce clochard ?...

— Ouah !... fit le chien en surgissant de la nuit verte.

— Ça c'est de l'affection pure ! dit Lucette en l'accueillant dans la grotte. C'est un chien du dehors... Regardez comment il vous regarde fixement. C'est qu'il est très lourd ! C'est ma petite tonne.

— Ça y est Lucie, ça remarche... Donc, Louis croyait que...

— ... si je ne m'ouvrais pas, c'est parce que j'étais toujours attachée à un ténor — un Américain ! — qui m'avait demandée en mariage à mes parents sans me dire qu'il avait trois enfants et une femme à La Nouvelle-Orléans qui voulait se suicider. Tout ça c'était bien fini quand j'ai rencontré Louis, mais ça ne l'a pas empêché d'aller se renseigner partout, sur mon ténor, interroger les danseuses, tout le monde. J'étais fermée comme une huître, dans une coquille d'idiotie. J'étais terriblement amoureuse de Louis mais je me disais : il vaut mieux ne pas commencer. Demain, je vais me retrouver toute triste, toute seule, j'aime mieux être seule tout de suite. Comme quelqu'un qui a envie de faire un voyage mais qui a peur que l'avion s'écrase. De son côté, je soupçonnais un torrent et moi, je me connaissais extrémiste. Une espèce de pudeur stupide pour une fille de vingt-cinq ans. J'avais tellement peur que ça s'arrête que je ne démarrais pas.

— Quand on sent qu'il y a un grand coup dans l'air, on freine.

— Je souffrais d'avoir peur de souffrir. C'est la danse qui m'a sauvée. À la fin, il était excédé. Il m'a même giflée une fois parce qu'il ne comprenait pas mon entêtement. Surtout qu'on se voyait tout le temps. On s'écrivait. Il m'a écrit des lettres extraordinaires, je me rappelle les phrases : « Vous ne voyez pas que ce que je veux c'est finir avec vous, vous êtes mon havre, si je vais jusque-là c'est pour vous, sans ça j'irais pas. » Tournées d'une manière vraiment touchantes… Je lui envoyais moi aussi des grandes lettres où je lui disais ce que je pensais et lui me répondait, mais quand on se voyait on ne parlait pas de nos lettres, c'était encore autre chose…

— Il devait se dire « Une oie pareille, ça n'existe pas… »

— C'était normal, non ? Il disait qu'il m'aimait pour mes longs silences… Ma seule façon de lui parler, c'était de lui écrire des lettres, moi qui n'écris jamais, personne n'a un mot de moi. Quel culot quand même ! Il avait tout de même fait le *Voyage* et *Mort à crédit* ! Il devait me prendre pour la dernière des gourdes. Ça l'étonnait, il se disait « Si elle était frigide encore… » J'ai toujours cru qu'il allait se lasser. Je me prenais pour une petite imbécile qui ne voulait pas coucher alors que j'en crevais d'envie. Je me disais si je couche pas, ce sera plus facile de me détacher. Là où il a été fort, c'est d'accepter d'attendre et de renforcer les liens pendant tout ce temps « perdu ». Plus je refusais, plus il insistait. Il n'était pas très content. Il râlait. Je ne répondais même pas. Il m'expliquait que c'était un bon choc biologique, que j'avais tort, que c'était mauvais de rester comme ça « sur moi-même » mais aussi il faisait tout pour que je résiste. À la fois, il me décourageait et me donnait confiance. Il a travaillé comme le boa quand il avale le lapin. Il a été malin parce que c'était pas du tout la patience son genre. Il faisait jamais rien en patience. Je refusais absolument tout contact physique mais j'acceptais de l'écouter, oui ça tant qu'il voulait mais c'était tout.

— Vous vous vouvoyiez ?

— On se voyait tous les jours…

— Non… vous vous disiez vous ?

— Ah ! Oui, lui m'a tutoyée assez vite, moi je l'ai vouvoyé très tard jusqu'à ce que ça devienne absolument ridicule… Il y avait une sorte de romantisme dans son comportement qui tranchait avec la dureté de ce qu'il disait. Il parlait comme un homme dégoûté qui avait tout déconstruit, tout reconstruit et en même temps, il avait une attitude toute mignonne avec moi, petite fleur très très bleue… Il m'a offert le *Voyage* avec cette dédicace : À *Lucette Almansor, déjà si secrète au seuil de la vie.* On se donnait rendez-vous au Jardin du Luxembourg. Sur un banc, on avait l'air d'un dessin de Peynet ! Exactement ! Avec moi, Céline c'était un amoureux de Peynet qui parlait comme un roi de Shakespeare !…

— Qu'est-ce qu'il vous racontait ?

— J'étais assise sur une chaise en fer vert et il tournait autour de moi, en parlant de la fin du monde qui allait vraiment arriver, la guerre qui allait recommencer… Il était obsédé par ça. Il me disait que dans la vie, il fallait être boxeur et accordéoniste. Comme ça, on pouvait partout s'amuser et se défendre. C'était noir et très drôle. Il me racontait tout, dans un immense monologue et à la fin, il s'asseyait et me disait : « J'ai peur de vous entraîner dans ma vie, elle sera difficile. » Il voulait m'emmener en Russie en 36 mais ils ont fait tellement de difficultés les Russes, qu'au dernier moment, il a dit « non c'est pas possible ».

— Et ce petit manège a duré combien de temps ? demanda Stévenin palpant les parois de la grotte humide comme le cyclope d'Homère dans son antre.

— Un an et demi d'amour courtois avant qu'on soit vraiment ensemble. C'était très médiéval, d'ailleurs moi je ne lisais que ça, des poèmes du Moyen Âge. Christine de Pisan, Chrestien de Troyes... Je le disais pas à Louis, j'avais peur qu'il se foute de moi, mais il s'en est aperçu parce qu'il fouillait dans mes affaires pour voir chinoisement ce que je lisais. Et ça l'a touché parce que Louise Labé, Charles d'Orléans, tous ces trucs-là, il aimait ça aussi. On refaisait tous les deux une histoire moyenâgeuse d'amour. Vous savez, du temps où les femmes mouraient d'amour dans des châteaux froids pendant que les hommes se battaient en Orient pour le petit Jésus... Dès qu'on s'est rencontrés, ça été le preux chevalier qui courtisait la donzelle.

— Au fait, la rencontre, c'était comment ?

— Je prenais des cours chez Madame Blanche d'Alessandri, rue Monier. C'était une ancienne étoile très dure. On était vingt élèves dans son cours. Un dragon. Le haut en dentelle, la robe de satin, les souliers vernis, les gants blancs assortis, la canne. Les danseuses recevaient des coups. Moi si elle m'avait frappée, je serais partie… Elle s'était cassé le genou à l'âge de trente ans en dansant *Gisèle* en Amérique. Ça avait été une grande danseuse devenue la prof la plus médiocre du monde, elle n'avait pas un sou de poésie, pas un centime. Du classique très pur. C'était pas de la danse, c'était de la géométrie. Quatre heures par jour, c'était surhumain. J'étais avec Lysette Darsonval — la sœur de Serge —, Olga Adabache, la Tchérina et d'autres… J'avais vingt-quatre ans, c'était en 36… Et un jour, je vois deux types qui s'agitaient derrière un paravent au fond… En principe, c'était pas accepté les témoins dans des cours comme ça, déjà c'était bizarre… Deux grands types aux yeux bleus. C'était Gen Paul et Céline. Gen Paul venait chercher des modèles, il avait entraîné Céline qui adorait la danse. Tout de suite, j'ai remarqué Louis, et lui aussi, même si Gen Paul a toujours dit : « La Pipe, je l'ai vue avant Ferdine ! » Au premier regard, j'ai été subjuguée. Il y avait dans ses yeux un tel songe…

— Le machin de foudre…

— Sa tristesse m'a éblouie. Ses yeux étaient comme deux lapis-lazulis qui auraient trempé deux mille ans dans un bocal de larmes. J'ai été engloutie par lui, comme de l'eau qui est aspirée en vrillant au fond d'une baignoire. J'ai senti tout de suite que j'étais dans lui. C'était pas du sentiment. Je ne sais pas comment expliquer ça. On était pas deux amoureux. On était une seule et unique pensée. Louis m'a dit un jour très simplement : « On est chacun la moi…

… tié de l'autre. »

Fabienne respira un grand coup et ôta son casque. Ça faisait trois bonnes heures que la secrétaire de Stévenin écoutait les cassettes enregistrées dans la grotte de Meudon la semaine précédente. La voix de Lucette qu'elle découvrait, sa musique aiguë de flûte taillée dans un roseau d'âme, bouleversait la jeune femme.

Fabienne se regardait dans un miroir bleuté qui lui faisait face. À travers cette jeune femme au visage rond et aux yeux nostalgiques, c'est à toutes les femmes sensibles que Lucette s'adressait.

L'amour entre Céline et Lucette rappelait à Fabienne ce phénomène dont elle avait entendu parler en cours de physique : la liaison de covalence. Deux atomes qui ne peuvent pas être séparés : ils échangent leurs neutrons sans arrêt parce que seuls ils n'en ont pas assez. Des milliards par seconde ! En tourbillon ! Céline et Lucette, à eux deux, ont construit une molécule indestructible.

Lucette était peut-être entrée dans la chair même de Céline — plus encore que dans sa vie. Fabienne se rappelait que dans un de ses films préférés, *Freaks*, un homme serre dans ses bras l'une des sœurs siamoises et c'est l'autre qui se pâme : quand l'écrivain embrasse la vérité, c'est sa sœur siamoise, sa femme, qui jouit. Lucette aimait Louis Destouches parce qu'il était aussi célinien qu'elle.

Fabienne caressa Neige, sa chatte pulpeusement blanche.

Personne n'avait rien compris à la sexualité de Céline. C'était pourtant simple : il suffisait d'écouter Lucette. Sa puissance sexuelle, il la mettait dans l'écriture. On passerait sa vie à faire l'amour si on n'écrivait pas. Avare de sa sève, tout artiste l'est, même le soi-disant plus grand baiseur du monde. Picasso, qui avait la réputation d'être un bouffeur de femmes, aurait baisé encore plus s'il n'avait pas peint ! Par rapport à ce qu'il a produit, c'est un moine ! Un moine, comme Céline, dans un autre genre. Ces hommes-là font l'amour à la peinture et à la littérature, et ils sont avec les femmes qui l'ont compris et qui sont pour.

Dans son petit appartement, Fabienne se demandait s'il n'y avait pas certaines correspondances avec les hindous qui retiennent leur énergie spermatique. Céline était gandhiste, il l'a dit et c'était encore plus vrai qu'il ne le croyait. Toute sa colère n'était peut-être qu'une non-violence agressivement exprimée dans le verbe. La passion de la Vérité proférée comme une arme est-elle sans lien avec cet ascétisme enseigné dans les ashrams du Mahatma ?

Lucette avait su pénétrer avec Céline dans le vide épais qu'il dégageait en avançant. Quand elle le comparait parfois à saint Jean de la Croix ce n'était pas une façon de parler, mais une façon de faire saisir à ceux qui ne l'avaient pas connu comme elle que Louis-Ferdinand était un mystique sanjuaniste. Les livres de Céline sont des cantiques spirituels entonnés dans le noir pour réveiller ceux qui osent dormir. « Qui agit avec tiédeur est proche de la chute », disait le carme fiévreux. La vie de Jean de la Croix, extases et prison, renvoyait à celle de Céline, autre grand déchaussé du destin, son échelle secrète sur l'épaule pour monter tout en haut de la perfection. Obsédés par la *purgacion* qui anéantit si bien les appétits, les deux ardents d'un amour plein d'angoisse choisirent la même voie pour passer : la nuit.

Nuit active, nuit passive, obscure et vivement enflammée. Nuit bénie, honnie, soupirée, soucieuse et noire à force d'être blanche. Nuit de l'amour. Nuit de la mort.

Fabienne se remit à sa dactylographie. Elle prenait un plaisir fou à entendre la danseuse danser sur la pointe des mots, avec cette grâce communicative et son sens de l'image à miroirs. Fabienne ne connaissait pas Lucette mais elle la voyait comme si elle était allée toute sa vie à Meudon. Allongée comme une gisante égyptienne sur son bizarre canapé situé à l'exact endroit où Céline écrivait à son bureau, Lucette, déguisée en survivante, semblait déjà installée dans son sarcophage impérial d'où elle observait les agitations des amusants vivants. Chaque soir, elle rejoignait Céline comme on rejoint son amant dans sa chambre. Quelques distrayants pantins formaient une ronde de compagnie autour d'elle, du matin où elle ressuscitait de son deuil de la veille au soir où elle remourait d'amour. C'est ça qui lui donnait parfois cet air absent. Lucette n'était-elle pas ailleurs, essentiellement ailleurs ? Plus elle était gentille et généreuse, moins elle était là. Elle s'était éloignée en un lieu secret qui n'était pas du tout le passé mais un présent de l'au-delà.

Il était bien minuit. Pour quelques instants encore, la voix de Lucette spiralait dans l'appartement de Fabienne. La secrétaire de tous les secrets regarda Paris par sa fenêtre.

Le Sacré-Cœur ressemblait à un cœur d'éléphant pris dans la glace.

— Brandford, comment as-tu pu croire Kevin capable de trahir Stanley ? Il ne faut pas oublier que le sida est arrivé en même temps que la gauche au pouvoir. Je suis un produit de triperie préparé à partir de l'estomac de bœuf échaudé, quel est mon nom ?… Allons Lucienne, vous le savez… Nouvelle mise en examen d'… 29 à Biarritz, 25 à Bordeaux, demain dim… *Aie envie de moi, tu sais que ma vie sans toi est sans vie !…* Décidément y a vraiment rien à la télé ce soir. Éteins ! T'as raison ! Je vais mettre les pinsons… De toute façon, ils vont arriver, non ? François avait dit neuf heures et demie. Ils sont combien ses zouaves ? Cinq, je crois… Plus nous quatre, et François et Stévenin… Oh, Stévenin, il arrivera « ayant dîné », tu le connais ! Il vaut mieux s'installer dans le studio, on sera plus à l'aise… Je mets les couverts. Prends les assiettes bleues… Ouah ! Ouah ! Qu'est-ce qu'il y a Roxane ? Ça doit être mes pinsons. Cui ! cui ! C'est joli pourtant, non ? Charmant ! Wrouah ! Ah, c'est Fun qui s'y met maintenant… Wouh ! Et Bonhomme ! Alors, c'est pas mes pinsons.

— Silence ! dit quelqu'un en repoussant la meute qui bloquait la porte d'entrée.

Un seul cri sortit de la gorge de Serge, Sergine, Michèle et Lucette…

— Qu'est-ce qui t'est arrivé, François ? demanda Michèle à l'avocat le crâne entièrement rasé.

— C'est de la folie ! hurla Sergine.

— Ça te va pas mal…, sourit Serge. On dirait Erich von Stroheim !…

— Tu es complètement idiot, lui dit Lucette en l'embrassant quand même.

— Lucette, dit François, je vous présente Filip, le chef de la bande…

L'Almanzor serra la main de Filip, un jeune garçon d'environ dix-huit ans, grand et baraqué, tout blond avec un sourire énorme. Après son frère Sacha, ce fut au tour d'Adel, de Mouldi et de Lassad d'être présentés aux amis de Madame Destouches. François rayonnait de bonheur. Il aurait amené une poignée d'anges à Meudon qu'il n'aurait pas été plus fier.

Mouldi sortit une cassette et, sans demander la permission à quiconque, la substitua à celle des pinsons dans le ghetto-blaster de Lucette. Il s'agissait d'un enregistrement de « techno » dont les premiers bruits firent sursauter Sergine. Dans un chantier de démolition de vieux immeubles, on se serait davantage cru en train d'écouter de la musique. Avant même que Serge eût pu citer Kierkegaard, Filip se mit à onduler, comme envoûté par les marteaux-pilons de la « House » tonitruante.

— Lucette, venez voir ! s'écria François en extase. C'est merveilleux !

L'un après l'autre, les angelots se déhanchèrent. Une sorte de machinerie à cinq corps se mettait en branle doucement. Filip, le préféré, tourbillonna sur lui-même en criant de joie. Son frère, en une pirouette audacieuse, passa au-dessus des épaules d'Adel qui se roulait par terre. En gigotant, Lassad remit sa casquette à l'endroit. Il y avait très très longtemps, on avait appelé ça du « smurf », puis de la « break dance », mais aux dernières nouvelles, c'était de la « dance » tout simplement et la dance, se disait Lucette en observant les figures assez surprenantes que les petits amis de son avocat composaient, ce n'était jamais que de la danse.

— Ils sont doués..., dit Serge qui retrouvait son œil de professeur.

— J'aime beaucoup ce que fait celui-là ! dit Sergine en désignant Lassad.

— L'autre n'est pas mal non plus..., dit Michèle en montrant Sacha.

— C'est Filip, l'as ! commenta François en se caressant le crâne.

Sauts périlleux, volte-face sur la tête, rétablissements, grands écarts : tout y était. Même Roxane, d'abord sur ses gardes, s'installa sous une table et regarda les évolutions vertiginées des jeunes Yougoslaves. Lucette fut la première à applaudir.

— Vous avez tous le sens du rythme, dit Serge, mais pour danser vraiment, il faut avoir le sens de l'eurythmie… C'est la perfection dans le rythme et par le rythme. Ça vient des Grecs…

— C'est des pédés, les Grecs ! dit Sacha.

— Pas tous, dit Michèle. C'est comme les danseurs. Y en a qui aiment les femmes… Serge par exemple. C'est pour ça qu'il n'a pas réussi dans le métier. Il a refusé de se laisser « graisser la charnière »…

— Dans tout ce qu'il faisait, reprit Serge, le Grec devait être eurythmique. En marchant, en parlant, en mangeant, en se battant. Un Spartiate rattachant sa sandale, c'est déjà de la danse. Allez voir les bas-reliefs au Louvre représentant des soldats romains, regardez comment ils sont engoncés dans leurs carapaces. Le seul guerrier qui est décontracté, duquel émane une fluidité, c'est le Grec. Même sur des statues, on sent leurs mouvements ! Leur façon de tenir les boucliers, les armes à leur poing, leurs jupettes, leurs casques, tout est gracieux chez le Grec en guerre. Les corps sont travaillés par cette grâce eurythmique qui s'insinue dans toutes leurs danses : gymnopédiques ou pyrriques, orgiastiques, cordaux, sikinnis, morphasmos…

— Prise de tête ! s'écria Mouldi.

— À leur âge, demanda Michèle, vous dansiez combien d'heures par jour, Lucette ?

— J'étais chez Fisher, tu sais les *Fisher follies*, on dansait de 16 h à 4 h du matin ! Tu vois la fatigue… Pendant un an, on a tourné dans toute l'Amérique, c'était un peu l'ambiance de *Certains l'aiment chaud.* Trains, bus, poussières. On a traversé la Louisiane : les Noirs, on aurait dit des arbres à barbes, ils ne bougeaient pas dans leurs guenilles, ils avaient des expressions extraordinaires, beaux comme des gueux de Jacques Callot. Ils étaient gravés dans l'espace, aussi précisément que les malingreux et les vielleux de Callot. Le plus souvent, on dansait à New York. Je dépensais tous mes cachets pour me payer une suite à l'hôtel. Quel intérêt de garder des sous ? Je préférais voir les écureuils de Central Park de ma fenêtre tous les matins. C'était le temps de la prohibition. À chaque spectacle, ça bardait. Dans les tasses de thé, c'était du whisky…

— Al Capone ne vous a pas demandée en mariage ? demanda François.

— Voilà Stévenin ! hurla Sergine.

— Mon gangster ! dit Lucette.

En effet, la meute était allée accueillir l'acteur-cinéaste chargé d'un gros paquet de macarons. Selon la tradition, il commença par se faire engueuler d'arriver si tard et d'avoir déjà mangé. Dès qu'il vit le crâne rasé de François, il explosa de rire…

— Herr Oberführer François !

— Stoboïa ! dirent en chœur Lassad et Mouldi…

— Ça vient d'où « Stoboïa ? », demanda Sergine.

— C'est yougoslave, peut-être…, dit Michèle.

— Non ! dit Adel. C'est notre code.

— Gardez-le ce nom ! dit Lucette. Il est très joli…

— Stoboïa ! C'est les Stoboïas ! dit Serge en rigolant. Jean-François, tu devrais les prendre dans ton film, qu'est-ce qu'ils pourraient jouer, les Stoboïas ?

— Les Gitans peut-être, se gratta Stévenin. Ceux du Tanzhalle dans le grand hangar éclairé à l'acétylène, ils dansent fougueusement devant tout le monde…

— Stoboïa !

— Calmez-vous, dit Stévenin. C'est l'entracte. Lili, La Vigue et Céline quittent la fête. Y a le Kracht avec sa *torch* qui tombe sur des pierrots dans la nuit. Vous pourriez aussi jouer les pierrots, il faudrait vous poudrer un peu…

« Parce que figurez-vous que le comte von Leiden est mort. La piqûre de cardiazol n'a pas suffi. Il a fait une syncope… Y a trois morts. Le premier, c'est le vieux. Le deuxième, on le retrouve dans la mare algueuse : c'est le Landrat Simmer, assommé, étranglé…

— Par un skin ? demanda un des Stoboïas.

— On sait pas. Il a un cordon de soie autour du cou. On le sort de la mare. Tout ça éclairé par les « forteresses » de la RAF. Y a aussi le gros Nikolas qui vomit dans la cour…

— Et le troisième ? demanda un autre Stoboïa.

— C'est le cul-de-jatte, lui il est dans la fosse à purin ! On la vide. Tout le fumier s'écoule épais, jaune brun… On repère l'infirme fils von Leiden dans la mélasse, on le sort du trou dégueu, de la cuve juteuse de merdouille et de betteraves broyées dans de la bouse gluante…

— Beurk ! fit Filip.

— Il a raison, dit François. Tu les choques avec tes histoires sordides.

— Pauvres petits bonshommes…, dit Lucette.

— C'est l'heure, coupa net François. Je les ramène tous à Longjumeau. Il faut qu'ils soient en forme demain, après l'Aquaboulevard, j'invite les Stoboïas à l'Opéra puis à dîner au Plazza Athénée…

— Je vous réveille ?

— Un tout petit peu…

— Je vous rappellerai demain, Lucie.

— Non non, puisque je ne dors plus, je ne raccroche pas. Je ne dormais pas vraiment d'ailleurs. Je m'ensomnolais pour ainsi dire.

— Ça fait au moins vingt ans qu'on s'est pas appelés !…

— Un siècle, au moins. Qu'est-ce qui se passe dans ce coin-là ?

— Il se passe que j'ai pas arrêté de tourner et de jurasser. Bordeaux-Jura-Beaune-Corse-Jura-Aix-Auxerre-Jura-Lyon-Lisbonne…

— Vous êtes le furet !

Oui mais là, je me fixe. Je sens comme un truc qui se termine. C'est pour ça que je vous téléphone, pour vous annoncer la nouvelle : dimanche, je déplace la péniche, je la glisse de la Bastille à Meudon ! À vos pieds ! À la place exacte de *La Publique* à Caron…

— C'est merveilleux.

— Vous viendrez m'accueillir ?

— Je vais le dire à tout le monde.

— Ils étaient tous là, ce soir ?

— Michèle m'a fait une piqûre. Elle était dans un jour « larmes ». Le Krogold a repris les enfants. Et les vôtres au fait ?

— Vous savez ce qu'ils m'ont demandé ?

— Non.

— Ils aimeraient passer un après-midi avec vous !

— Pauvres petits bouts ! S'ils ne s'ennuient pas, avec plaisir.

— Lucie, c'est eux qui veulent ! Salomé ne parle que de ça !

— Demain ?

— Pourquoi pas ? J'arrange le coup.

— Elle voulait pas danser, la petite ?

— Si. Elle adore ça.

— La danse, il suffit pas d'aimer ça. Le classique, c'est le régiment. C'est du masochisme, la danse. Surtout moi avec mes doigts de pieds, j'étais pas du tout faite pour ça. Je me suis martyrisée voulûment. Je prenais quatre, cinq leçons et puis j'en donnais aussi…

— Si jeune, vous enseigniez ?

— Dès que j'ai su danser moi-même, j'ai eu des élèves, je leur faisais faire des mouvements, comme à des chats, pour préparer leur corps à la danse, pour qu'elles ne soient pas du tout fatiguées quand elles venaient affronter les quatre heures de torture classique. Il fallait leur apprendre à respirer parce que les danseuses ne savent pas respirer en général. Depuis, il y a eu comme une révolution, je ne dis pas que j'en suis la mère, mais enfin on n'y pensait même pas à cette époque. Je ne sais pas pourquoi, je voulais voir les gens bouger et les sentir vivants. Petit à petit, j'ai fait mes petits mouvements, et puis alors ça s'est amplifié, c'est-à-dire ça s'est perfectionné. J'ai inventé une méthode qu'on m'a piquée…

— Qui ça ?

— Boris Knazieff, c'était un très bon danseur russe. Il louait aussi un studio chez Wacker, moi j'avais le mien et lui était au-dessus, il descendait toujours pour regarder ma leçon, il me disait : « Je veux qu'on travaille ensemble. » Je l'avais connu à l'Opéra-Comique, il n'était pas question que je travaille avec lui, c'était en 35 par là… Knazieff, lui, a appelé ça la barre au sol et depuis, dans le monde entier, on appelle ça la barre au sol. C'est devenu la « méthode Knazieff ». Il a gagné un argent fou parce qu'il l'a vendue naturellement comme étant son invention.

« Généralement les danseurs ont beaucoup de mal parce qu'ils ne pensent qu'à leurs jambes, le haut est mort, ils ne pensent pas à leurs bras, ce sont les Orientaux qui pensent aux bras. C'est ça la différence avec la gymnastique, moi je fais les jambes et les bras en même temps, c'est-à-dire que les jambes doivent travailler comme un crabe et les bras comme une pieuvre. Et le tout comme si on était dans l'eau. Vous voyez, c'est un gros boulot, ça demande près de trois heures d'entraînement par jour pour devenir un crabe-pieuvre.

— Tiens hier, je sais pas comment, j'ouvre la télé vers deux heures du matin et je tombe sur un ballet et là-dedans il y avait une gonzesse qui se tient comme vous, je me suis dit : qu'est-ce qu'elle ressemble à Lucette !

— Qui c'était ?

— Je ne sais pas, une Américaine, je crois, elle était bien foutue celle-là, et c'était pas si nul que ça. Ce qui me plaisait bien, c'est que ça racontait quelque chose, elle attendait le prince machin…

— C'était pas *Le Lac des cygnes* ? *La Belle au bois dormant* ?

— Non non, je vais vous retrouver ça.

— À l'Opéra-Comique, j'avais l'impression de danser toujours la même chose. Ça m'embêtait. En plus, la maîtresse de ballet Karina Ari était la femme du chef d'orchestre. Ingelbrecht m'appelait « mademoiselle Chose » et la régisseuse me foutait des blâmes parce que je m'évadais de temps en temps pour aller faire des matinées poétiques avec Lily Laskine, la harpiste gouine. Je suis folle de harpe. Les Marx Brothers ne m'ont jamais fait rire à cause du blond muet qui me fait pleurer dès qu'il pince sa harpe. Je n'aurais peut-être pas dû quitter le Conservatoire. J'avais été la plus jeune admise ! J'avais commencé à quinze ans dans les danses de Molière, et René Simon m'avait repérée : il voulait que je choisisse la comédie. J'ai fait quelques Marivaux, et finalement j'ai préféré la danse.

— Pourquoi ?

— Je suis trop timide pour être actrice. En Juliette, j'aurais refusé d'embrasser Roméo, même sur la joue. Dans la danse, il y a d'autres moyens de faire passer les sentiments. Quand François m'emmène à l'Opéra, je vois les ballets modernes, c'est difficile techniquement mais il n'y a plus de sentiments, ils n'ont pas le temps d'en faire. La danse est à l'image de la vie moderne, c'est ça qui est dommage. Ce n'est plus assez animal. Vous savez, la danse ne faisait que copier les animaux. C'est ça qui était beau.

« Voilà pourquoi j'ai tant adoré l'Opéra de Pékin. Vous ne les avez jamais vus danser à Paris, ces musiciens-acrobates-mimes ? Ce sont des singes merveilleux : ils bondissent pendant trois heures en symbolisant la lutte du Mal contre le Bien. La musique est un peu criarde, mais la danse est sublime. Je n'aime que ça : des marionnettes humaines archimaquillées qui miment tout : le soleil, la pluie, le feu : tout est recréé en grandes couleurs. Ils étaient soixante sur scène. En repartant pour la Chine, leur avion a explosé en vol. Le mois d'après, il y en avait soixante nouveaux !

« Au lieu justement de rêver, de s'envoler, de partir ailleurs, d'imaginer un autre monde, les danseurs d'Occident foncent de plus en plus dans le monde banal qui n'est pas intéressant je trouve… Je suis peut-être folle, je veux des choses qui n'existent pas, mais pour moi la danse c'est abstrait, autrement ça n'a pas d'intérêt je trouve… Je vois à l'Opéra, il y a très peu de danseurs qui sont capables de créer, Noureev était le seul. C'était pas l'Isadora Duncan. Elle créait rien, elle dansotait, comme Elizabeth Craig. Le vrai créateur, celui qui a apporté quelque chose qui sortait du commun, on l'efface, on veut pas qu'il existe. C'est comme Céline. Noureev représentait tout ce qu'il y a eu de vraiment nouveau en danse, on n'a pas dit un mot de ses inventions, il n'a pas été question de lui du tout sauf quand il est mort du sida. On classe toujours les grands artistes dans la catégorie "génie" pour ne plus avoir à en parler, pour éviter de dire en quoi ils sont géniaux. Noureev, il était comme Louis. Vous avez vu comment il s'habillait ? En n'importe quoi. C'était pas le vêtement qui comptait pour lui, c'était le corps. Pour Louis, c'était l'esprit. Le corps de Noureev, c'était l'esprit de Céline. Il devait l'entraîner en permanence, le parfaire… Un danseur ne s'habille que pour monter sur scène. Tout vêtement est scénique, le moindre costume sur lui tombe mal. Autant rester en justaucorps.

Moi j'ai été en collant toute ma vie. J'ai commencé à m'habiller quand j'ai dansé moins.

— Moi quand je vois un ballet, ça va à la rigueur pendant cinq minutes grâce aux filles mais dès que les hommes déboulent avec leur paquet machin devant alors là j'y crois plus du tout !

— En danse, les hommes, il faut qu'ils soient homosexuels, sans ça, ce sont des déménageurs. Regardez François, son petit poussin, il veut en faire un danseur, mais il est déjà déménageur, le Strombola…

— Stoboïa, Lucie !

— Je crois que c'est un très bon gymnaste en effet, mais il n'aura jamais la grâce d'un Noureev… Il faut pas que le côté homme soit trop marqué sinon c'est pas beau, ou alors il faut être comme Serge qui n'était pas du tout homosexuel mais qui avait quand même une certaine grâce…

— Où il en est le François avec ses « newnases » ?

— Je m'énerve après lui… Je ne peux plus le voir sans ses Stoboïas !

— Vous n'allez quand même pas virer le fils adoptif ?

— Ce soir, François me l'a amené et Filip m'a raconté des histoires épouvantables pour m'embêter ! Il a fait le bruit du chat écrasé, du chien à qui on donne des coups de pied, du canard qu'on éventre. François rit aux larmes et dit : « Filip a du génie ! » Il le regarde comme l'Aztèque regarde le soleil. Ils partent bientôt tous les deux pour New York puis en vacances à Saint-Pétersbourg… Pourquoi pas sur la lune ?

— Quel cirque !

— Ça n'arrête pas ! Ici, y a de tout. Des acrobates, des nains, des danseuses, des monstres… De pire en pire… Et Louis n'est plus là pour dépeindre ce petit monde ! Je suis sûre qu'il aurait écrit des choses très drôles sur tous ces fous qui m'entourent. Il faut des fous parce que les gens qui sont normaux, on n'en tire rien du tout. Regardez *Nord*, c'est plein de fous…

— Justement, vous faites bien d'en parler parce que hier j'ai rencontré un jeune producteur et…

— Je ne vous demande rien, mon ami.

— Vous n'y croyez plus, Lucie…

— Je crois que vous avez beaucoup de cœur. Et vous pouvez encore me le prouver. Vous savez ce qui me ferait plaisir ?

— Tout ce que vous voulez !

— C'est qu'un de ces jours, vous me lisiez un bout de *Nord.* Y a trente ans que je l'ai pas relu. J'ai envie de l'entendre.

— J'arrive.

— Maintenant ?

— Pourquoi pas ? C'est chaud. Une envie, ça refroidit pas. Si je fais pas le film, au moins je vous aurai lu le livre ! Un coup de moto et je suis là…

— Vous croyez ?

— Préparez la tisane !

Stévenin mit son exemplaire dans la poche de son blouson, oubliant que des *Nord*, il devait y en avoir douze à Meudon. Il était si troublé qu'il faillit même partir sans casque. C'est sur la route, à cent trente à l'heure dans la nuit noire comme une draperie peinte par Velasquez, que « Stèv » reprit son souffle. Lucette lui avait demandé de lui lire Céline comme si elle avait exprimé le désir de voir les photos des chiens prises l'année dernière…

Canal +, T.F.1, la Tour aux figures de Dubuf-Fet, le toboggan d'Issy-les-Moulineaux, le tournant de Chaville, le Soleil d'Afrique, le petit muret… Combien de fois l'avait-il fait ce trajet ? Et toujours si tremblant d'amour ?

Un silence presque inquiétant nimbait le château bleu. Stévenin béquilla sa BMW. Il entra à pas doux. Derrière la porte, Roxane l'attendait. Exceptionnellement, elle n'aboya pas. Ni Fun. C'était bien la première fois. Aucune musique ne s'échappait du studio… Pas la moindre bourrée de Telemann, pas la plus petite karnatique au santour, et pas un seul gazouillis d'oiseaux des îles, non plus, ne mêlait sa mélodie naturelle à la rumeur d'une mer.

C'est dans cet étonnant silence que Stévenin entra dans le salon de la danseuse… S'était-elle rendormie ? Non, bien allongée sur son divan, elle lui souriait au milieu des fumées d'encens. Impressionné comme au premier jour, Stévenin la regardait sans rien dire. C'est comme ça qu'il aurait aimé la filmer, de biais dans la pénombre. La femme qu'on désire, on la désire moins de face les yeux dans les yeux en pleine lumière que de trois quarts en train d'ouvrir le frigo. Ça aurait pu être ça son film : lui qu'on voit pas et qui lit *Nord* à « Lili » qu'on ne voit qu'à travers les feuilles des plantes et la fumée des bougies. Voir la couverture qui frissonne, le mouvement des mains plus que les mains. Elles étaient tellement déformées au repos ! Et lorsqu'elles bougeaient, c'était toute la grâce de Lucie qui vivait et revivait par arabesques entre les tiges… Pas en « évitée » non plus, pour ne pas qu'on dise « il nous montre une chaise vide parce qu'elle, elle est immontrable ». Non, en flou, en décadrée, en sensation dynamique. Tout sauf en momie de cent douze ans qu'on est allé déterrer dix minutes pour avoir un scoop. Une fée, ça vieillit pas.

Elle qui sentait tout, remarqua, cette nuit-là, que Stévenin avait une caméra dans l'œil. Il ne la regardait pas comme d'habitude. Silencieux, il s'assit près d'elle et sortit son *Nord*.

L'Untersuchungsrichter barbu qui note tout, Lucette le voyait parfaitement. Et Le Vigan qui s'accuse « *Ich bin der mörderer !* » et que personne ne croit. Les trois cercueils LS, L, R… Les *bibel*, à leurs pioches ! Un tambour ? Un chant ? C'est

Hjalmar et le Pasteur aux abeilles, ils reviennent. Tout le monde radine comme à la fin d'un spectacle pour saluer… Le pasteur psalmodie au milieu des oiseaux qui volettent au-dessus des fosses.

Stévenin avait fort bien réussi l'enterrement. Lucette s'y serait re-crue. Il avait chopé le bon ton pour lire les pages si difficiles. La visite au Revizor et la séquestration de l'Isis et de la Kretzer pyromane furent plus problématiques. « Stèv » accrocha plusieurs fois. Lucette écoutait, toujours attentive, avec un nouveau sourire de déesse hindoue figée dans la pierre.

Elle visionnait assez bien l'armoire aux provisions où tous se servent. Et les comtesses qui veulent jouer au ping-pong. Est-ce bien le moment ? Le champagne ne suffit pas à les calmer. Céline fait des piqûres pour endormir tout le monde. Ça dégénère, on commence à faire cuire les oies du Reich ! La Tulff-Tcheppe, entre deux ivrognades, rêve de Paris, la rue Saint-Placide…

Au retour de Harras, Lucette rit franchement. Harras arrive en tank. Il a maigri, il pleurniche sur l'Apocalypse immunisée, il apprend à Céline que le juge d'instruction était un coiffeur (Salon Danaé) et surtout il s'installe sur la table de ping-pong et décide de ce que tous vont devenir. Quel administrateur ! Ooah ! Café pour tout le monde ! Göring arrive, le cousin du gros général aux ongles sales qui sourit presque. Il vient pour constater les décès. La Chancellerie n'a rien d'autre à foutre ? Göring tamponne un laissez-passer pour les Céline. Où ils veulent aller ? À Cythère ? À Warnemünde ? Les autres, en voiture pour Stettin et qu'on n'en parle plus ! La petite Cillie fait des « *heil* » dans le vide. Pire qu'une roulotte surchargée, le chariot s'éloigne couinant dans la gadoue neigeuse. Ça rappelle à Harras la retraite de Russie à l'envers, mais Göring rectifie. Non, non, rien à voir, elle n'est pas passée par là, la Retraite, c'était d'autres étapes, d'ailleurs à l'hôpital de Neuenkirschen, il y a encore taillés dans les poutres des noms, n'est-ce pas ?…

— C'est fini, dit Stévenin.

— Déjà ?

— C'est elle ! cria Robinson en se précipitant à la fenêtre.

— Fais voir…, dit sa sœur en le poussant.

Claire, la mère des enfants de Stévenin, les embrassa et les laissa dévaler à toute vitesse l'escalier de cet immeuble de la Bastille qu'ils habitaient à deux pas de la péniche de leur papa.

Lucette portait une casquette énorme marron de conducteur de tacot 1900, il ne lui manquait plus que les grosses lunettes au-dessus de la visière… Au premier regard, Robinson et Salomé furent conquis. C'était comme si apparaissait dans leur vie une troisième grand-mère. Ils embarquèrent dans l'auto qui démarra aussitôt.

— Où on va ? demanda Salomé.

— Dans mon berceau…

Son berceau, c'était l'île Saint-Louis. Elle ne pouvait pas prendre sa voiture sans retourner sur les lieux de son enfance. L'auto la ramenait d'autorité dans l'île de son enchantement.

Elle se gara dans une petite rue. Dans le ciel, quelques nuages passèrent en rang d'oignons. Lucette tenait Robinson d'une main et Salomé de l'autre. Le trio avança lentement en riant. Soudain, devant une petite porte mauve, l'Almanzor s'arrêta.

— C'est là !

Robinson lut l'enseigne : « L'Himalaya de poche ». Lucette les fit entrer dans un petit magasin tibétain. Le bijou de l'île Saint-Louis. Une minuscule Asiatique les accueillit. Elle devait avoir construit sa boutique en fonction de sa taille. Elle portait une robe de soie vert pomme et un ruban à rayures dans les cheveux. Des espèces de tongs en bois rouge aux pieds accentuaient son côté poupée. Elle se courba cent fois pour saluer Madame Destouches.

— Je viens très souvent, dit-elle à Salomé. Malgré tout ce que j'ai déjà acheté ici, je n'arrive pas à vider le magasin !

Il était très rempli « L'Himalaya de poche »… Des tapis, des écharpes, des gongs, des clochettes, des potiches, des chapeaux, des statues… Et puis de petits bouddhas grassouillets bourrés de bénédictions comme des poulets farcis. Ça croulait de monceaux de bricoles bouddhistes. Au mur, certains masques archigrimaçants effrayèrent un peu Salomé. Robinson touchait déjà une sorte de jeu de boules et de cubes mystérieux. Lucette choisit une belle ombrelle en papier fleuri sur fond d'or et l'offrit à la fille de Stévenin.

— Merci, Lucette ! dit Salomé en la faisant tourner au-dessus de sa petite tête de souris mutine…

Robinson — Lucette le sentit — avait envie d'une canne en bambou travaillé avec le pommeau en tête d'éléphant. Elle la lui mit dans les mains, pour toujours. Puis elle se ravitailla en encens. Le château bleu là-haut en manquait. L'encens, c'était sa came. Bois de santal rissolé, cèdre préfumé, pétales de roses marinées : tous les plus fous parfums trouvaient en Lucette leur plus fervente fan.

— Mademoiselle, demanda Lucette à la vendeuse, passez-moi donc le bol.

La Tibétaine miniature sortit d'un amas de bibelots un bol, un saladier plutôt, énorme, bien plus énorme encore dans ses petites mains. Elle aurait pu tout entière s'y faire cuire !

— C'est quoi ? demanda Robinson en pointant l'objet du bout de sa canne.

— « Bol chantant ! » minauda la vendeuse… *Singing bowl…*

Lucette plaça gravement le bol sur sa paume gauche, puis, à l'aide d'un petit gourdin de bois bien tenu dans sa main droite, elle en frappa le bord. Comme collé à lui, le bout de bois déclencha la résonance de l'écuelle népalaise. D'abord imperceptible après le « dong » original, le son se développa jusqu'à envahir le petit magasin de ses ondes vibratoires.

— C'est comme quand on jette une pierre dans l'eau, dit Lucette plus enchantée encore que ses petits amis. Ça fait des cercles.

Et quels cercles !

« Zonnnnnnnnnnn… »

Elle était douée pour faire vibrer les choses : Lucette fit monter le son du bol jusqu'au ciel, avec ses douze quintes pures ou diminuées qui frottaient dans l'alpha de l'Onde.

— C'est apaisant, non ? dit Lucette dont le poignet semblait infatigable à frôler le bord du bol chantant aux anges.

Salomé avait envie d'un chocolat. Lucette coupa le son de la sinusoïdale grondante. Ils saluèrent la Tibétaine, sortirent de la boutique aux sortilèges, et se rendirent rue des Bernardins. De là, ils pouvaient voir le « Musée du geste et de la parole » (où Lucette et Céline devraient avoir leurs statues) et le couvent…

— C'est là que j'ai passé toute ma jeunesse ! Avant de danser, j'étais chez les bonnes sœurs. C'est elles qui m'ont dégoûtée de la religion. Elles étaient si matérialistes ! Et puis, toujours être à genoux, c'est très mauvais pour une danseuse ! Pour moi, c'était ça la religion : une poignée de bonnes sœurs hypocrites et terre à terre. On devrait les appeler les « mauvaises sœurs ».

— Et tu restais tout le temps à Paris ? demanda Salomé l'air effrayé.

— Tu n'avais donc pas de Jura ? rajouta Robinson.

— J'avais pas de Jura, mais j'avais une Normandie. J'allais souvent chez mes grands-parents, à dix kilomètres de Mortagne, à Saint-Ouen-de-Sècherouvre par Bazoches-sur-Hoène par Moulins-la-Marche !

— C'est tout ? rit Robinson.

— C'est même pas sur la carte. Y avait pas de train. C'était la vraie campagne. Ça n'a pas arrangé ma sauvagerie ! Entre les bonnes sœurs et les bonnes vaches ! J'ai appris à les traire, à gerber les foins, à faire la moisson. On cuisait la soupe dans l'âtre avec la crémaillère, on dormait dans des lits en poirier avec des édredons plus énormes que des nuages. Il faisait tellement froid ! Ça m'a entraînée pour la suite. C'était comme si toute mon enfance, je m'étais préparée à la vie dure.

— Qu'est-ce qu'il faisait ton grand-père ? demanda Salomé.

— Le père de mon père était charpentier de marine…, sourit Lucette. À Saint-Nazaire où il y a le tombeau des Almansor, il construisait des bateaux, de la tête au pied. Des navires marchands, puis pendant 14, il a fait des bateaux de guerre en usine pour Gnome et Rhône. C'est ça qui l'a rendu sourd, lui qui était déjà quasiment muet. Il ne pouvait pas s'empêcher de faire quelque chose. À la retraite, il a pris une vieille ferme normande dans un état épouvantable, et il en a fait une maison merveilleuse, il a fait tout : le plancher, les escaliers, les portes, la serrurerie, les fenêtres, le toit, les meubles... Tout seul, il était pas aidé par un seul ouvrier. Il a construit sa ferme comme un bateau. On vivait dans une espèce d'arche sur l'herbe verte, au milieu des percherons... Il avait même installé des cabinets, ce que personne ne connaissait en Normandie, je ne sais pas comment il s'était arrangé sans instrument, avec de l'imagination, c'est tout. Y avait juste un puits artésien et il était arrivé à avoir de l'eau. Avec de vieux tonneaux, il avait fabriqué un bassin et je me plongeais dedans tous les jours, c'était ma salle de bains... Mon grand-père était un homme rustre, mais avec beaucoup de goût... Il cultivait en même temps des fleurs, des dahlias, des fraises, des légumes géants. Il ne parlait pas, il a jamais parlé de sa vie. C'est le côté « maure ». On est tous un peu « maures » à Mortagne, les Arabes sont remontés d'Espagne jusque dans ce coin de Normandie. Mon grand-père ne disait rien. Son frère, qui était moine à Solesmes, était un bavard à côté... Moi il m'a pas dit trois mots de toute sa vie... Il a peut-être davantage parlé à son cheval Carabi...

— Et ta grand-mère ? demanda Robinson.

— C'était une sorcière ! dit Lucette en buvant son chocolat. Elle soignait avec ses mains. Quand quelqu'un avait mal aux yeux, il venait voir ma grand-mère, elle lui mettait ses mains sur les yeux, elle faisait quelques passes comme ça, au curé, à n'importe qui, et ça y était, il partait, il était guéri ! Elle n'avait pas beaucoup d'instruction mais elle parlait du matin au soir, j'adorais ses histoires, jamais j'en avais assez. Pendant des heures et des heures, elle m'a raconté tout ce qu'on raconte aux enfants, les chaperons rouges, les petits poucets, les peaux d'ânes… J'étais pas contente, je disais « Je veux la suite ! » Alors ma grand-mère, c'était rigolo, inventait des suites à toutes ces histoires connues. Pour moi Cendrillon, ça se termine pas comme dans le livre. Avec ma grand-mère, on faisait déborder la fin. Elle avait une espèce d'imagination de conteuse. C'est fréquent chez les Normands. Louis aussi l'avait ce goût d'aller au-delà de ce qu'on veut bien nous raconter. Ça l'amusait d'ailleurs, à l'époque, je m'en souviens encore, que je lui raconte la Belle au bois dormant qui finalement se rendort après s'être réveillée, ou bien la douzième femme de Barbe bleue qui lui fait cinq enfants, selon la version de ma grand-mère…

— Qu'est-ce que tu faisais à la campagne ? demanda Robinson.

— En plein orage, je grimpais dans le plus grand arbre, je montais le plus haut possible, et je m'endormais quand il y avait bien des éclairs, bien de la pluie. Je provoquais la foudre ! Plus il tonnait, plus j'étais contente. Rien de plus beau que de se sentir sur une grosse branche avec des zigzags autour de soi !

— Moi, ça me foutrait le trac..., dit Robinson.

— J'adore ça ! dit Salomé.

— Et du côté de ta mère ? demanda Robinson.

— C'est plus normand, c'est flamand. Le père de ma mère était photographe. Il photographiait aussi bien les animaux que les gens. Je le vois encore. Un fermier lui avait commandé une photo de son troupeau de vaches. Il est venu en habit à queue, chapeau haut de forme, monocle, avec ses plaques sous le bras, son trépied, il s'est installé au milieu du champ. Les autres avaient rassemblé les vaches, tout à coup, le taureau a foncé. Toutes les vaches ont couru derrière mon grand-père qui se sauvait !...

Salomé et Robinson éclatèrent de rire.

— Il photographiait aussi les humains, reprit Lucette. Comme son propre père, il était photographe à la cour royale de Belgique. C'était une famille de photographes officiels. Ils étaient de Liège. Mon grand-père avait trouvé avec du mercure comment fixer les couleurs, il faisait des expériences, un jour il a fait exploser son laboratoire — Louis a collé l'anecdote au personnage de Borokrom dans *Guignol's Band.* Il voulait déjà faire du cinéma, mon grand-père. Il prenait des scènes qui avaient l'air en mouvement. Des tableaux vivants. Il imaginait des saynètes découpées de photo en photo, des petits romans en somme en images. Il en a fait comme ça avec Maurice Chevalier et ma mère en amazone, ou moi en petite marquise pleine de mouches dessinées avec des bouts d'allumettes brûlées…

— Il t'en reste encore de ces photos ? demanda Robinson.

— Non, de dépit mon père a brûlé des albums entiers quand il a divorcé.

— Moi j'aimerais pas que mes parents divorcent…, dit Salomé.

— Ils ne peuvent pas divorcer, banane, dit Robinson, puisqu'ils ne sont pas mariés !

— T'es sûr ? dit Salomé.

— Ça n'a pas d'importance, puisque vous êtes deux, rajouta Lucette, mais moi je suis enfant unique. Comme votre père…

— C'est quoi un enfant unique ? demanda Robinson.

— C'est quelqu'un qui reste enfant toute sa vie, répondit Lucette.

— Ils s'entendaient mal tes parents ? demanda Salomé.

— Horrible ! Ils se disputaient tout le temps. Ils disaient qu'ils avaient attendu que j'aie vingt ans pour se quitter, soit-disant pour ne pas me traumatiser, alors qu'ils se poursuivaient à coups de revolver tous les soirs depuis ma naissance ! Ça faisait surtout peur à Kiki…

— Kiki, qui c'est ? demanda Salomé.

— C'était mon singe. On me l'avait envoyé du Brésil dans une boîte. Je l'ai gardé pendant cinq ans, il bondissait partout. Ç'a été mon premier animal. Pauvre petit bonhomme… J'avais entendu dire que les Gitans volaient les petites filles, alors dès qu'il y avait une fête foraine, je tournais autour des roulottes pour qu'on me vole, on m'a jamais volée. Finalement, mon père s'est remarié avec une sorte de naine méchante que Louis appelait « La Mite », et ma mère avec Ercole Pirazzoli, un riche Italien qui était veuf de sa cousine germaine. Commandatore mafioso grotesque !

— Il faisait quoi ton père ? demanda Robinson.

— La guerre ! Il se croyait toujours à la guerre. Il buvait dans un quart et dormait sur un lit picot à côté de ma mère. Quand elle lui a demandé s'il avait connu d'autres femmes pendant quatre ans, mon père lui a répondu : « Des biftecks ! » C'était fini. Ma mère n'était pas faite pour comprendre ça. Elle ne lui a jamais pardonné. Pourtant, au début de la guerre, ils étaient très proches, même éloignés… Il était dans la cavalerie, et un jour, on était chez ma grand-mère, tout à coup elle a hurlé : on a appris plus tard que ça correspondait à l'instant exact où mon père avait eu son cheval tué sous lui. Ils avaient plein de télépathie entre eux. Mon père pouvait hypnotiser ma mère à distance : elle était dans la cuisine, il me disait : « Elle va revenir à table et elle va se tremper les doigts dans le hors-d'œuvre… » Ma mère arrivait en somnambule, elle allait droit au plat et se lavait carrément les mains dans les harengs huileux jusqu'à ce qu'elle se « réveille ». Mon père se faisait insulter. C'était la guerre, une autre guerre. Au moins, dans celle-là, y avait pas de chevaux morts.

« Moi, ça m'a hantée le martyre des chevaux. Mon père dormait à cheval, il descendait pas de son cheval, un vrai centaure. Quand le cheval a crevé sous lui, c'était comme si on lui avait coupé les jambes. Avant la guerre, il faisait surtout du vélo et du football. C'était le champion d'Argenteuil. Ma mère l'a vu jouer dans un stade comme dans le tableau du Douanier Rousseau, avec son beau maillot à rayures, elle a dit : “Je le veux !” Ils se sont mariés en 1910, pendant les inondations, ils sont allés à l'église en barque. Ma mère avait pas dix-sept ans, il lui avait fallu une dispense. Elle savait rien foutre. Elle a voulu un enfant pour continuer sa collection de poupées, elle en avait vingt-deux, j'étais la vingt-troisième, d'ailleurs j'avais une poupée qu'on habillait exactement comme moi. J'étais toujours avec ma double dans les bras. Parfois, ma mère confondait. Le jour où elle n'a plus pu jouer avec moi, elle m'a laissée tomber alors qu'elle disait qu'elle m'aimait à l'infini… Elle m'a foutue ici chez les bernardines, pour mieux pouvoir courir les hommes et les spectacles. Elle était douée pour la comédie. Mayol l'adorait, elle avait l'âme putain. Elle aurait pu être une grande actrice parce que tout était faux en elle, c'était une gourgandine.

— C'est quoi une gourgandine ? demanda Robinson.

— Une archigarce. Ma mère avait les moyens de l'être, elle était pulpeuse, avec des yeux bleus, des cheveux jusqu'aux reins, et un visage plein d'envies… C'était une Anversoise, un vrai Rubens… Elle se mettait en robe du soir dès le matin et buvait du champagne toute la journée… Tout le contraire de moi qui étais voyou, terriblement voyou. J'étais un garçon. D'ailleurs, mon père avait rêvé d'avoir un garçon. Il m'a offert un vélo en bois qu'il fallait accorder tous les jours comme un violon et dont la selle était une selle de garçon. À la mairie du Panthéon, il m'a même déclarée sous le prénom de « Lucien » au lieu de « Lucie ». Avant le couvent, je jouais avec les petites frappes de Maubert, au milieu des rats et des bouts d'os qu'on déterrait, juste devant l'église, c'était pas si loin des arènes de Lutèce, y avait encore des tibias qui sortaient du sable. Vous voulez un autre chocolat ?

— Non, Lucette, merci, dirent en chœur les enfants de Stévenin.

Lucette régla et sortit la première du salon de thé. Elle redressa sa casquette et, encadrée de ses compagnons, l'une à l'ombrelle fleurie, l'autre à la canne éléphantesque, elle traversa le pont de Louis-en-l'Isle. Traverser un pont avec Lucette Destouches, c'était passer d'un monde à l'autre. La Seine, sous leurs pas lents, coulait majestueusement comme le fleuve du Temps en personne.

Au milieu du pont, Lucette s'arrêta et regarda songeusement l'eau jaune.

— C'est ici que j'ai failli mourir avant de vivre… J'avais trois mois, ma mère me promenait dans mon landau, tout à coup une femme s'est approchée. Elle m'a bien regardée et brusquement m'a sortie de la poussette en disant : « La vie de cette petite fille sera trop moche, il vaut mieux qu'elle meure tout de suite ! » Et elle a essayé de me balancer à l'eau. Ma mère a hurlé, elles se sont battues, c'est un peintre du dimanche qui a bondi. Il a laissé tomber sa palette, il a foutu son chevalet avec son petit paysage par terre, et il m'a rattrapée, sauvée de justesse en chassant la folle. Ça devait être une voyante. Elle ne s'était pas trop trompée finalement… C'était sa méthode qui était un peu expéditive, non ? C'est pas des trucs à faire à un bébé qui vient d'être baptisé…

— On t'a baptisée ? demanda Salomé.

— Bien sûr, dit Lucette, pas toi ?

— Non, répondit-elle.

— Moi non plus, dit Robinson. Maman et papa disent que comme ça on pourra choisir plus tard notre religion. Ils ne nous imposent rien.

— C'est complètement idiot, dit Lucette. C'est comme si on ne vous avait pas donné de prénoms sous prétexte que vous ne les avez pas choisis vous-mêmes ! Aujourd'hui, je vous appellerais X et Y, pour ne rien vous imposer !

— Une religion, c'est tout de même plus grave qu'un prénom ! s'insurgea Robinson.

— Pas sûr, dit Lucette. Et puis le baptême, c'est pas comme la communion : ça ne mange pas de pain. C'est très joli un baptême d'enfant. Je n'ai qu'un regret, c'est de ne pas me souvenir du mien…

— C'était où ? dit Salomé.

— Dans ma paroisse, là ! dit Lucette en désignant Notre-Dame de Paris.

C'était donc là que la future femme de Louis-Ferdinand Céline fut baptisée entre un parrain franc-maçon et une marraine juive ? Elle les entraîna vers la place Maubert, le quartier où Lucette jouait avec les fantômes du terrain vague. D'autres fantômes d'ailleurs, bien vivants, eux, rôdaient autour de Saint-Nicolas-du-Chardonnet. Ils avaient le crâne encore plus rasé que celui de François.

Prenant Robinson et Salomé par la main, Lucette traversa la rue. Elle s'immobilisa devant le 12, rue Monge. C'est ici qu'elle habitait avec ses parents, son singe et sa corneille empaillée ! Elle avait appris le piano, les bras ficelés par Pagano ! Elle connut son premier incendie, un feu de dentelles dans son berceau ! Au-dessus de la lourde porte beige, on pouvait lire P. FAUCHEUX & Cie, STAFFEURS... Lucette expliqua aux enfants que jadis, c'était un prothésiste qui travaillait là. Ils attendirent tous les trois que quelqu'un fasse le code et, en complices souples — ombrelle, canne et casquette —, ils se glissèrent dans l'immeuble...

Ça faisait au moins soixante-dix ans que Lucette n'était pas revenue ici. Aucune émotion ne se lisait sur son visage, mais toutes s'écrivaient sur ses mains.

— Sa boutique était là ! dit Lucette. Toute la journée, il fabriquait des jambes en bois, des bras en plastique, il les étalait par terre, il essayait les articulations des genoux, la flexion automatique... Y en avait partout. Il savait plus où les mettre. Ça me faisait peur quand je rentrais de passer entre ces colonnades de jambes roses en morceaux. Ça foutait une ambiance morbide de membres en ruine. Un jour, le prothésiste m'a offert une main artificielle pour jouer avec... Entre les vrais os et les fausses chairs, j'étais gâtée ! Je ne sais pas comment j'ai eu encore envie de danser après avoir vécu au milieu de tant de jambes en bois...

— C'était laquelle ta fenêtre ?

— Celle-ci ! dit Lucette en montrant une petite lucarne. Ça donnait sur le grand mur. C'était ça mon horizon : un mur.

Sur l'idée de Salomé, Lucette accepta de monter à l'étage. Les escaliers étaient toujours aussi noirâtres. La canne de Robinson frappait chaque marche. La petite fille entraîna par la main la vieille danseuse jusque devant l'étroite porte de l'ex-deux-pièces.

— Y a peut-être encore quelqu'un… dit Robinson.

Recroquevillant son bel index abîmé, Lucie Georgette Almansor frappa à la porte de « chez elle ».

« Toc, toc ? »

— Il n'y a plus personne, dit Salomé.

— C'est normal, dit Lucette, c'est là où je suis née.

DU MÊME AUTEUR

Au régal des vermines, 1985 © Marc-Édouard Nabe.
Zigzags, 1986 © Marc-Édouard Nabe.
Chacun mes goûts, 1986 Le Dilettante.
L'Âme de Billie Holiday, 1986 © Marc-Édouard Nabe.
Le Bonheur, 1988 © Marc-Édouard Nabe.
La Marseillaise, 1989 Le Dilettante.
Nabe's Dream, 1991 © Marc-Édouard Nabe.
Rideau, 1992 © Marc-Édouard Nabe.
L'Âge du Christ, 1992 © Marc-Édouard Nabe.
Petits Riens sur presque tout, 1992 © Marc-Édouard Nabe.
Visage de Turc en pleurs, 1992 © Marc-Édouard Nabe.
Tohu-Bohu, 1993 © Marc-Édouard Nabe.
Nuage, 1993 Le Dilettante.
Lucette, 1995 © Marc-Édouard Nabe.
Inch'Allah, 1996 © Marc-Édouard Nabe.
Je suis mort, 1998 © Marc-Édouard Nabe.
Oui, 1998 © Marc-Édouard Nabe.
Non, 1998 © Marc-Édouard Nabe.
Loin des fleurs, 1998 Le Dilettante.
K.-O. et autres contes, 1999 © Marc-Édouard Nabe.
Coups d'épée dans l'eau, 1999 © Marc-Édouard Nabe.
Kamikaze, 2000 © Marc-Édouard Nabe.
Une lueur d'espoir, 2001 © Marc-Édouard Nabe.
Alain Zannini, 2002 © Marc-Édouard Nabe.
Printemps de feu, 2003 © Marc-Édouard Nabe.
J'enfonce le clou, 2004 © Marc-Édouard Nabe.
Le Vingt-Septième Livre, 2009 Le Dilettante.
L'Homme qui arrêta d'écrire, 2010 © Marc-Édouard Nabe.
L'Enculé, 2011 © Marc-Édouard Nabe.

Composition Nord Compo
Impression Maury-Imprimeur
45330 Malesherbes
le 3 juillet 2012.
Dépôt légal : juillet 2012.
Numéro d'imprimeur : 174737.

ISBN 978-2-07-44882-1. / Imprimé en France.

244100